矶法 著

出路弯弯

北方联合出版传媒(集团)股份有限公司

万卷出版有限责任公司

ⓒ 冯矶法　2023

图书在版编目（ＣＩＰ）数据

山路弯弯 / 冯矶法著 . -- 沈阳：万卷出版有限责
任公司 , 2023.8

ISBN 978-7-5470-6288-3

Ⅰ . ①山… Ⅱ . ①冯… Ⅲ . ①散文集－中国－当代
Ⅳ . ① I267

中国国家版本馆 CIP 数据核字 (2023) 第 110690 号

出　品　人：王维良
出版发行：北方联合出版传媒（集团）股份有限公司
　　　　　万卷出版有限责任公司
　　　　　（地址：沈阳市和平区十一纬路 29 号　邮编：110003）
印　刷　者：辽宁鼎籍数码科技有限公司
经　销　者：全国新华书店
幅面尺寸：145mm×210mm
字　　　数：225 千字
印　　　张：9.25
出版时间：2023 年 8 月第 1 版
印刷时间：2023 年 8 月第 1 次印刷
责任编辑：范　娇
封面设计：王　正
版式设计：赵丽娟
责任校对：刘　洋
ISBN 978-7-5470-6288-3
定　　　价：86.00 元

序

故乡的真情美文

冯恩昌

我的故乡在山东省临朐县冶源街道尧洼村，属沂蒙山区北部的一个山村。我出生在这里，成长在这里，在二十多岁时离开了这片热土，去沂山东麓一个小山村当小学教员，后去县城工作，故对离家之后的人和事不熟悉。但游子之心，离不开根，平日里还是经常回家看看，听听村里的新鲜事。因我一直在县里宣传部门工作，对文化艺术方面的事格外关心。20世纪90年代我就听说，村里冒出了一个从事文学创作的秀才，大名曰冯矶法，还是我的长辈，我要叫他叔。同命相连，事业相彰，故乡出了这样一个才子，我当然高兴万分，便去他家探望一次，并赠予他我出版的十几本书，鼓励他艰苦奋斗，坚持创作，早成名家。想不到两三年的工夫，他的作品已达二十余万字。要出书，托我写序。想来这是故乡的喜事，也是我对故乡人的美好愿望。

尧洼村自古以来就是个有名的文化村，教育事业办得不错，文章写得好的人也很多，但真正从事文学创作的很少，正规出版过个人著作的人更少。矶法叔当教员之后，自学创作，发挥文学才智，写出二十余万字的文章，要自费出一本书，在故乡来说，这是奇事一桩。这本书分四个部分：不负韶华、乡村记忆、乡愁村恋、家乡揽胜，共选入38篇作品。这本书，我的看法属一本纪实散文，对在故乡教学的事迹、村庄的历史景观、家庭的生活等，都叙述记载得十分详尽。在行文间，尊重了事实，抒发了真情，表现了热爱家乡和人民的优良品德。《教育事业的蝶变》《水井》《小街·胡同》《石河恋歌》《柿子树之恋》等篇，都能称得上美文。不仅写得生动、有灵气，还有着新鲜的时代感。

《山路弯弯》这篇长文，着重叙述了作者从事教育事业的事迹。三十多年从教，他付出了大半生的心血，一直紧贴群众，培育学生，任劳任怨，吃苦受累，从无半点怨言。正如他题记中所言："山路十八弯，练就了坚韧不拔的脚板；河流九连环，显其浩荡不羁之风姿。人生路有弯，方显做人之本色。"从这篇长文中，我看到了他为山区孩子奔波的形象，看到了一种坚强不屈的精神，看到了人生的无私奉献。在《山路弯弯》的结尾，他说："《山路弯弯》是我任教三十多年来的一次肤浅、幼稚、流水账似的回忆记录。"但文章给人的印象并不是这样，写得语言流畅，十分感人，很有激情，是一篇教育文坛的好文章。

矶法叔通过"乡村记忆"这一部分把家乡尧洼的历史面貌写得详尽逼真，这是难得的村志、文史材料，又能写得细而生动，看来下了很大的功夫。正如他自己说："故乡，是最美的乡愁，是永远令人怀念和眷恋的家园。"有些记载如不整理保存，过后也许无人知晓了，再也收集不到了，作者不但挖到宝，而且写成生动的散文，这是很难得的。如《水井》一篇，写得很全面，很生动，是一篇好散文。

我们的家乡，有着美丽的自然风光，我过去写过几篇村南的小石河，是写的纯文学散文，不是具体的人和事。矶法叔写的"乡愁村恋"和"家乡揽胜"两部分，篇篇写得细而美，既有具体的描述，又有生动的景象描写，《春暖花开忆榆钱》《梧桐花开气自芳》《山村秋意浓》等篇，都写出了特色，让人读后增添了对家乡的记忆和热爱之心。

矶法叔，一个普普通通的小学教师，利用三十多年的业余时间掌灯熬夜，吃苦受累，没有任何报酬，为故乡写出了这样一本有着深远意义的书。他说："我爱这里的青山绿水，更爱无怨无悔的事业和学生。"他这种为教育、为故乡无私贡献的精神，值得我永远学习。

2021 年 8 月 23 日

（冯恩昌：曾任临朐县委宣传部副部长兼文联主席，系中国作家协会会员，中国民间艺术家协会会员、山东省散文学会理事，中国乡土诗人协会常务理事，田园派著名诗人、作家，"农家小院派"代表，已出版文学专著 23 部，《糖葫芦》《故乡蝉歌》入选全国全日制中学阅读课本。）

目　录

第一辑　不负韶华

山路弯弯

山路十八弯，练就了坚韧不拔的脚板；河流九连环，显其浩荡不羁之风姿。人生路有弯，方显做人之本色。弯弯的山路，给人以美的陶冶。不要畏惧弯路，路虽弯曲，身子笔直。不要回避弯路，路虽艰难，意志更坚。山路弯弯，人生漫漫，情意绵绵。

——题记

一

1981年秋，教育局一纸调令，把我分配到临朐县冶源公社任教。教育组又把我调到冶源公社双河片（现米山溜二郎庙村）任小学教师，扎根山区，一干就是近二十年。特别是在偏远贫穷的上回头、下回头小学的那段时光，是最令我刻骨铭心的。它打开了我记忆的闸门，令我回想起在那里度过的艰难岁月。

当时，全片里的十三处小学归双河初中管理。小学公办教师少得可怜，也就只有五六个，其他都是民办和代课老师，数我最年轻。偏远的、贫穷的村子更是难以调进公办教师。有的村干部不愿用本村的民办教师和代课老师，怕只顾自己家的活儿，耽误学生上课，甚至农忙季节把学生"放了羊"。村干部和村民也心急如焚，派人到教育组要人。教育组领导也多次派教师去，但都待不了多久，就想方设法调离。有的教师说："我就是不干了，也不会去受那份罪。"到后来没一个愿意去的。教育组领导找我谈话，恳切地对我说："冯老师，经教育组（1984年划为米山乡）研究决定，准备调你到上回头小学任教。那里的条件很艰苦，村干部多次来，强烈要求派一个公办教师去。考虑到你年轻，家里也没什么负担，到偏远的学校锻炼锻炼，对你将来有好处，只是离家远了很多……"听了领导的话，我二话没说，爽快地答应了，拿了调令，准备第二天去报到。

在二郎庙小学任教了三四年，只听说上回头小学很偏远，还真没去过。到底是什么样的，心里不免想象着。第二天，用自行车驮上行李，顺着弯弯曲曲的山路向上回头小学骑行而去。

从二郎庙村到上回头村的山路蜿蜒崎岖，基本一路爬坡。骑车很费劲，就推着车子，边走边欣赏山乡的美丽风光。湾头河、李家庄两村被一条山路隔开。山路在沟谷里如蛇般延伸，两边是连绵不断的群山，山上是郁郁葱葱的青松，听说是苍山林场。梯田里秋庄稼即将成熟，柿子树上也挂满了炫目的红灯笼，到处飘溢着五谷、山果的幽芳。从林场继续西行，走了一个多小时，爬上一个大崖头，停下车子，坐在山石上休息片刻。往西望去，隐隐约约有村子的轮廓，打听在地里干活的山民，那就是下回头村，离上回头还有接近一公里的路程，可别说，离家还真是不近呢。

能骑车的缓坡，就尽力骑行，沿途的山景还真是不错，绿水青山，如诗如画，犹如进入了世外桃源……"当——当——当——"隐隐约约从远处传来了几声钟响。到了，到了，终于到了！把自行车停在学校门口的路边，掏出手绢擦了擦额头上的汗水。这时，从学校里出来了五六个人迎接我，原来是几个村干部和老师，我们互相握手寒暄。一个老师推着我的自行车，两个学生帮忙推上高高的校门口，把行李卸下来搬到办公室的木床上，把自行车停在办公室南头的角落里。

不一会儿，下课的钟声敲响了，孩子们涌出教室，有的欣赏我的自行车，有的摇起了车铃，有的在办公室门口往里瞧，甚至有的喊起来："快来看，咱们学校来了个小老师！"一个老师走出去，把学生轰到教室里去了。

我们在办公室里落座，村干部挨着我，握着我的手，动情地说："冯老师，我代表上回头村的老少爷们儿，欢迎您到我们这穷山沟里来任教，条件您可能也听说了，我们这里太需要您了，有什么困难提出来，我们尽最大努力解决。"听着他们真诚的话语，我还有什么理由不留下来呢？既来之，则安之吧！

晌午了，支部书记约我们全体老师到他家吃饭，算是给我接风洗尘。

吃了饭回到学校，我便慢慢欣赏起这所山村小学。校园东西长不过五十米，南北也就二十米左右。校园中央有两三棵水桶般粗的梧桐树，稠密的叶子遮住了蓝蓝的天空。其中一棵树的枝杈上绑着一根木棒，上面吊着一口大铁钟，一根筷子般粗的绳子扯到办公室的门口。梧桐树东边还有三四棵青松，树皮光滑，地面明亮，看样子是学生攀爬或者手握两树翻着玩弄的，青松的叶子翠绿翠绿的，倒显得有些生机和活力。低矮的院墙，全部用石头垒砌，有的地方有几个缺口，显得很不雅观。大门口面朝大山，两边各有一个石头垛子，没有大门。门口路面很高，下面没有台阶，全部用石头铺成，也高低不平的，坡度比较大。如果推着车子进校园，必须用力才能推上去，往下走，必须身体后仰紧刹车闸，不然会翻到路上或者校门口前的山溪里去。校外的村路北面，有两间用石头垒砌的简易粗糙的厕所，缝隙较大，透风撒气，甚至走路的人有意无意地能看到里面如厕的人。

　　校园正北有三间教室，也全部是用石头盖的，里外倒是用泥巴抹了缝，但很多地方有窟窿眼子，可能是些调皮学生用手抠的。教室门口有高高的过门石，里面地面较矮，陌生人还是小心一些为好，弄不好就会闪个跟头。教室里黑咕隆咚的，一排排水泥面课桌，用山石支着，高低不平，稍微一动，咯噔咯噔的，好像要倒塌的样子，坐凳也很不统一。地面坑坑洼洼，尘土飞扬。讲台也是用石头垒砌的，有的石头都挪了位，踩上去晃动，不小心就会闪了腰。讲台上一张木制的讲桌，被小刀刻划得面目全非，像要散架了，上面放着一块已经磨秃了猪毛的黑板擦，一盒拿捏不住的粉笔头子，一根荆条教鞭。黑板是用木板做的，挂在石缝中的两根木橛上，一高一低，看上去斜得厉害。由于用的时间长了，已泛了白，中间还裂开了一道宽宽的缝子。由于墙面里出外鼓的，黑板还翘翘着，如果不注意，不掉下来才怪呢。我想用手把黑板弄一下，一个学生对我说："老师，不要动，黑板掉下来好几次了，还差点砸着人呢。"教室的门和窗很小，上面钉着塑料薄膜，有的用刀子划破，有的用指头抠烂，有的用烟头烧上圆洞。窗户外面，窗台的泥巴上插满了带刺的棘子，显得破烂不堪。北面的窗户，紧靠一道长长的、四五米高的山崖，光线根本透不到教室里。在大好的晴天里，屋里也显得阴暗，标准的黑屋子土台子。屋面上拤的麦秸，已烂得高低不平，坑坑洼洼，上面还有几个布毽子、纸飞机，还有顽皮学生扔上去的密密麻麻的小石头，有的地方还生长着片片狗尾巴草和几棵小树。

两间西屋是老师的办公室，也全是用石头垒砌的，外墙没有抹泥，一门独窗都很小，也是钉着塑料薄膜，到处是用手抠的洞洞，比教室更低矮、破旧。里面墙壁上糊着已经泛黄的报纸，可能下雨天漏雨，有的墙面斑斑驳驳，有雨水浸流的痕迹，屋面也有的地方低垂下来，闻着一股霉味。窄窄的屋里，三四张规格不一的办公桌，黑不溜秋的，上面放着课本，备课本，学生的作业，几瓶蓝、红墨水，几支蘸笔，几盏罩子灯。还有几把吱嘎作响的椅子，一张瘸腿的木床，铺着一张缺角的破苇席。门后有一个盛水的水瓮，一张长方形课桌，放着几把暖壶。墙角竖着一根担杖，放着两只水桶，几节烟囱，一个生铁炉子，仅此而已。办公室外的角落里有一堆凌乱的柴草，旁边有一个用三块石头支起来的炉灶，看来是用来烧水的，墙壁已被烟熏火燎得乌黑油亮。这难道就是我要任教的学校？

学生回家吃饭已陆续到校了，高年级学生见了我，会大大方方地喊声："老师好！"低年级的学生在校园里肆无忌惮地追逐打闹。有的围着我，问我是哪庄的，离家多么远，叫什么名字，多大年龄，冶源在哪里……问的问题五花八门。

看学生的穿着打扮，确确实实显得与下面学校的学生不太一样。有的满脸污垢，流着鼻涕，头发凌乱。有的衣不遮体，露着小肚皮、小屁股。还有的穿着露着脚指头的破布鞋。但他们的天真、活泼、耿直、可爱，实在惹人爱怜。是的，山里的孩子秉承了山里人的淳朴、忠厚、善良、实诚，多年的接触、了解，是我终生的宝贵财富。

主任老师对我说："冯老师，今天下午你就先熟悉一下这里的环境，明天再给你分班排课，安排学生管饭。"我说："好吧，感谢您的体谅照顾！"

还是先到村子里看看吧！走出校门，向西走去。一条弯弯曲曲东西走向的小溪，从村子中央穿过。清澈的溪水淙淙地流淌着，一群群鸭鹅在水里游来游去，还时不时地朝天高歌。老碾下，有一群家鸡在欢乐地觅食，一只漂亮的大公鸡，飞上柴火垛，伸长脖子在打鸣。大榆树下，有几个老头、老太在说着话，他们看到我，问我是干什么的，我说是刚调来的老师，他们说："那甘孜刚好，先生是哪里人？"我一一作答。

上回头村坐落在一条山沟里，沟的两边，有的房子落差很大，显得错落有致，全是用石头盖起来的。大概有上百年的历史，显得古朴而典雅。条条巷子，也是曲曲折折，高高低低，通向各家各户和村外。顺着羊肠似的山路，爬上西山的半山腰俯视，一条九曲十八弯的山路、一条九曲连环的小溪紧挨着伸向远方……

山村的景色确确实实令人迷恋，但看着原始、偏远、贫穷、落后的山村，想到破烂不堪的学校、天真无邪的学生、求知若渴的眼神，我陷入了久久的沉思。

二

眺望连绵不绝的群山，苍山林场那葱葱茏茏的满目青松，染绿了大山，染绿了河流，染绿了村庄。它们立根破崖，饱经风霜，茁壮成长。蓝天白云下，那矫健的雄鹰在展翅翱翔。坡野里，朴实的山民，在面朝黄土背朝天地辛勤劳作，时时传来他们的欢声笑语。牧羊的老汉，头戴苇笠，在山坡上甩着响鞭，赶着羊群啃食丰美的野草。附近弯弯的山路上，有推车、担担的山民，偶尔驶过一辆 12 马力拖拉机，发出嗒嗒嗒的轰鸣声，缕缕的黑烟缥缥缈缈。曲曲的山溪水，映着偏西的艳阳，流光溢彩，唱着小溪流的歌，是那样的悦耳动听。山下那座座古老的石屋，掩映在绿树浓荫之中，那袅袅的炊烟升腾起来，仿佛在向我诉说着传奇而又美丽的故事。

看到这山村美好的景象，山里人能在这里繁衍生息、安居乐业，想到将来的愿景，内心经过激烈的思想斗争，我还是决定在这里扎根，为山村的教育事业，尽自己的所能，奉献出我的青春和年华。

仔细看看，我任教的上回头小学，当时在村子的最东端（听说以前是土地庙），孤零零地坐落在村路北边的山坡上。稍西一点儿，是村里供销社几间破旧的房屋，一棵高大的柿子树，矗立在院子中间，满树红彤彤的柿子，平添了不少韵致和情趣。正西、正北，是一座高于一座的民房……爬到校门口前面高高的山坡上看，学校好像一艘搁浅的老破船。

学校共有我们三个老师（两个是本村的），五个年级，学生来自上回头村、牛角村，有七八十人。主任老师对我说："冯老师，咱们学校属完全小学，老师少，但麻雀虽小，五脏俱全，我们研究一下怎样分班？"我说："怎么搭配合理，您就怎么分就是，教哪个年级都行。"经我们共同研究决定，一、三，二、四复式，五年级毕业班学生较多，又有升学压力，必须单式。我被分配教二、四年级，学生虽不是太多，但两个年级在一间教室里上课，还真是不知道怎样教才好。

甭管它了，还是先进教室和学生互相认识一下再说。我走进教室，班长大声地喊了一声"起立！"，其他学生齐声喊"老师好！"。我向他们鞠了一躬，说："同学们好，请坐下！"接着，我把自己的名字写在黑板上，简单介绍了自己的家庭状况及学习、从教经历。学生个个像听故事一样，听得很认真。我又拿出主任老师给我的花名册，用不太标准的普通话点起名来。点到名字，有的学生低着头，声音小得像蚊子哼哼；有的站得笔直，声音洪亮，还把我吓了一跳。其中有个学生坐下的时候，可能不小心，屁股底下摞着的石头座位塌了，引来一阵哄笑。我示意学生不要笑，问他砸着了没有，以后要小心点儿，并走过去给他重新摞好，竟招来学生一阵热烈的掌声。

当时，复式班教学在山区里非常普遍，都是包班制。开设的课程还不少，除语文、数学外，还有地理、常识、体育、美术、音乐等。一个萝卜一个坑，谁的责任都不小，谁的任务都不轻松。整天忙得不亦乐乎，有的老师还写出了打油诗："太阳出来红似火，出来进去还是我。每天忙得无空闲，一年到头不见钱。"这就是当时很多学校老师的真实写照。有的人不了解教师这个职业，认为当老师风刮不着，雨淋不着，公办老师吃皇粮，工资又高高的。民师挣双份，整天在办公室里看报纸，喝大茶，回家耽不着种地。隔行如隔山，当老师要凭良心，不能误人子弟。没干过的是难以体会到当老师的苦衷的，真是一言难尽啊！

尽管各个学校维持费十分紧张，但为了提高教育教学质量，加强教师的业务学习，还是订着《山东教育》《农村大众》等报刊，我期期必读，也从中学到一些关于复式班教学的管理方法、授课技巧等，颇有收获。复式班教学，要讲究方法，为了上课学生互不影响，我把二年级的学生排在前面，四年级的学生排在后面。上课时，先给二年级或四年级布置好作业，再给另一个年级讲课。如此循环往复，既不耽搁时间，又有工作效率。低年级学习差的学生，可安排高年级学习好的学生进行辅导，效果很好。经过一段时间的磨合，我对复式班教学的驾驭可以说得心应手。

　　学校比较重视文化课，应试教育严重，对音、体、美不太重视。学校没有任何体育、美术、音乐设施，校园文化生活相当贫乏，老师、学生整天除了上课还是上课，枯燥乏味，死气沉沉。甚至有的学生连基本的站队、左右转、看齐都不会，更别说唱歌、画画、手工制作等综合实践活动了。

　　看到这种状况，我不管别的班上不上，我要自主地开齐课程。便自掏腰包，到冶源供销社买来了一个哨子，一盒彩色粉笔，到新华书店买了一本歌曲书，和学生一说，孩子们欢呼雀跃，跃跃欲试。从此，校园里图画画起来，歌曲唱起来。因学校没有操场，我便领着学生顺着山路跑步，清脆的哨子声，"一、二、三、四"的口号声响起来，在山谷里回荡。在地里干活的山民也高兴起来，说："这才有个学校样……"自开全课程以来，孩子们可开心了，学习也有了积极性，都很愿意上我的课，惹得其他年级的学生羡慕得很……

　　我到上回头小学任教的消息不胫而走，没几天工夫已传遍了两个山村。

三

　　踩百家门，吃百家饭，不知从何年代兴起，我也没有调查研究过。在偏远的农村小学，凡没有条件办食堂的学校，有外地的公办教师或外村离家较远的民办、代课教师，都要学生派饭。一个学生管一天，学生多的学校，一年轮不了三两天，学生少就会轮得很勤。轮完一圈，再从头开始。家里孩子多的，有些家长愿意连着管，有些家长愿意分开管，悉听尊便。

　　别小看管老师饭，里面还有很多学问。派饭时，基本都是本村的老师派，因他们对每个学生的家庭状况比较了解。太窝囊的、太贫穷的、在村里威信不高的一般不派。我不建议这样做，有时会伤到一些学生和家长的自尊心。最好都派上，确实不愿意管的，可以和老师沟通好，以免出现一些麻烦。老师把全校学生派好后，把写好的派饭表贴在各教室前面的醒目处。老师再念一遍，并叮嘱学生千万不要忘了，还提醒学生上一个管完了要和下一个说好。

　　学生高高兴兴地回家，把何时管老师饭的消息告诉家长，有的学生却哭着回去和家长说，老师没把咱家派上。家长便气昂昂地拽着孩子到学校和本村的老师理论，说："老师，孩子回家说管老师饭没把俺家派上，什么意思啊？是不是嫌俺家里穷，是不是嫌俺家窝囊？你们也太看不起人了。俺家是穷，就是借钱，俺也要管好老师饭；俺家是窝囊，俺不会把家里拾掇得干干净净……"家长连珠炮似的"轰炸"弄得老师都很尴尬，只好满脸堆笑赔不是，他们才作罢。

　　山里人非常淳朴、忠厚、善良、实诚，待人都很热情。轮到哪家学生管饭了，家长就会特意赶八九里的山路，到二郎庙集去置办蔬菜和猪肉等（因村里没有肉扞子）。碰到有熟人问起，"怎么舍得割肉吃，来客了？""不是，管老师饭呢！"他们回答得既高兴又自豪，这可是我耳闻目睹的。

　　我所在的上回头小学，只有我自己吃百家饭。我和学生说过多次，我也是庄户人，也吃庄户饭。你们家吃什么饭，我就吃什么饭，千万不要单独给我做好吃的，我也不到家里去吃，把饭送到学校就行，可是没一家听我的话。

　　每到吃饭的时候，学生都去学校叫我，我说你回家给我送来吧！他们总是说："俺爹娘叫你家去吃，送来就不热乎了。"我也就只好顺从，跟着学生的身后往他家走去。到了家门口，小狗叫着报信，主人笑脸相迎。他们总会伸出粗糙的双手热情地握着，互相寒暄着走进屋里，女主人已把热腾腾的饭菜摆好。客气地把我让到上座上去，我们推来让去的，只好各就各位。

每到吃晚饭时，家家户户都特别郑重，做上六个盘八个碗地伺候我。我心里过意不去，劝他们不要这样破费，以后生活好了再说，可就是不听。还用酒壶子烫上串香酒，非让我喝上几盅，因我不胜酒力，只能勉勉强强喝一点点，可他们说我不实在。我说："我在二郎庙也吃了好几年百家饭，不信可以去打听一下，往后你们就知道了。"他们见劝不上酒，也就随我的便。

到学生家吃饭，家长一般都会把孩子哄到外面去玩，或者让他们到别的屋里去写作业。但总有些还没上学的孩子不太听话，坐在旁边，眼巴巴地看我们喝酒吃菜，我总会叫他们坐下一块儿吃，或者给他们夹菜，惹得他们的爹娘斜眼瞅着，有的竟被撵出屋去哇哇大哭。我看到家长这样，心里真不是滋味啊。当时庄户人的日子实在苦啊，没来客人，不管老师饭，难得吃上顿肉和雪白的馒头。我的到来给他们带来了沉重的负担，现在想想，心里真是感慨万千，感动满满。

有人说："踩百家门，吃百家饭，可真是神仙过的日子，整天有人伺候着，吃香的，喝辣的，知足吧！"是的，我们应该知足啊！他们的孩子我们教着，应当尽心尽力把他们教好，这是我们的责任和义务，不然还真对不起他们的真心实意。

在学生家吃饭来不得半点马虎，要文质彬彬，为人师表，不能胡言乱语。家长的性格、脾气千差万别。他们做的饭菜质量有好有孬，滋味有咸有淡，有生有熟，卫生条件有脏有净，但千万不能表现出不满的情绪，孬好都吃饱就行。确实遇到盘碗、筷子、茶碗等没刷洗干净的，屋里乱得一团糟，有身体不好咳嗽的，甚至有鞋袜、尿臭味的，也要高高兴兴地硬着头皮吃，不然让家长看到产生误会。吃饭时，不能像在自己家里一样随心所欲。能喝酒的尽量少喝点儿，更不能喝醉出洋相。夹菜不要夹别人那里的和顶部的，也不要用筷子胡挑乱翻。吃饭时，还要特别注意吃相，不能狼吞虎咽，嘴里发出声响……有的学生家庭人口多，老老少少十几口，坐在屋里看着吃饭，你的一行一动真可谓一目了然。

有的学生家里晚上有特殊情况，会安排一两个孩子挎着筐子或篓子，丁零当啷地把饭菜送到学校里。掀开盖着的崭新毛巾，里面放着三四个盘，上面扣着碗，有的已经滑脱了，家什里也洒了一层菜汤子。端出盘碗，拿出干粮和酒，把每样菜靠边夹出一些，放到我自己用的搪瓷缸里，再拿出一两个馒头，重新把家什收拾好，让学生接着捎回去，以免天黑了看不清路。

在山里吃百家饭十几年，与那里的父老乡亲结下了深厚的情谊。每家每户都把我当成家人，我也把这里当成了自己温馨的家。我们边吃边聊，谈谈孩子在家、学校的表现和一些别的事情。用不了多长时间，村里的环境、大情小事、村民的家庭状况，我便了如指掌。山里人无微不至地关怀，尊师重教的氛围非常浓厚，使我终生难忘。最令人欣慰的是，吃百家饭的日子，基本没遇到把管饭忘记的。有时星期六、星期天遇到雨雪天，他们都会先问我回不回家。如果不回家，他们就照常准备好饭。

说起吃百家饭，听到或看到一些事情，成了人们茶余饭后的话题、笑料。有的老师在学生家里喝醉酒，满嘴里说胡话，甚至骂叫连天，掀桌子，摔凳子，丑态百出；有的在大街小巷里跟跟跄跄，躺在地上呕吐，打醉睡；还有爬树的，搬石头的，走进树园子里出不来的；听说还有赖在学生家里不走的，被主人用绳子绑在车子上，推到学校里的；等等（但不知是真是假）。唉！总之，老师为人师表的形象，被个别人玷污了，败坏了。难怪老百姓对教师的评价不怎么高，一粒老鼠屎坏了满锅汤。

吃了学生家的饭，应当发给学生饭钱，这是国家规定的。虽然每天的饭钱不多，公办教师三毛钱，一斤一两粮票；民办、代课教师五毛钱。当时粮所里没熟人，山东省粮票不好兑货，更甭提国家通用的。我只好买来面粉、破好零钱发给学生。但好多家长说什么也不要，说："别说您教着俺的孩子，就是不教，吃顿饭也不要紧的……"但无论怎么说，我总要想方设法发给学生。

改革开放后，随着国家的富强，人民生活水平的提高、改善，各学校逐渐有了食堂，老师也能就近教学了，不用再安排学生管饭了，终于减轻了老百姓的负担。派饭制退出了历史舞台，一去不再复返了。

1985 年深秋的一个夜晚，从牛角村一学生家吃饭回校的途上，发生了可怕的一幕，现在回想起来，还心有余悸。

四

牛角村，在上回头村偏西南大约一公里处。该村在全临朐县是数得着的小山村，人口不足百人，房子也几乎都是石头屋，且分散居住。姓谭的兄弟六个在山下的沟里居住，叫谭家沟。郭、王、张姓等在高高的岭上安家，叫郭家岭。宗姓在岭东的山坡上落户，称宗家坡。村南，顺着很陡的环山路下去就是琴口村。

村东，就是有名的轿杆顶。村西不远处，就是闻风丧胆的"阎王鼻子"，站在那里朝西远眺，山、水、林、田、山路、村庄，景色如画，尽收眼底，美不胜收。哦！原来那就是著名的国营嵩山林场范围。朝下望，悬崖绝壁，犹如斧劈刀削般。槐树、青松、灌木丛遍布山崖，蒿草莽莽，野兽出没，山风阵阵，阴森可怖。一条弯弯曲曲的蛇形山路，被齐腰深的野草掩盖，极其陡峭、险峻，如果不小心，就会滚到山下去。这唯一的险路，可通往当时五井公社最富裕的付家庄、水泉（山楂基地，20世纪80年代初，全村皆是排排红砖瓦房）等村。有一年，我曾和下回头小学王庆军老师一块儿赶过付家庄集，给学校买办公用品，找不到来时的路。我算是领教过山路难行的滋味。

牛角村，有十几个学生在上回头小学学习，路很不好走，上学很不方便，有时天气不好，就带饭在学校吃。我就抽空给他们用铝壶烧水，顺便照顾一下。该村支部书记非得要求学生管我饭，家长也非常乐意。

到牛角村学生家里吃饭，很不方便，因路途较远，没有一家送的，都要我去吃。轮到哪个学生，下午放了学，他就先在教室做作业或者在院子里玩。看看时间差不多了，就到办公室里喊我走。因路况不好，又远一些，我专门买了个电棒子捎着，以防不测。

我和学生边走边了解村里、家里的情况。有时在路上碰到干活回村的父老乡亲，说上几句话，有时再赏赏山景，夜幕也就降临了。此时的山村已是炊烟缕缕、朦朦胧胧了。

那时，正值深秋大忙季节，我到学生家去的时候，学生母亲正在饭屋里忙着做饭。男主人把我让进屋里落座，下好茶叶闷着。村书记也被邀请来。我们谈着学校、学生等事情。

饭菜做好端上桌，我们边聊边吃，气氛融洽。不知不觉，吃饱喝足，看看时间已不早了，便起身告辞，可家长、书记使劲拽着我的胳膊就是不让走，非让我在他们家住下，明天和学生一块儿去学校。我说："不能住下。我捎着电棒子，又不害怕，你们的心意我领了，就这样吧！"他们看我执意要走，就赶忙点上保险灯，非要送我到学校，我也不要他们去送。可这家长拗得很，我也不好再说什么。

我们边走边说着话，不一会儿走下山来，到了通往上回头村的路。我说："好了，大哥，送到这里就行了，您也往回走，我也往回走，好吧！"我们握手道别，各走各路。那晚的天气不是很好，抬头望，扁圆的月亮在云层中穿行，看不到眨眼的星星。回头望，家长已爬上高高的山坡，那灯光一闪一闪地远去。

山村的夜色真美啊！大山的轮廓朦朦胧胧，山中的树木隐隐约约，一只只萤火虫挂着灯笼飞来飞去。秋虫在草丛里低吟浅唱，偶尔从树林里传来夜猫子"咕喵——咕咕喵——"的鸣叫声，听了瘆人头皮。那晚没有一丝风，山村的夜啊好幽静！

只顾用电棒子照着走路，抬头发现已快到山路边那两棵老柿子树跟前了。啊呀，树上吊着黑乎乎的是什么，怎么一动不动，莫不是人吧？心里吓得扑通扑通乱跳，还出了一身冷汗。慌忙用电棒子一照，唉！原来是吊着一捆玉米秸。真是虚惊一场啊！心里想："真是奇了怪了，我去的时候柿子树上只有满树的红柿子，我还特意看了几眼，没有看到有玉米秸。难道是有人故意搞恶作剧，还是怕有人夜半三更出来偷柿子？"

加快步子，赶紧赶路，当大约走到半路拐弯处时，突然觉得毛发直竖，头皮发麻，心脏骤然急剧地跳动起来，呼吸也感觉急促起来。这是怎么回事啊！便哆嗦着手，用电棒子朝四周照去，这一照不要紧，离我身边不足二十米处的崖头上面，一块没收割的玉米地边，站着一只毛色灰黄的狼。它恶凶凶的眼睛，一条下垂的尾巴，两只上竖的耳朵，一张宽长的嘴巴。我听过一些关于狼的故事，看来是真遇到狼了。

怎么办？路上不见一个人影。此时，我既不敢前进，也不敢后退，更不能下腰摸石头。俗话说："狗怕下腰狼怕蹲。"还是不贸然行事为好，这万一是狼怎么办？弄不好会弄巧成拙。听说如果蹲下摸石头，狼以为要打它，惹急了它，会和你拼命的。狼生性凶恶残忍，又狡猾多疑，搞不好今夜小命不保。我一直用电棒子照着它的脸，看到它那绿莹莹的双眼，闪着瘆人的幽光。

我和狼一动不动僵持了有五六分钟，感觉就是一夜的时间啊！这时，它可能看到我对它没有构成什么威胁，便大模大样地伸了个懒腰，掉转头慢悠悠地钻入玉米地，发出哗啦哗啦的声响。一会儿，只听哗啦啦几声石头响，它便轻松地跳上一道堰墙，慢悠悠地进入山上密密的松树林中。

我用电棒子一直照到看不见狼了，才从地上摸起一块石头，跑着往回赶路。一边跑还时不时地回头照照，看狼是否跟上来了。终于，上气不接下气地跑到村西头了，听到有水桶的咯吱声，走近一看，原来是一个村民到老泉上去挑水（当时旱情严重，上回头村人畜饮水都困难，需要到老泉挑水）。他问我跑什么，我说遇到狼了，他问我在哪儿，我和他一五一十地说了。他也吓得不敢去挑水了，便急急忙忙挑着水桶回家去。

到了村里，看到家家户户的灯还亮着，我的心才稍稍平静下来。走路的脚步声，引起几声犬吠，在静悄悄的夜里听着格外响亮。

回到学校，点上罩子灯，用一根抬水的木棍，狠狠地把门顶住，坐在椅子上稳了稳神，看看办公桌上的马蹄表，时间还不很晚，准备再备点课。我想，今夜将是个不眠之夜。

五

时间过得好快，倏忽间，已进入了严寒的冬天，一年中最难熬的日子如期而至。

上回头村、牛角村的支部书记商量，要给我们学校买煤炭取暖。那时的煤炭很难买到，别说买五井煤块，能买到煤末子就不错了。他们想方设法买来了一两千斤，用一辆拖拉机拉来。老师从家里挑来架筐，让高年级学生一筐筐抬到办公室的墙角里，堆成了一座小黑山，窄窄的屋子显得拥挤起来。

两间办公室的门窗，虽然被我们钉上了新塑料薄膜，生上了抱窝鸡炉子，但填上煤末子，就是待死不活的，好好看看，煤里有很多黑石头。加上点木柴，好歹屋里稍微有一点温度，但不一会儿就顺着墙壁的石头缝子和薄薄的屋扒钻出去了。五井煤尽管烟比较大，应该很肯着火，不至于这样。后来询问村干部，原来不是五井煤，从此，堆在那里也没有再烧过。

天越来越冷，气温急剧下降。干冷干冷的山风，顺着山谷，刮过孤零零的学校。办公室四面漏风，门后水缸里的半瓮水，一夜之间结冰到底，裂为两半。

晚上，在学生家吃完饭回到学校，到教室里拿些学生带来的棒槌子骨头、干树棒，生上炉子把屋里烘烘。如果想坐在椅子上看看书、备备课、批批作业，一会儿就冻得手脚冰凉、生疼，实在忍受不了，赶紧拾掇开被子，把腿脚盖起来稍微暖和一点儿……孤零零的学校，孤零零的油灯，陪伴着孤独的我。有时夜里寒风狂虐，吹得罩子灯的火苗不停地摇晃，甚至有被吹灭的时候。

钻进冰凉的被窝，像狗一样蜷缩在里面，嗖嗖的冷风吹到露着的脸，不免用被子蒙起头来。门窗上的塑料薄膜，时时被风刮得啪嗒啪嗒地响。睡在冰冷的屋子里，犹如冰窖，比睡在野外强不到哪去。心想："这样的严酷环境，可别冻死在这里。"

冬天的夜是漫长的，到天亮也暖和不过来，在这样的寒夜里简直是苦苦煎熬。没多长时间，我的耳朵冻肿了，双手冻得裂口子，有时流出鲜红的血液，双脚肿得生疼生疼的，像猫咬着一样难受。清晨起来，甚至不敢使劲穿鞋子，走路也不敢重重地着地。等熬到春暖花开的季节，耳朵、双手、双脚，就会奇痒难忍，最终脱下一层或薄或厚的死皮。

20 世纪 80 年代，每到大雪时节，总要下上几场瑞雪。

最难忘 1985 年冬季的一个夜晚，天空彤云密布，不一会儿，纷纷扬扬的鹅毛大雪铺天盖地地从天而降。霎时间，山川、河流、树木、村庄、房屋被笼罩在白茫茫的大雪之中。

簌簌的雪花，在静谧的山村飘飘洒洒。仔细聆听，仿佛是无数的精灵唱响的一曲绝美的歌谣。

大雪下了整整一夜。

清晨，敞开屋门，天已放晴，厚厚的积雪足有三四十厘米深。走出校门，通往学校的村路，不知是被哪个好心的村民，早已用铁锹清除出一条弯弯的雪路。

环顾山野、村庄，满目银白，美得妙不可言。村庄里大大小小的树木，像开满了蓬松松的雪绒花。细细的枝条被压得倒垂下来……看到这景象，不免想起著名的诗句："忽如一夜春风来，千树万树梨花开。"再看苍山林场那数不尽的青松，一夜之间，像披上了雪白披风的将士，笔直地站在高高的山冈上，等待着出征的号令。

清晨的太阳，照耀着无垠的雪野，亮晶晶的，晃得人睁不开双眼。学校门口以东的山路上，已经有深深的脚印，那一定是清晨本村上初中的学生踩出来的。我拿出扫帚，在校园里清扫出几条通往教室的小路。

学生们放了早学，回家吃了饭，带来了除雪的工具，把雪堆在校园的树下。下课后，学生们还堆了一个大雪人，给他们带来了无限的欢乐，那开心的笑声在山沟里荡漾。

下了这么大的雪，必定给来年的山村带来好收成，但给人们的出行带来极大的不便。由于大山的阻挡，加上太阳的晚现早隐，山阴、山路上的雪，化得特别慢。通往山外的路本来就不好走，这下可好，山路更难行走了。

好歹盼着星期六，好骑车回家看看一两星期没见的爹娘。在这样的环境里教学格外地想家，想亲人。出门在外，虽离家不是很远，毕竟也有近三十里的路程，如果长时间不回去，爹娘也是格外地牵挂。

不管雪后的山路多么难走，我还是要时常骑车回家。路上的雪，向阳的地方有的开始融化，有雪有冰，背阴的地方丝毫不见动静。村庄里家家户户的麦秸房檐上，挂着一根根宝剑似的冻冰凌子，可见雪下得多大，气温有多么低。

最难走、最危险的地方，就是李家庄和湾头河村交界处的悬崖那里。此处坡度比较陡，冬日的太阳照不到，被压下的积雪或冰块锃亮溜滑，大胆的骑车人，有时都晃晃悠悠地东拐西扭，一不小心，车子一滑，连人带车滑出老远。我也曾经摔过好几次，磕得鼻青脸肿，车踏子进去了，车把朝了前，辘辘子也不转了，只好用肩膀扛着到二郎庙车行修好。

回到家，爹娘看到我的样子，问我怎么搞的，我只好装作若无其事的样子，告诉他们不小心摔了一跤，免得爹娘心里难过，心疼得不得了。但我分明看到了俺爹表情的凝重，俺娘默默在流眼泪……

星期天下午或星期一天不亮，我就带上一床娘给我做的棉被和爹给我新买的大衣，告别他们，重新踏上山村的教学之路。

离开上回头小学也有十三四年了，但1986年夏天，那令人恐怖的雨夜，仿佛就发生在昨天。

六

有一天，上回头村、牛角村的支部书记凑到一块儿，来到学校和我们协商校舍修缮改造之事。书记说："咱们的学校已破旧得不成样子，准备把校舍的屋面拾掇拾掇，门窗、桌凳全部得进行更换，安上玻璃，再在教室的西头盖上两间办公室。看看别村哪个学校都比咱校强，不管困难多么大，说什么也要在今年的汛期来临之前完工。"我们听了心里非常高兴。

说干就干，村干部从村里找来泥瓦匠，把各教室都做上了黑板，把屋面有烂扒的地方补好，把坑坑洼洼的地方，重新用麦秸拎平，把掉下来的泥皮抹好。找来的木匠，到学校里量好门窗的尺寸，在家里做好后，利用星期六、星期天——安妥。再找会割玻璃的人，安上锃明瓦亮的玻璃。打课桌的木匠，把做好的崭新课桌凳油上清漆，也一车一车地运来。

教室的西边原来有高高的崖头，需要动工把多余的土石刨掉运走，动工量比较大。村干部天天靠在那里。运土石的、开石头的、拉锯的、砍檩杆子的、做大梁的、勒高粱鞍子的，干得热火朝天，不亦乐乎。

经过他们的苦干，十天半月的时间，两间崭新的办公室宣告竣工。屋面上没用麦秸拤，而全部使用的水泥瓦，里外的墙壁也用石灰细泥抹的，雪白雪白的，看上去非常美观。

当时县电影公司帮扶上回头村，驻村干部老刘看到学校没有大门，便用卡车拉来了两扇用钢筋焊接的门，像个铁栅栏，下部油着天蓝色的油漆，顶部油成大红色的，都扁成红缨枪似的尖头，漂漂亮亮的很实用。

上回头小学的学生，用上了新黑板、新桌凳，终于告别了黑屋子土台子，看到像模像样的学校，孩子们都高兴得欢呼雀跃。

炎热的夏天悄然来临，汛期也到了，滂沱的山雨一场接着一场。不几天，山中或深或浅、或长或短的沟沟岔岔里，无数条略带黄色的山溪水，汇到村中的深溪里，形成一股激流，顺着一溜下坡，飞速地蹿到下游的凤趾河，汇成更猛烈的巨流。

这连续不断的山雨，给山村带来不少损失。有的地堰被冲塌，有的小桥被冲毁，有的柴火垛被冲走，连二郎庙集上摆摊的水泥板，都被冲得所剩无几。有几家门市部都过了水，物品被浸泡，里面一片狼藉。王家河村东的桥也被冲垮，阻断了交通，出村进村的人们只好望河兴叹……

一个风雨、雷电交加的恐怖黑夜即将来临。

在学生家吃罢了饭，回到办公室，点上罩子灯准备备课，突然听到有人在校门口吆喝我："冯老师，天这么闷热，你不出来凉快凉快？"我一听，原来是学校的东邻——我的好朋友付廷生（1985年学校以东来了好几户，盖上了石头房子）。我放下笔，走出学校，和他来到学校门口的小溪旁，坐在石头上聊天。廷生兄弟很健谈，平时没有事就到学校来找我玩，我们天南海北说得很投机。

我看看手腕上的夜光表，不知不觉已十点多了。忽然，听到山上有呼呼的风声由远及近。一会儿，狂风大作，乌云翻滚。看样子，骤雨马上就要从天而降。好朋友急忙往家跑，我也回到学校，用铁链子锁好校门，迅速回到办公室。

刚回到屋里不久，扑闪闪，几道耀眼的闪电划破夜空，紧跟着一阵阵轰轰隆隆的霹雳，在天空炸响，震得门窗玻璃发出"吭吭"的声响，仿佛办公室也颤动起来。

狂风刮开了办公室的门，我走过去，用两根木棍顶好，拉上窗帘，准备睡觉。躺在床上，看到闪电越来越亮，听到雷声越来越响。霎时间，哗哗的大雨果真下起来了，大大的雨点打在门窗玻璃上啪啪地响。我从床上爬起来，掀开床头窗户上的窗帘，借着闪电的亮光往外看，听到呼啸的风声、暴雨的急响。那茫茫的雨幕，遮得连近处的景物也看不清了。校园里的雨水已积满，顺着南墙底下的阳沟倾泻而下。

这时，忽然听到屋里有"吧嗒吧嗒"的声音，感到脸上也滴到了雨水。我急忙爬起来点上灯，看看是怎么回事。"哎呀！"不好，办公室好几个地方漏雨了。看看床上，已经好几处湿漉漉的。我把床拖出来，拖到屋中间没漏雨的地方，拿起脸盆、水桶、搪瓷缸子放到漏雨的地方接水，顿时发出"叮叮当当"的敲击声，使我无法入睡。心里不住地纳闷："这刚刚建的办公室，怎么会这么多地方漏雨呢？"

吹灭灯，无可奈何地坐在床沿上发呆。突然，听到学校大门上锁着的铁链，撞击铁门发出"哐啷哐啷"的声音。我想："这是谁冒着大雨，三更半夜地到学校来晃门？"我吓得一动不动，没敢作声，也没有点灯。这时，又听到"咕咚"一声，像有人跳进校园里来，"吭哧吭哧"的脚步声由远及近，吓得我浑身起了鸡皮疙瘩。

这人来到办公室门前，弯着腰站在过门石上，使劲用手砸门，用脚踢门，我就更不敢动弹了，离门口这么近，我吓得心脏仿佛跳到了嗓子眼。哎呀，亏了我把门顶上了两根棍子，他没砸开。亏了我拉上了窗帘，他往里看不见。亏了……

只听这人吆喝了几声："屋里有人吗？谁在屋里，快给我开门！你在屋里睡死了吗？"听声音怎么像是女人？她到底是谁，怎么这么大胆？到学校里来干什么……一道闪电，我从薄如蝉翼的白色窗帘中看到，一张女人的脸，紧贴在门玻璃上，披散着流着雨水的乱头发，用双手摸索着淋满雨水的玻璃，瞪着两眼往屋里瞧，舌头也几乎舔着玻璃了。看到这令人恐怖的一幕，我的头皮一乍一乍的，惊得大气也不敢出，只能听到心脏怦怦地乱跳，不禁想起看过的鬼故事。

这"女鬼"侧着耳朵，听听屋里没有什么动静，犹豫了一会儿，离开门口向办公室西面的矮石墙走去，传出几声石头落地的哗啦声，接着又听到"咕咚"一声响，跳下了墙头。可能这女鬼跳墙时磕到了，听到了几声"哎哟"，还骂了几句不中听的话。

我悄悄走到西山墙上的窗户旁，轻轻掀开窗帘的一角，借着闪电的亮光，看到那女人趔趔趄趄地，已走出二三十米远。这时，传来她唱歌的声音："叫俺扭来俺就扭，一直扭到十八九，俺娘不给俺找婆家，俺就跟着那八路走……"这夜半的歌声，像野鬼在布满坟茔、长满蒿草的荒郊野外的哀嚎，听起来令人毛骨悚然。

一直听望，那女人渐行渐远，消失在滂沱的雨夜里。

风渐渐地停了，闪电、雷声也渐渐远去，雨也似乎小了许多。此时，山上突然传来一连串石堰垮塌的声响，学校门前的小溪里也一定涨满了洪水，流水的声音呼呼啦啦地滚滚东去。

我躺在被雨水浸湿的床上，抚摸怦怦乱跳的胸膛。回想刚刚发生的可怕一幕，翻来覆去，没有一点儿睡意。看看手表，已到子夜。心里想，往后等待我的又会是什么呢？

七

屋面上的漏水，也渐渐停滴。一夜无眠，满脑子里全是那"女鬼"的形象，不敢朝黑乎乎的办公室门口看，也不知什么时候，迷迷糊糊地终于熬到了天亮鸟叫。

我懒洋洋地从床上坐起来，穿上鞋子，刷了刷牙，洗了把脸，拿下顶门的棍子，拉开窗帘，敞开屋门，走到院子里。雨后的空气分外清新，深深地呼吸几口，感到神清气爽。

打开校门，站在门口，嗬！深溪的洪水满满的，都快漾到路上了。学校厕所的位置较低，里面也灌满了泥水，进不去了。看看山上的树木、庄稼经过雨水的洗礼，也格外干净、青翠。叫不出名字的鸟雀子，有的在碧空如洗的蓝天上飞翔，有的在树丛里婉转地歌唱。

老师、学生陆陆续续地来到了学校。我把昨晚雨夜里发生的事，原原本本地告诉了老教师苗怀德。他对我说："可别说了，她是个精神病人，娘家就是这庄的，昨夜里她到了很多户里去砸门，喊着户主的名字叫嚷，搅得四邻不安，还上俺家里去了，我一听就知道是她，我没搭理她……"学生也你一言我一语地谈论着这个话题。总之，这些学生都认识她，没怎么害怕，很多学生还告诉我她的外号。

学生说："这个女人还在村子里没走。"苗老师也告诉我："晚上要早锁门，把门顶起来，尽量不要点灯。要不我来和你做伴？"我说："不用，我已经知道了就不害怕了。"

终于又见到这个女人了。

有一天上午，我们正上着课，她双手各握着一块不大不小的石头，喊着叫着来到了学校，扬言寻找叫她外号的学生，并毫不犹豫地走进了西头的五年级教室，吓得一些女同学尖叫起来。老师让她出去，她就是不肯，顺手拿起一支粉笔，在黑板上胡写乱画起来，还拿起教鞭把讲桌砸得啪啪直响……临出教室，从布袋子里掏出了几枚硬币，像扬糖一样扔向学生（下课后听几个学生说的）。

我在中间的教室里上课，听到她在校园里嚷嚷，便从教室的玻璃窗户往外看。哎呀！这女人的个子还不矮，脸庞有些黑，眼睛有些凝滞。个子大约有一米七，五大三粗的。披散着乱蓬蓬的头发，破旧的衣服上满是泥巴，有一只鞋子也没有了。昨天雨夜里，难道就是这个女人，跳过墙头来砸门？看到她这个样子，心里不免还有些紧张。

老师们好歹把她劝走了。下了课回到教室，老师们看到盆盆罐罐里有些水，问我是怎么回事，我说屋漏接的雨水。我们走出办公室看了看，苗老师说："嗨！好多瓦片都滑下来了，可能水泥瓦太光滑，屋面子上的扒泥太薄没粘好，昨晚下的雨又大，冲的，不滑下来才怪来。等我从家里扛梯子来，拾掇拾掇就行了。"

又到星期六了，吃了晌午饭，看看头顶的太阳，热热地照射着大地。山蝉在林间吱啊吱啊地唱着欢歌，伶俐的家燕唧唧地叫着在碧空中飞翔。

因为连续下大雨，已半月没回家了，也不知雨后的山路好走不好走，王家河村东的河水深不深、急不急……管它呢！山村里在工厂里上下班的人也不少，他们总要回家吧？他们能走，我也应该能行，还是回家一趟。回来时，顺便到米山书店，用自行车驮回一些办公用品。

说走就走，从办公室里推出车子，看到学校门前的路有些干了，心里非常高兴。骑上车子，顺着一溜下坡很快到了下回头村东。再往下走，有些路段就高低起伏了，也是最难行走的一段。

雨后的山路，有的地方坑坑洼洼，好多地方被水冲出一道道沟子。路边的堰墙有的垮塌到路上，阻碍了交通。这里的泥又黄又黏，骑不了一会儿，车轱辘子就沾满了黄泥。无论怎么用力，车子都一动不动了。没办法，到路边从树上折下一根树枝，慢慢抠塞得结结实实的泥巴。走不了十米八米，又塞满了，只能反反复复地抠抠走走，停停歇歇。看着满是黄泥的车子，真想一脚把它蹬到河沟子里去，或者搬来一块石头把它砸个稀巴烂。

没辙了，车子骑也骑不动，推也推不动。还是扛起来，让它骑着我慢慢走吧！扛在肩膀上的车子，开始时，还不怎么觉得沉重，可越走越觉得膀子受不了了，连鞋子也拔不出来了。放下车子，喘口气，擦擦头上的汗，跺跺鞋上的泥，心想："照这个走法，恐怕黑了天也到不了家。"

正在犯愁时，看到一个中年男子推着车子从下面走来，车子上没多少泥。走近了一看，原来是上回头村的老傅，他在水泥厂上班。我们互相问了问路况，他说往下走的路还可以，只有个别地方不好走，王家河村东河水有些急，需好几个人互相搀扶着过去。告别了老傅，继续扛着车子，好歹东摇西晃地挨到李家庄村西的大峪。

放下车子，坐在路边的磐石上歇一歇，看看车子上、衣服上、鞋子上沾满的黄泥，简直像个"泥猴子"。这狼狈的样子让人看到，还不把别人笑死……

一路骑骑推推，好不容易到了王家河。看到两岸停放着一辆辆自行车，一些需要过河的男男女女，有的男人已扛着车子走到河中心，有的在岸上来回徘徊。特别是一些漂亮的大姑娘，看到湍急的河水，没一个敢过的。我看到河水并不是很深，刚到大腿，这我就敢过了。我在米山待了好几年，已经练出了胆量，加上自己又有高超的游泳技术，对我来说，简直是小菜一碟。

我脱下鞋子，挽起裤腿，二话没说，扛起车子，一手提溜着鞋子就下水了。岸两边的水不是很急，也浅一些，可走到中间，水就渐渐深了，看到滚滚的洪流，还真有点眼晕，急流冲得我有些趔趄。这时，裤腿也褪下去了，甭管了，稳稳神，继续前行，很快一摇三晃地渡过河去。

岸上的大姑娘叽叽喳喳地说个不停，看样子急得不得了。他们中间有几个认识我的，看到我自己过河，说："冯老师，你还真大胆来，俺不敢过怎么办？好几天没捞着家去了……"我对他们说："好过，你们这么多人，扛着车子，排成南北一条线，一个拉着一个人的车子，但千万别撒手，眼要往前看，可不要往水里看，完全能过去。如果不放心，我可以护送你们。"她们竟毫不推辞，由我拽着最前面那姑娘的自行车把，她们慌得又喊又叫，踩着河底的鹅卵石，终于趔趔趄趄、安安全全地渡过河去。她们高兴得一个劲儿地向我表示感谢。

我蹚过河去，把脏成泥蛋的车子推到河里，摇起车踏子，很快洗刷得干干净净。

回到家点下车铃，爹娘听到响声，高兴地从屋里走出来，叫着我的小名说："你可回来了。"走进屋里，爹娘说我比以前稍胖了些，脸面也红润了不少。我说："那里的乡亲们都对我很好，都给我做好饭吃。"爹娘听后，欣慰地笑了。随后还问了一些别的事情，我只能报喜不报忧，让他们放心。

星期一吃过早饭，骑上车子，紧赶慢赶地来到米山书店，捆扎好办公用品，向目的地骑行。这山路，经过烈日的暴晒，好走了许多。走到下回头村东大峪坡上，坐在被山雨冲刷得非常干净的石头上小憩时，心中不免感慨万千，这条弯弯的山路，也走了好几年了，平时看到的也就是在山上干活的乡亲，再就是零零星星在厂里上下班的工人和赶集上店的，但常常是我踽踽独行的身影……

别胡思乱想了，还是加紧赶路。推车走到下回头小学屋后时，从后窗户子里，传出学生琅琅的读书声，还是不过去打扰王老师了。小溪南边的树园子里，有几只漂亮的大公鸡在觅食，其中一只还伸长脖子，挓挲着脖颈上的毛，打起鸣来——"勾勾喽"，一声啼叫，又是一个崭新的早晨。路边的井台上，有几个乡亲在用草绳拔水，我们互相打了几声招呼。

从下回头到上回头这段路一路上坡，车上载着办公用品不能骑行，只好使劲推着走。当走到离学校不远的拐弯处时，"啊呀，不好！"便扔下车子，撒开双腿，拼命地跑到路南的玉米地里。

八

　　还是那个女人，站在山路上面高高的悬崖上，双手举着一块大石头，嘴里呜里哇啦地不知喊着什么，狠狠地朝我砸来，看看自己前后不见一个人影，才出现了我"丢盔弃甲"狼狈逃窜的那一幕。

　　轻轻地站起身来，拨拉开密密的玉米叶子，抬头看看究竟。只见她还在那里往下扔石头，唉，这女人到底怎么了，我和你又不认识，更没有仇怨，为什么老是和我过不去？

　　这时，听到有人说话的声音，原来是几个乡亲上坡干活的。我急忙走出玉米地，把刚才发生的事说给他们听。一村民说："冯老师，不要怕，我去把她撵走。"这女人在庄里待了好几天了，弄得满庄里不得安宁。昨天，有个骑着嘉陵子到庄里收鸡、收鹅、收兔子的，她看到停在大街上，就搬起石头砸人家，差点把那人吓煞……

　　我远远地跟在村民的身后不敢靠前。村民走到悬崖下，用手指着她，让她放下石头快回家。别说，那女人还真听话，把石头扔到一边，低着头往东走去。看她慢慢地东去，并从立陡的山路上下来，向下回头村的方向走去。看样子，可能要回婆家了。好心的村民帮我把车子扶起来，弄好歪向一边的办公用品，说："这就刚好，幸亏没砸着车子。""是啊！多亏您的帮助，不然俺还不知等到什么时候呢！"谢过村民，我推着车子到了学校。

　　在上回头小学教学，交通闭塞，买点东西还真是不容易。有时想去打瓶洋油、买包蜡烛，到了店里不是缺这就是少那。三个自然村，只有上回头有个供销社，因山路难行，进点儿货物，需推着木车子，到冶源去推，来来回回累得进货人了不得。爬大崖头，还得用人拉车，整整一天的工夫。因山里人口少，挣不了几个钱，以后那人也不喜干了。

因学校学生较少，那少得可怜的维持费，恨不得掰开花。最困难时，连火柴、洋油、蜡烛也没钱买。有时在学生家吃完饭回到学校，灯里、瓶子里已干干净净。去找我玩的总说："冯老师也真够节约的，黑灯瞎火的也不点灯。"我说："没油了。"第二天，总有几个学生提着瓶子，从家里带来点儿，我自己也掏钱买过好几次。清楚地记得，付玉芳、付廷花、苗永爱等同学还主动凑钱给我买来了洋油、蜡烛，解决了我的燃眉之急，这令我非常感动，永远也不会忘怀。

因上回头小学不但贫穷、偏远，而且山路极不好走，可谓"天高皇帝远"。干了六七年，教育组领导很少莅临检查指导工作。那时，山村各大队里很少有电话机的，大部分老师没有自行车，开个会只能下步走。教育组没有重要事情传达，是很少开全体教师会的。如果有重要事情，只主任教师去就行。教育组人员就会用复写纸写好，让在双河联中上学的各村学生回家时捎到学校里。

记得有一次，有个学生把通知给忘记了，主任教师没去开会，后来还把他狠狠地训了一顿，他也没辩解。还有一次，主任教师让我替他去开会，因他没有自行车，下步走需一个多小时。我骑着车子，很快到了双河联中，等了很长时间，人也没到齐。领导等不及了，说是来的先开着。这时，与会人员也陆陆续续地到了，有的气喘吁吁，有的满头大汗，都是走着来的。领导说："你们怎么才来，看看什么时候了？"其中有个上了年纪的老师说："俺在路上还一驻没驻地走，甚至一溜小跑呢，热煞俺咧。"惹得老师们哄堂大笑，弄得领导也哭笑不得。

清清楚楚地记得教育组领导到过上回头小学一次。

有一年的夏末秋初，教育组开会说："要对全乡各小学进行一次教学常规、标语上墙、黑板报、学习专栏等检查，希望各校高度重视，不要抱侥幸心理，校校必到。"

各校按照教育组的要求，按部就班地行动起来，我校也不例外。我们到二郎庙门市部，买来花花绿绿的纸，各班开始办起专栏。因各教室后面都没有黑板，我们自作主张只办学习园地。师生齐动手，割纸的、抹糨糊的、往墙上贴的，各班很快就把学习园地办好了。因教室的墙壁是石头的，又加上里出外鼓的，看上去很不平整。没几天工夫，专栏上的纸翘的翘、卷的卷、破的破，简直像大麻风破了皮——没法治了。

学校、村里的房屋都是石头墙，高低不平，缝隙很多，写标语还真是难办。难办也得办，就这样的条件，只要我们做了，他们爱咋咋的。

我告诉几个高年级学生，从家里抬来高梯子，顺着村路寻找看谁家的墙壁好一些，且在醒目处。寻来觅去都一样难看。甭管了，开写！

我让学生扶着高高的梯子，便一手提着油漆桶，一手拿把毛刷爬上去。直接一笔一画地写起来，石头墙不容易沾漆，边写边往下流淌。写了没几个字，双腿开始哆嗦起来，脖子、肩膀也有些酸痛。还是下去休息一下吧，万一掉下来可不是好玩的……

从梯子上来下去，费了九牛二虎之力，终于写完了五条标语。看看自己的"杰作"，高的高、低的低、大的大、小的小，不知道的人看了，还以为是三年级的小学生写的。

现在，到上回头村，还能依稀看到乡亲屋墙上那模模糊糊的标语，说不定将来还能成为非物质文化遗产呢。

教育组把对我们上回头小学的检查放在了最后一站。那一天，正好是二郎庙集。我们老师商量说："教育组今天来检查，不知道住下吃饭不？甭管住下不住下，咱还是做好准备吧！"我们吃了早饭，我负责骑车到二郎庙集上割肉，买菜，买烟酒、挂面等。另两位在校拾掇拾掇，借些厨房用品。学校里一穷二白，炒菜锅、案板、菜刀、盆子、盘碗等都没有。急等用时，就到东邻付廷生家去借。

我骑着车子从集上买好东西，急急忙忙狠命蹬着车子往回赶，不然耽误他们吃饭。可到了学校一问，教育组检查团还没来。我们给学生布置好作业，三个"厨师"便分工忙活起来。择菜的择菜，切肉的切肉，刷盘碗的刷盘碗，叮叮当当，生疏地奏起了锅碗瓢盆交响曲，搞得手忙脚乱……

"万事俱备，只欠东风。"看看头顶的日头已快正午，我们三个走出校门，望着那弯弯的山路……

九

看看手表，已到了放学时间，我们还是先给学生放了学再说吧！回到校园，当当的钟声敲响，学生陆续从教室里走出来排好队。主任教师和学生说："同学们，回家吃了饭要早着点来，教育组可能一会儿要来我校检查，可不要拖拖拉拉，更不要在校园里吵吵嚷嚷、追逐打闹，听到了没有？"学生齐声高喊——"听到了！"

管饭的学生在校园里等着我，我说："你回家和你父母说，今晌午先不去吃了，有来检查的。"我们三个不能回去吃饭，坐在办公室里静候。

这时，听到外面有人说话，还有停自行车的声音，我们赶忙走出去，以为来了十个八个的人呢。定睛一看，只来了两个人。一位是教育组的，一位是双河联中的领导。我们互相握手寒暄，并把他们的自行车推到校园的南墙根下。

教育组的领导说："教育组长们今天有事，不能来了，就派俺俩来了。这山路还挺难走咧，一溜上坡，颠颠险险的，基本上骑不成，推了一路。在这片里待了这些年，还头一回上来，路还不近咧。俺俩走的时候，还不到九点，赶到下回头就十点多了。我们先到下回头小学看了看，王老师自己弄着个三级复式，也真够他把弄的。"我们也附和着说："是的，是的……"

主任教师说："领导们，天也晌午了，我们还是先吃饭吧，菜都凉了，咱们边吃边谈还不一样？"领导说："那也行！"

学校里穷得连张小圆桌都置办上，只好把学生的课桌搬来四张拼凑好，找来几块小石头，垫好桌子腿，桌面上铺上几张报纸。我们三个烫酒的烫酒，热菜的热菜，倒茶的倒茶，又是一阵忙碌。

我们把亲手做的十几个凉的、热的菜肴一一端上，摆了满满一桌子。随手拖过几把嘎吱作响的椅子，让领导上座。我拿过小瓷酒盅，把烫得热乎乎的酒斟满，准备开席。

主任教师说："首先感谢两位领导来我校检查指导工作，这里的条件您也看到了，哪里照顾不周，还望多多担待。"两位领导也接着话茬说："看您说哪去了，我们来给你们添麻烦了，咱们都不是外人，客气什么……"

我们边喝、边吃、边谈，还一一向他们敬酒。因我不胜酒力，只是象征性地表示了一下。我们做的菜肴尽管咸的咸、淡的淡，可都吃得津津有味。毕竟那时候贫穷，能吃上这么丰盛的午餐还真是不太多见。

酒足饭饱，每个人也都有些脸红脖子粗，说话也没有拘谨感了。我又重新沏上茶叶，给他们点上"金杯牌"高级香烟。顿时，满屋里烟雾缭绕，还掺杂着菜肴、串香酒的气味，使我有些眩晕。

学生吃了饭来到学校，早已在教室里老老实实地上自习。山里的学生基本都很听话，调皮的也很少。上课的预备钟敲响了，教育组领导说："我们今天来，本来要听一节老师的课，因我们都喝了点儿酒，走进教室有酒味，让学生闻到影响不好，就不听了。专栏、黑板报、标语都办了没有？""都办了，要不领您去看看？"领导说："行！"

主任教师在前面领着他俩，我们也跟在他们后头，他们没有进教室，只是在每个教室的门口往里瞧了瞧。有的学生在埋头写字，有的抬起头来看了看，有个别的学生在叠纸飞机，看到有人，吓得急忙放到了课桌的抽屉里。

教育组领导说："别看你们这里条件很差，但办得还刚好，花花绿绿的，可见老师们很重视。你们写的标语在哪儿，怎么好像没看到？"主任教师说："因这里都是石头屋，大部分外边都没抹泥，不好写，我们都写在村里大街上醒目的地方了。""噢，行，那我们就不去看了。"

我们回到办公室，只见联中领导手里拿着一支钢笔，往一个小小的纸质记录本上写着什么。又问了问我们的备课、学生的作业。主任教师说："老师的备课本、学生的作业，都在个人的办公桌子上，检查检查就是。"他们随便翻开几本看了看，又问了一些教学常规方面的事情，主任教师对答如流，没有丝毫破绽，受到了两位领导的充分肯定。他们说："老师们辛苦了，能在这么艰苦的学校坚持工作，教书育人，任劳任怨，无怨无悔，甘守清贫，很不容易，我们深受感动……"

"好了，也快到放学时间了，检查工作已经圆满完成，我们俩这就回去，你们也去上班吧！"我们忙把自行车给他们推往校门口，互相握了握手。他们骑上车子，沿着弯弯的山路，吱吱嘎嘎地一溜下坡而去。

做梦也没想到，有一天下午，眼看就要放学了，一辆半新不旧的吉普车吱地一声，竟停在学校门口，从车里钻出一个人，独自走进了办公室。

十

放学的钟声敲响了，学生站好队走出校园，我们走进办公室，一看来人，原来是乡党委书记。因开全体教师会时，给我们作过报告，所以都认识他。我们说："书记来了，请坐！"书记和我们一一握手，说："今下午我们到村里有事，正好路过学校，顺便过来看看。我也调来了一段时间了，没捞着过来。"书记详细地询问学校里有几个老师、几个班级、多少学生等一些事情，我们一一作答。

书记看到床上放着被褥，墙边有自行车，问是谁的。我说："书记，是我的。"他问我家是哪儿的，离这里多少里路，来了几年了等。我一一回答。书记说："好啊！我知道这个村比较偏远，又贫穷落后，学校的条件很差，光看你们办公室这简陋程度，就可想而知了。年轻人能在这里扎根，是难能可贵的。看来你是一个很敬业的好老师，不像有些老师，刚调来没多久，就想方设法地调走……"书记说的这些情况我是很清楚的。

听了书记的话，我只是点点头，因我这人笨嘴拙舌，不会说句感谢奉承的话。看到有些人整天围着领导转，奉承拍马，见风使舵，请客送礼，我心里非常反感。说没有关系是假的，老父亲有的是同学、学生在有关部门说了算，但我从没有提起过，他也不愿去麻烦人家。难怪有些要好的同事、同学劝我："你也不去找找那些当官的，调到条件好的学校去，怎么就这么死心眼，让人家牵着你的鼻子走，难道在山旮旯儿里待一辈子？真是个嘲巴、二忘蛋，傻瓜一个。嘲——不好扎裹……"我知道他们都是为我好，也就哈哈一笑了之。

唉！说什么算什么去吧！别人的好言相劝，我全当耳旁风，始终没有给领导添麻烦。心想，在哪儿干还不是一样，我不去也得派别人去。低调做人，高调做事，是我坚持的原则。

我的爷爷、妻子的爷爷都干过教师。父亲、岳父、姑父、老姑家的三四个叔叔也是干了一辈子的教师，始终服从领导，工作兢兢业业，任劳任怨，为人师表，成绩优异，受到上级领导的高度赞誉、广大干群的普遍好评。我们兄弟三个、表弟、外甥也深受父辈的影响，都在不同的学校任职，忠诚于党和国家的教育事业，干好本职工作，取得了点滴成绩，被当地人称为教育世家。

书记说："咱村里是不是有个叫×××的，他的几个孩子在这里上学？我刚才询问了一下村干部，说他家里最穷。他们领着我到他家去看了看，家里没人，住的房子连个门也没有。屋里只有一张破床，一个面瓮，瓮里一点儿粮食也没有，掀开放在当门的轻铁锅盖子，里面有些薄薄的玉米糊。"主任教师说："是呀！他的孩子都在这里上学，因为孩子的父母都有病，家里穷得叮当响，一些学费我们尽量地给予减免。"书记说：
"你们做得很好，不能因为交不起学费而让孩子辍学。这样吧！
你们把孩子叫到办公室来，有些事我问问他们。"几个孩子被
我们叫到办公室，不知是怎么回事，都有些腼腆。慈祥的书记
把他们叫到身边，亲切地询问了一下大女儿一些关于家庭、学
习方面的事。

别看这几个学生的父母有病，家庭贫困，但他们非常懂事，
学习刻苦，乐观生活，没有丝毫的自卑感。他们家离学校很近，
有时放了学，我就过去看看，但也没帮上什么忙。可这几个孩
子都有感恩的心，总说老师对他们如何关心帮助。

书记看着懂事的孩子，说着说着眼眶湿润了，竟流下了眼
泪。大女儿看到，马上掏出手绢给书记擦泪，我们看到如此情景，
内心也感动不已。书记走进学校、走进农户进行调研，是个关
心教育，为老百姓办实事的人民公仆。

书记叮嘱了孩子一番，鼓励他们好好学习，勇敢面对生活，
有什么困难，会尽最大努力帮助解决……孩子们听到这暖心的
话语，眼里都噙满了泪水。

夜幕已经降临，书记与我们告别，坐上吉普车加速往乡政
府驶去。

后来，听村主任说，书记回到乡政府后，马上从伙房里提
上面粉等，派人开车原路返回，送到学生的家中。

转眼到了 1990 年，一届届的学生也小学毕业了，迎接我的
将是更加严峻的考验。

十一

山区里的民办、代课教师家里都种着地。因为没有机械耕种，山下能用胶轮车的地块，就用车子推，山上的地有的很远，路又难走，就需要肩挑人背，耕种、收获非常辛苦。特别是到了麦收、秋收、烘烤黄烟的季节，更是忙得不可开交。

米山乡有种植黄烟的历史，这里产的黄烟质量优、色泽好、出售的价格高，深受县烟叶复烤厂及卷烟厂的青睐。所以，各村里几乎家家户户都栽种上几亩。听说，在八九十年代，有些家庭光黄烟收入就成了万元户，还有些家庭买上了崭新的摩托车，令人羡慕不已。

民办、代课老师工资收入低微，靠这点儿钱是难以养家糊口的。他们既要教好书，又要育好人，也要种好地，当然也需要种上点儿黄烟换点儿钱。尽管黄烟的价格不菲，但管理起来非常烦琐。施肥、除草、打头、抹叉、喷药、劈烟、系烟、装屋、烘烤、出烟、解烟、做烟、卖烟等，反反复复，时间较长。这些重活、累活、技术活，干靠老婆孩子干是行不通的，势必会影响到教学工作，但大部分老师还是尽量少给学生耽误时间。乡政府、教育组的领导看到这种状况，也是没有好的办法，干拿急。

有公办教师的学校还好，管好自己班级的同时，招呼着其他班级。听说有些学校，领导下去，听到教室里吵吵嚷嚷，办公室里不见一个老师，给学生放了羊。问问学生，有的说老师劈烟去了，有的说在烘烟屋里烘烟，还有的说老师卖烟去了……

我们学校，有时也是我自己带着好几个班的学生，这屋出来，那屋进去，给他们布置上作业，不让他们随便打闹、玩耍，如果把时间白白给耽误了，那多可惜。

老师们一次两次耽误点儿时间，村干部、学生家长都还能理解，也没人说什么，但经常这样，他们就不愿意了。有的家长急躁地跑到学校找到我，我也没有什么办法。到学生家里吃饭，谈论最多的话题也总是这些。干民办、代课教师很不容易，工资那样低，但对学校、学生的付出，我是目睹的。他们对教育事业的忠诚、热爱，令人感动……他们真可谓管理着两块责任田——一头挑着学校，一头担着农田。

老师们都有自己的家庭，各有各的难处，这是现实存在。有的村干部、村民还多次到乡政府、教育组反映情况，把一些教师调离本村，以为离家远了，就不会给学生耽误上课了。但事与愿违，有极个别的老师，甚至一连好几天不到学校去。

我们上回头小学的老师，除了老教师苗怀德因头痛病，无法坚持上课回家休养，李兴福老师教学成绩好，被调到双河联中任教外，也是换了一个又一个，一茬又一茬。但待不了几年，又想方设法调离，老师换得很勤，有谁愿意拿低微的工资，出村跋坎地到偏远的山旮旯子里受苦、挨累、受罪？

有老师调离了，又调来了两位稍年轻的老师，我也被任命为主任教师。俺是没干过，好歹有什么事我们共同商量着干，彼此也很团结。他俩虽都是本乡人，但离家也好几里山路，基本一住一星期，给学校带来了活力，却给管三位老师饭的学生家长，带来较重的负担。

小小的办公室增加了两张床，多了两辆自行车，显得拥挤起来，但被我们拾掇得井井有条。每到学生家里吃饭，不用学生领着去，我带他俩一块儿去，在村里吃了好几年百家饭，学生的家早已烂熟于心，并与村民结下了不解之缘。我已经如山中的青松，在这里扎下了根，成了村中的一员。

吃了饭，回到学校，拉开电灯（1987年村里通了电），办公室里一片通明，我不再形只影单、孤独寂寞了。我们一起谈谈如何备好课、上好课，学校的发展、学生的管理或者各自的家庭等。有时来了兴致，还唱上几首当时流行的校园歌曲，娱乐娱乐，高兴高兴。

王庆忠老师有一副好嗓子，特别是唱京剧样板戏《沙家浜》的名段《风声紧，雨意浓》《祖国的好山河寸土不让》等很拿手，我们听得如醉如痴。往日静寂的学校，有了活力和风采。不像我自己在时，独守空房，鸦雀无声。无聊时，拿下挂在墙上的二胡，胡乱拉上一通，自娱自乐，有时还吸引几个擅长音乐的村民来拉上几段，久而久之，成了彼此最要好的朋友。

上回头村、牛角村的历任党支部书记高花祥、谭金章、付廷奎、郭忠民、衣明永、郭忠祥，村主任付廷武等，非常关心支持教育事业，经常到学校来，嘘寒问暖。每到教师节，他们总想方设法，买上比较高档的礼品，提前送到学校，向我们表示节日的祝贺，并邀请我们到自己家里（因当时村里没有办公室），热情地招待我们。尽管学校里资金紧张，我们商量给他们也适当回赠一点薄礼，但都被他们一一谢绝。记得有一年，我们买了几床床单，略表心意，他们硬是不要，这让我们既感动又愧疚。我们还有什么理由不扎根山区，好好地教学呢？

有些学校的老师问我们教师节村里给买的什么礼品，我们如实地告诉他们，令他们羡慕得不得了。

随着教育形势的发展，教育组的会议也越来越多，教育改革势在必行，学校所用的款项，克扣得也越来越多。像我们这样规模小的学校，有限的资金，经常捉襟见肘，入不敷出。有时没办法，就用我的工资先垫支。那时候，我的工资刚刚一百出头，再说，我也刚结婚没几年，孩子又小，只等我的工资养家糊口。村里没什么收入，我们不好向村干部张口去要，只有响应教育组号召，发动学生，自力更生，大搞勤工俭学。

大山里不缺翻白草、山蝎、松树种子、蚂蚱、螳螂等。我们每年都抓住有利时机，带领学生到山上拿蝎子、刨草药、捋松树种子、扑蚂蚱、逮螳螂。学生们个个像撒了欢，都很能干。漫山遍野留下我们师生劳动的足迹，流下了我们辛勤的汗水，我们的欢声笑语，在大山的怀抱里久久回响。

当然，无论干什么，总会付出代价，有的学生被老母蝎、半大公蝎、小虎蝎，蜇得手指鲜紫，疼得哇哇直哭。记得有一次，有个学生在山坡上，用炉子钩条只顾掀石头，石头顺着陡峭的山坡，"嘎啦嘎啦"地飞速往下滚落，石头碰石头并蹦起老高，贴着一个学生的头皮过去了。当时亏得我大声喊叫，几个学生快速闪开了，不然在下面的学生就必死无疑了。如果那次发生学生伤害事故，我会愧疚一辈子的。往事真是不堪回首啊！现在回想起来，还有些后怕。

有的学生刨翻白草时，用镢头刨伤了自己的脚。捋松树种子时，有的被树上的老马蜂蜇得鼻青脸肿……出了这些事故，家长没一个找到学校的，我很感激他们，要是现在的话，怕是吃不了兜着走。

由于我们的勤工俭学，不但锻炼了学生的综合实践能力，还得到了一笔收入，确确实实解决了资金紧张的问题。

记得有一年，米山乡各村发生了大面积蝗灾，啃食了大量的玉米、黄烟等作物，乡政府、教育组下令，广泛发动学生到山上捉拿蝗虫。我们就领着学生，带着工具去逮。来到山上一看，果不其然，路上、草丛里、玉米上、黄烟上到处都是。这些蚂蚱的样子，我还真是头一回见。胖胖的身子，花花绿绿的，没有翅膀，脖子上、肚皮上好像还有些密密麻麻的斑点，像些红红的小虫子，还时时看到一对一对地驮着，蹦蹦跶跶地，有些笨拙，很好逮，看上去却很瘆人。特别是碰到一些螳螂，转动着三角形的脑袋，明亮的眼睛紧紧盯着，挥舞着两把"大刀"颤巍巍地晃动着身体，像要跟我决斗似的。我这么大胆的男人蛇都不怕，却不敢去逮螳螂，惹得学生哈哈大笑。

一下午工夫，回到学校，我们把学生逮的蚂蚱集中起来，足足有八九十斤。每到黄昏，到村里掌灯收蚂蚱的商贩络绎不绝，我们问他们收去干什么，他们说是做药用，也有人说是往饭店里送。甭管做什么用，学校又收入了一部分资金。

转眼又到深秋，满山又粗又高的柿子树上，挂满了红红的灯笼。那金黄的野菊花，在山坡、石堰上静静地绽放。梯田里层层的红高粱，赫赫欲燃。高天之上，人字形的雁阵，鸣叫着回归家园。如血的残阳，耀红了坡野里山民的脸庞。袅袅的炊烟，缭绕在神秘静美的山庄。

我伫立在学校前面的高山之巅，望着暮色苍茫的起伏山峦，还有飘带似的蜿蜒山路，陷入了久久的沉思默想中。

十二

山村的贫穷，学校的简陋，办公条件的艰难，交通的不便，没有把我吓倒，更没有使我退缩。是勤劳朴实的山里人，无微不至的关怀，是学生求知若渴的眼神，是山中的花草树木，给了我扎根贫瘠土地的信念和勇气。而我所经历的酸甜苦辣、风风雨雨，也是有些人难以体会到的。

20世纪八九十年代，政府对计划生育抓得很紧，但山村的学生逐年增加。孩子少的家庭也有一两个，多的三四个，给各校的校舍、师资、教学带来了比较大的压力。各乡镇财政吃紧，只能勒紧裤腰带，缓解燃眉之急，又招聘了大批的乡镇聘、代课老师。全县最小的米山乡，就聘了一二十个，更别说其他乡镇了。

下回头小学是米山乡规模很小的学校，学生不多，复式班教学，单人岗位，换教师更勤。80年代初期，本村有个付老师任民办教师，年年负责二、三级复式班教学，有些事情根本脱不开身，工作连轴转，整天忙得不得清闲，十分劳累辛苦。他的家庭也是上有老、下有小。那点儿可怜的工资，又整天耗在学校里，不能给学生误课。但地里的农活又顾不上，收种总不及时，无法养家糊口。也不知哪一年，他也辞职不干了。

以后，教育组也派来了几个民师和代课老师，干不了一年半载，都受不了了。东国家峪村王庆军老师在那里干了两三年，口碑很好。我俩也经常一块儿到教育组开会，或者利用晚上找成块儿，互相拉拉呱，说说话。我知道，他边教学边复习课程，参加招生考试，到外地上学去了，听说毕业后分配到税务部门工作。

王老师离开了下回头小学，学生一时又没人教了。村干部又去教育组要老师，派了好几个，没一个动弹的。好歹派了一个民师去，这个老师家里孩子多，家属身体也不太好，干了一年，说什么也要离开这个学校。

这回，教育组领导又考虑到我了，亲自找我恳谈。冯老师："现在下回头小学的情况，想必你也知道，学生急等着有人去教。

你在上回头小学这样艰苦的学校待了这些年，始终无怨无悔，任劳任怨，也从来没有向我们提任何要求，村干和村民对你评价相当高，我们都知道，现在派你去，心里总觉得实在对不起你……"我说："没事，承蒙领导信任，我去就是。"领导没想到我回答得这样痛快，临走时，他们还一直把我送出教育组大门口。

下回头小学的条件比上回头小学的还差。学校也是在村子的东头，也是孤零零地坐落在那里，看上去跟荒郊野外差不多。上回头小学在小溪北面，下回头小学在南岸。到学校去没有桥，只是溪水里放有几块搭石，好歹能过去。

学校门口朝西，没有大门。南面是一道石头垒的墙头，非常低矮，五六岁的孩子很容易爬上去，根本挡不住人。北面一溜校舍，最西头是村里的一间办公室，破破烂烂，里面放着一些秫秸、檩杆子等，墙角布满了蜘蛛网，整天铁将军把门，从没见有人进去过。紧挨着两间教室，摆着十几张歪歪扭扭的课桌。中间就是一间窄小的办公室，门口的墙洞里，楔着一根木棒，上面吊着一个磨面倒下来的磨头，充当校钟。屋里就一张破床，一张办公桌，一把办公椅子。中间支着一个"抱窝鸡"炉子，墙角处，胡乱地堆放着一些干树棒，别无其他任何的物品。东面还有一间屋，里面也是盛着些乱七八糟的东西，最东头是两小间露着天的厕所。

学校的校舍从校园里看，非常低矮，与屋后的落差很大，因屋后就是又窄又深的小溪。发大水时，屋地基就会浸泡在水中，被水流冲着，校舍也全是用石头盖的，从后面看足有两层楼房那么高。

学校的学生正好三十个，三级复式。一年级十个，三年级七个，五年级十三个。就这样，我自己教着这些学生，成了全科教师，光杆子司令。

下回头村和上回头村一样，潺潺的小溪，也是从村子的中间穿过。几座简易的小石桥、小木桥横跨小溪，真可谓小桥流水人家。全村四五十户，大约有二百口人。也都是居住着老石屋，高低错落，别有一番韵致。这里几家，那里几户，村庄东西走向比较狭长……

每到春天，村里家家户户院子里的杏花，次第开放，招引无数的蜜蜂，嗡嗡嘤嘤地唱起欢歌，仿佛走进了"杏花村"。

夏天，山雨倾盆，溪水涨满，清澈的溪流，成了孩子们的乐园，赤条条地在里面玩耍嬉戏。大姑娘、新媳妇在两岸的绿树浓荫下，坐在石头上，挽着裤腿洗衣聊天。

到了金秋，村庄里那些黑粗的老柿树上，点起无数的红灯，照得村里红彤彤。

飞雪飘零的冬天，白雪皑皑，如梦似幻。

下回头村真是个风景优美、静谧祥和的小山村。

如画的景色，代替不了学校的简陋和办学条件的艰难。既然来了，就得从头开始，尽量收拾得有个学校样。我排好值日生表，让学生每天把教室、校园里清扫得干干净净，把办公室收拾得井井有条。还自己出钱买来大红漆，想方设法绑上两架梯子，在校舍的后墙上写上"百年大计，教育为本"的标语。这一行动，受到干群的高度赞扬。

复式班教学我不怕，因有几年的教学经验，好歹上下课我自己说了算。四十分钟，要想和一个班上课那样面面俱到，是完全不可能的。我充分发挥"传帮带"的作用。五年级学生可以辅导三年级学生，三年级学生可以帮助一年级学生，效果很好。

别看三级复式，上课时，学生互不影响，秩序良好，课堂效率高，就需要不断加强学习、研究、探索授课艺术。

这些学生都很听话，对我也很有感情。下了课，有的给我到井上拔水，有的烧水，有的给我打扫办公室，还有的把屋里的干柴棒理顺放到墙角。有时他们围着我问这问那，或者让我给他们讲个故事，一块儿做个游戏等。那时，和孩子们在一起上课，俨然是一位老师，下课成了"孩子王"，我感到其乐融融，快乐无比。

下回头村里穷得没法说，也根本帮不上什么。我也听在此校的老师说过，村干部几乎没有到学校过问的，但不管怎么说，我也要到他们家里去一趟，听听他们会对我说些什么。

十三

别看我刚到下回头小学任教，可我跟村里的人彼此都比较熟识。因为去上回头村必须从村中经过，见了面也总是热情地打招呼，书记家就在路边，我是知道的。

抽了个时间，我来到村书记家里，吆喝了几声，没人回应。刚要准备离开，书记的俊俏女儿，头裹花毛巾，从饭屋里出来了，她说："噢，原来是冯老师，我正在摊煎饼呢，听到有人吆喝，您找俺爹有事呀！他上坡去了。"我说明来意。她说："那好，俺爹回来我和他说声，您再来也行，让他去找您也中。"

因学校事务多，我也再没去找过他，在路上碰见了，他也从没问过我，我也没再提起过，心里想：我教我的学，找人家干什么，这不是给村干部出难题吗？村里愿关心、支持一下学校固然很好，不这样做，咱得理解他们的难处，更不能埋怨，谁叫这山村里穷来着。

学校里只靠这三十个学生的维持费，实在是难以维持。一切办公用品，完全是我自己掏钱买。小到几盒粉笔，几把笤帚、扫帚、蓝、红墨水，黑板擦，大到生炉子的烟囱、挑水用的水桶等七零八碎的。可时间长了，算算也是一笔不小的开支，好歹学校用的电费没用我交。

最难办的是，有时欠着教育组的教科书、参考书、备课本、摊派的其他物品等费用，因学校没有钱，教育组多次催要，我又只好先用自己的工资垫上。

为了解决学校面临的一系列困难，我还带领学生搞过几次勤工俭学，到山上捋松树种子。靠着三、五年级这二十个学生，一天也弄不了多少。再说搞这东西还费心劳神，刚捋回的松粒籽很鲜，且有杂质。要先在校园里摊晒好几天，等裂了口再让学生在里面来回地用脚踩，让女同学回家拿来簸箕、筛子等簸出外皮，筛下种子，带到二郎庙收购点，打不起定盘星，也卖不了几个钱，"远水解不了近渴"。

最难熬的还是冬天，学校里无钱买煤，四周没有遮挡的东西，凛冽的寒风呼啸着，顺着石头墙缝，从四面八方吹进来……我就像一只蜷缩在寒窝里的寒号鸟，有时半夜冻醒，心里念叨："哆啰啰，哆啰啰，今夜冻死我，明天就'垒窝'。"

再也不能等靠了，找一个好天气，让学生带来拾柴的筐篮、小斧子、猪毛绳子，带领学生向北山进发。一路上，孩子们可高兴了，顺着弯弯曲曲的山间小道，有说有笑地，一会儿就爬到高高的山顶。

山顶北坡有一眼望不到边的树林，那就是苍山林场。树林里大部分是青松，夹杂着一些或大或小的槐树等。松软枯黄的草地上，时时见到掉下来的干棒子。树上也有干树枝，大胆的男学生就脱下鞋子，哧溜哧溜地爬上去弄下来。用不了多久，筐篮里就拾满了，学生高高兴兴地唱着歌，沿着山路，满载而归。

有一次，我又领着学生去拾柴火，发现树林里有很多鲜槐树枝，我们像发了大财一样，欣喜若狂。学生说是夜里被人偷的，主干已被人扛走。我们正好把这些用小斧子砍下来弄回去，这也正合我意。

带斧子的男学生，抡起斧头，就"梆梆梆"地砍起来，有节奏的声音，在林间回响。女学生就往筐篮里装，用不了两个小时，收拾完毕。有根粗的槐棒，竟有两三米长，还有几根做锨、镢把子正合适。

看着我们的劳动成果，孩子们非常高兴，有的坐在巨石上，有的坐在枯草上，唱起了动听的歌《让我们荡起双桨》，付光霞同学唱得最好，引起一阵阵热烈的掌声。他们还让我讲故事听，可爱的孩子们托着下巴，听得相当专心。

歇得差不多了，我说咱们回学校吧！孩子们便挎的挎、背的背、拖的拖、扛的扛、抬的抬，像凯旋的将士，走下山来。

当快到学校时，被苍山林场的护林员发现，截住了走在前面的学生，并大声呵斥："你们好大的胆子，竟敢偷林场的树，谁让你们去的？你们没看到石堰上写的标语吗……"孩子们吓坏了，站在那里不敢动弹了。这可了不得了，因我走在队伍的最后面，可听得一清二楚，便赶忙走过去想和他解释清楚。

走近一看，我俩都互相认识，经常在路上碰到，也有时坐在一起拉呱说话。他对工作非常认真负责，腰里时常别把斧子，满山上转悠，逮住偷伐树木的，毫不留情，还用石灰水在路边的地堰、大石头上写上"护林防火，人人有责""偷窃树木可耻，保护树林光荣"等许多标语。

护林员一看是我，说："哎呀，原来是冯老师，您什么时候又到了这个学校？"我说："刚来不久，学校里没有煤取暖，这不才领着学生去拾了点儿。"我把拾柴的经过和他说明白。"哎呀！冯老师，人家牵驴，您拔橛子，也就是您，要是换作别人，我一个也不轻饶。"我只好千恩万谢给他赔不是，他也就再没说什么，把我们放行。

我们把树枝用斧子剁得不长不短，整齐地放在教室的角落里，随用随拿，很是方便。尽管往炉子里填得很勤，也时常落下柴灰，但解决了办公室、教室的冬季取暖问题。

由于用木柴烧火，还差点儿酿成火灾，回想起来，有些后怕。

深深地记得有一次，我去教育组开会，临走时，我让学生在办公室里坐上几壶开水。回来时，闻到一股布料烧焦的味道，敞开门一看，烟囱歪倒了，正好倒在了床上的被褥上。放在被子上面的新"仙霞"西服，也被烧得滚热的烟囱烙化了，下面的被子也快烙到底了，正冒着缕缕青烟。亏得被子里的棉花套子硬实，如果被褥起火引起火灾，那可是不小的安全责任事故。

我心里又疼又气，把那个学生狠狠地熊了一顿，他也委屈地流下悔恨的泪水。他说不该离开办公室，到教室学习去。现在想想，还真不应该批评那个学生，那学生可懂事了，经常帮我干这干那，再说，他也不是故意的呀。

因校舍、老师紧张，教育组把上、下回头的学生进行了调整。这五年级十三个学生，是上回头、牛角、下回头三个自然村集中到这里来的。下回头二、四年级的学生在上回头小学学习（上回头小学一、二、三、四年级，两个老师教着），彼此都很不方便。特别是管饭的时候，有的要走很远的路。牛角村的学生因离家远，晌午饭需在学校吃，还要给他们烧开水。我在这里责任重大，既教学当司令，又当保姆、勤务员……唉！离了我，什么也玩不转。

最令人烦心的是家里有重要事或者开会，布置好作业，因无人照看学生，安排班长也不大起作用。孩子总归是孩子，老师不在学校，总免不了吵吵闹闹、哭哭啼啼的。

有一次，我到教育组开会回来，走到教室后面，怎么一点儿动静都没有。以前总会从后窗户传来学生吵吵嚷嚷的声音。我心里纳闷，这是怎么了，太阳从西边出来了？学生什么时候这么自觉、听话了？回到教室一看，原来村支部书记坐在教室里看着学生呢，这使我深受感动。

书记说："冯老师，不怕您笑话，我们村您也知道，太穷了，真是不好意思见您，我们是心有余而力不足，帮不上学校一点儿忙。以后您有什么事，您说一声，我来给您看着学生还是可以的……"听到书记的肺腑之言，我内心非常感激，说："看您说的，感谢书记，这就是您对学校、对我最大的关心和支持啊！"

从那以后，书记经常默默地来到学校，只要看到我没在校，他总是在这里照看着学生，直到我回来。

最令我刻骨铭心的，也是一次到教育组开会。那天也巧了，也不知是乡政府的副书记还是乡长，到上回头村、牛角村办事，经过学校时，学生像喜鹊窝被戳了一竿子，在教室里叽叽喳喳，闹个不停。他们停下车，走进校园，问老师干什么去了，学生不知道是乡干部，说："俺老师开会去了，你们是干什么的？"乡干部听学生这样质问他们，气得不得了，临走时对学生说："你们老师回来时，让他明天到乡政府去一趟。"

因这事，乡政府领导还打算找我谈话。第二天我也没敢去，心里想："爱咋着咋着吧！"乡政府、教育组也没找我。后来，听界首村在乡政府干文书的陈延学亲口和我说，我才知道没找我的原因。原来他和村书记把学校还有我的情况，向乡政府领导做了汇报，总算是给我解了围，不然挨顿批评那是避免不了的。

有时回忆过往，心中感慨万千，思绪起伏。在偏远、贫穷、艰苦的山村任教是多么不容易，在单人工作岗位上，教着三级复式班更是难上加难，真是不堪回首的蹉跎岁月啊！

十四

人间四月芳菲尽，山"村"桃花始盛开。春天的山村，处处草长莺飞，花红松翠。俗话说"一年之计在于春"，勤劳的山民，早已在山野里开始忙着春耕。扶犁人甩着响鞭，吆喝着耕牛，拉着锃亮的铧犁，翻出一浪浪希望的泥土。有的在梯田上抡起镢头刨地，有的用架筐肩挑土粪，慢悠悠、颤巍巍地行走在弯弯的山路上。牧羊的老汉，手甩鞭子，赶着一群群咩咩叫的黑山羊，在山坡上啃食鲜嫩的野草。处处都是劳动人民的身影，时时听到山妹子水灵灵的笑声。好一幅春意盎然、充满活力的画卷。

"一日之计在于晨"，山村小学校里的孩子们，也趁着这大好春光，努力地读书学习，时时传来琅琅的读书声。清脆的钟声，激荡着时代的召唤……我们积极响应党和国家的号召，学生应德、智、体、美、劳全面发展。孩子们如一朵朵艳丽芬芳的山花，绽放在美丽的山野，仿佛一只只出巢的雏鹰，在风雨雷电里接受历练，为他们将来学业有成，走出大山，奠定了良好的基础。

又快一年毕业季，除了一名学生跟随父母转学走了外，十三个学生即将小学毕业，升入联中。孩子们渴望在毕业前，照几张毕业相留作纪念，我也正有此意。因这里交通不便利，路途又远，没有摄影师愿意来。

我在上回头小学时，都是骑着自行车，亲自到赤良峪村，去请刘远良师傅给我们照毕业相。因我和他比较熟悉，不然他还不去。好歹请他去，晌午还留下他吃顿饭。没办法，我又只好去请他，可家里没人，一打听，人家早到寺头镇开照相馆去了，只好另想办法。

我回来和学生说明情况，他们愿意骑自行车到老龙湾去照相。我怕小孩子骑自行车，来回的路上万一出现什么意外，就没法交代。孩子们说："老师您就放心吧！我们骑得比您差不了哪里去。您若不放心，我们可以写安全保证书，让家长签上字，出了危险不会怨您。"我又征求了部分家长的意见，还和书记请示了一下，没想到，他们还很支持。书记还说："冯老师，您带学生放心地去吧！一、三年级这些学生我在这里替您照看着。"

说去咱就去，如若不去，学生毕一回业，不留点念想，心里总有点儿遗憾。春末夏初的一个下午，孩子们从家里骑来了自行车，我又特别嘱咐了一番，出发了。还真没想到，一路上，别看这些孩子们载着个人，不紧不慢，骑得还真稳当。接近三十里的路程，一个多小时，就来到了老龙湾。

那时候，老龙湾风景区不收门票，我们找个地方把自行车停放好，排着队走进去。此时，老龙湾里游人如织。有好几个照相的年轻美女，头戴太阳帽，脖子上挂着长焦镜头的专业相机，在招揽顾客，有的游客正在摄影师的"摆布"下，拿出最美最帅的姿势，连同老龙湾的美景，一块儿定格在照相机中。

这时，有一个美女看到我们，笑呵呵地朝我们走过来，问我们照不照相。我说："我们照几张毕业相。"摄影师没有急于给我们照，而是从背包里拿出几本影集，让我看看她照得如何。孩子们也围拢来欣赏，里面的每一张照片，各具千秋，照得确实很好。我们就来到著名的"铸剑池"边，在她的安排下，照了一张合影。

那时的天气，真是猴子的脸，说变就变。不知不觉，天空下起了小雨，不管下不下，我们淋着雨，又到冯惟敏的故居"江南亭"那里照了一张，还和男女学生各照了一张。因那时彩色相片刚刚兴过来没几年，价钱比较贵，学生也没有单独或者与其他同学照的。

照完了相，孩子们说围着老龙湾转一圈看看。说实话，这些学生，有的还真是第一次来，他们被老龙湾的美丽景色迷住了，东看看，西望望。我充当起向导，一边走，一边给他们讲解有关老龙湾的一些景点特点和传说故事。

转完了一圈，孩子们有些恋恋不舍。我看看手表，天还早，正好趁此机会让他们开开眼界，再到冶源水库玩一玩，回去写篇作文，不是一举两得吗？我就又一路"护送"着他们去。

因老龙湾离冶源水库不算远，不一会儿就到了。把车子放在大坝的边缘，我们站在高高的坝上，向四处遥望，并一一指点给他们看，这是哪里，那是什么地方，还特别把我的村庄指给他们看。孩子们说："老师，您的家乡是大平原，离水库这么近，不愧是'鱼米之乡'，但离学校还真是很远的呢。"

我们到芙蓉岛、情人岛、十孔大桥闸游览了一番，还和男学生到浅水里游了一会儿泳。（要是现在，说什么也没这个胆，安全无小事。）他们被冶源水库的美丽壮观所陶醉，甭提多开心了。

我们只顾赏景，小雨也不知什么时候已经住了。早已偏西的太阳，也从红彤彤的晚霞里露出笑脸。我说："同学们，天不早了，我们走吧！不然回去天就黑了，也免得父母牵挂。"

孩子们只好依依不舍地骑上车子往回赶。走到红庙子村（红新）路口时，我说："去我村就从这条路上走，还有三四里路呢。"孩子们劝我回家，明天再去学校，他们自己回去，请我放心。我没有听他们的劝，执意和他们一块儿回学校。心想：我没有请示教育组领导，私自带着他们出来，这就冒着极大的风险，万一他们在路上出现什么意外，那可不是闹着玩儿的……

那时公路上车辆很少，我们一鼓作气，很顺利地到达了李家庄村西。因往上走一路爬坡，我们在路边的石头上休息了一会儿，就推着车子，有说有笑地，一步一步地向学校走去。

到学校时，夜幕已经降临了。

十五

1992年，上回头村新任党支部书记付廷奎、村主任付廷武、会计付廷洪，到乡教委强烈要求，把我再调到他们学校去。同时又把新招聘的东国家峪村教师陈万永要了去，充实到上回头小学。

书记、主任、会计都是有文化、有魄力、有远见，敢想敢干的人。他们和牛角村的领导，多次走进学校，和我们商量准备筹资建学校事宜。听到这振奋人心的好消息，我们非常高兴、赞成，这可是师生日夜盼望的。

书记说："学校的校舍已成危房，也没有修缮的价值了。为了搞好我们村的校舍改造，为了我们穷山沟里的孩子们有文化有知识，将来走出大山，有出息。我们不管遇到什么困难，也要想尽一切办法，把学校盖起来。再苦不能苦教育，再穷不能穷学生。"这话说到我们心坎里去了。

村里一穷二白，怎么办？他们审时度势，没有被眼前的困难吓倒，立刻召开村民代表会，赢得村民的支持。还走出去，千方百计积极筹措资金。功夫不负有心人，他们热心办教育的赤诚之心，深深打动了县电影公司、县档案馆等单位的领导。他们愿慷慨解囊，出资帮助建设学校，使村领导感动不已。

村民也踊跃捐款，竭尽全力支持建校。不几天工夫，资金到位，准备材料。

新校址选定在老学校东北的山坡上，那里稍微远离住户，地势比较宽敞，很是漂亮。但曲曲弯弯，还一路爬坡，不是很方便。没办法，村里边没有更好的地方。

山村里什么都缺，唯一不缺的就是石头。打地基的石头可就地取材，可其他的材料一律从山外拉。从上回头村到山外路途远，又不好走，加上没有大车，只能用12马力拖拉机运输。

筹备建房材料的那段时间，天天听到拖拉机"吭吭"艰难爬坡的轰鸣声，听起来好像喘不过气来，要憋死似的。滚滚的黑烟，从烟囱里突突地蹿出来。

拉来的料，因坡陡拉不上去，都堆放在下面。使用的材料，必须肩挑、人扛、人抬、人背，很是麻烦、劳累。村干部忙里忙外的，几乎天天待在工地上，比自己家的事都上心。没日没夜地操劳，使他们的容貌与年龄很不相称。我们看在眼里，感动在心，他们也实在太辛苦了。

我们有时利用劳动课或者课余时间，带领高年级的学生，参加义务劳动，为学校奉献一份力量。孩子们从家里带来家什，有的用架筐抬砖，有的搬砖，还有的抬沙子、扛檩条等，都干得热火朝天。有的村民看到这种情况，也纷纷加入到如火如荼的建校工作中来，真是应验了那句"人心齐，泰山移"的谚语。为了学校早日竣工，我们虽然感到辛苦劳累，但也实实在在锻炼了孩子们的劳动能力。

那时，学校建设虽没有一点儿机械作业，完全靠人工，但速度和质量都有保证。建设者们经过艰苦奋战，不到一个月的时间，一溜十几间的崭新校舍和一圈院墙就宣告竣工。

穷山沟里盖起了新学校，改变了学校的落后面貌，这可是穷山村里一件有史以来相当了不起的大事。人们奔走相告，传为美谈。学校的门窗已油漆一新，玻璃也安装完毕，锃光瓦亮，站在远处观望，和村里的老石屋形成鲜明的对比，我们也渴望早日搬进去。

村干部看到坐落在半山腰上，这么漂亮的新学校，感到非常欣慰。他们找我们商议，决定搞一次竣工典礼，我们也一千个愿意，一万个赞成，应该好好庆贺一下。

说干就干，我们也没闲着，郭贤福老师用大红纸书写毛笔字，"热烈庆祝米山乡上回头小学新校落成典礼"。我和陈万永老师拿着斧子，到村里的槐树林，挑选了一棵又直又高的树，砍倒做旗杆。村干部也紧锣密鼓地做着精心的准备，只等挑个好日子举行典礼了。

到了典礼的那一天，天气也分外地好，湛蓝的天空，万里无云，鸟雀子的欢叫，也好像比往日悦耳动听得多。孩子们戴上鲜艳的红领巾，显得精神焕发，格外漂亮。全校的师生像过节一样，喜气洋洋，笑逐颜开。上回头、下回头、牛角等村的村干部和一些村民，陆陆续续地来了，只等赞助修建学校的单位领导，乡政府、教育组领导的到来。"万事俱备，只欠东风。"大家翘首以盼。

"嘀嘀——"听到几声汽车喇叭的鸣笛，大家的目光不约而同地投向弯弯的山路。山下不远处，三四辆吉普车，还有四五辆"132""解放"等呜呜地开来了，那旋起的尘土纷纷扬扬。村干部急忙走下山坡前去迎接，我们抓紧让学生排好队，整整齐齐地站在校园里耐心地等待。

我站在学校门口，看到来了不少人。有的双手搬着或大或小的匾，前来祝贺，估计有小二十块儿。我们赶忙走下去，互相寒暄几句，接过他们的贺品，表示由衷的感谢。

人都到齐了，各位领导主席台就座。庆祝大会由村主任付廷武主持。

他说："各位领导、各位来宾、老师、同学们：大家上午好！今天是个值得庆贺的好日子，处处春光明媚，和煦的春风吹开了希望的花朵，吹醒了希望的种子。清爽的秋风，必定带来金色的累累硕果，一双双宽厚而无私的大手，托起了明天的太阳……今天由临朐县电影公司、临朐县档案馆等单位捐资修建的上回头小学，在这里落成并投入使用了。此时此刻，师生们为之雀跃，村民们为之振奋。在这里，我代表上回头村的全体村民，对学校的落成表示热烈的祝贺！向关心、支持、帮助我们贫困山区建校的单位、领导以及无私奉献的全体村民和为之付出的辛勤劳动者，表示最诚挚的谢意！

"下面我宣布：米山乡上回头小学落成典礼仪式现在开始！

首先，请少先队员给各位领导佩戴红领巾！"领导们齐刷刷地站起来。孩子们排着队，双手拿着红领巾，来到领导面前，向他们行队礼，各位领导弯下腰，少先队员大方、麻利地给他们戴好红领巾，再次向他们行队礼。

紧接着，进行了升国旗仪式，升旗手擎着鲜艳的五星红旗，护旗手紧随其后，来到高高的旗杆下。陈万永老师按响了双卡录音机的按键。霎时，那雄壮的《义勇军进行曲》奏响，我们一起行注目礼，少先队员行队礼。国旗随着乐曲徐徐上升，完毕，那迎风招展的国旗，被瓦蓝瓦蓝的天空衬着，显得异常美丽。

接下来乡政府、电影公司、村书记、学生代表等一一上台讲话。热烈的掌声一阵接着一阵。最后，点燃竹竿上的一挂挂鞭炮。虽无锣鼓喧天，但鞭炮齐鸣，噼里啪啦的响声，在深深的山谷里久久回荡。

十六

下回头小学的校舍因年久失修，屋面已经烂得坑坑洼洼，漏雨严重，已成危房，村里无钱也无心再对校舍进行修缮。十几个学生也难以成班，甚至到了无人教的地步。乡政府、教委研究决定把下回头小学撤并到上回头小学。

上回头村新建的学校，居高临下，环境优美。北面山崖层峦叠嶂，松林密布，有一个天然溶洞，山民都叫作北洞。此洞不大也不深，不知形成于什么年代，听说以前有些奇异的石钟乳，早已被人砸毁，非常可惜。我和学生拾柴时，进去过多次。巨石"香炉垛子"矗立在山顶，惟妙惟肖，我们放了学经常爬上去看风景，有一种"会当凌绝顶，一览众山小"的感觉。东、西两面是层层的梯田，种植着高粱、玉米、谷子、黄烟等作物，地堰上有一行行花椒树，间或有一些粗大的柿子树、软枣树等。校前，地势较开阔，站在校门口环望远方，能隐约看到牛角村和下回头村，还有连绵的群山。那弯弯的山路和小溪，给充满魅力的古村落，平添了一道更加亮丽的风景。

上回头小学当时已基本达到了"六配套"，校舍比较宽裕。由于学生的增加，我们对办公室、教室、各个年级重新进行了合理搭配。最西头两间是办公室，往东依次是一、四，二、三复式教室，五年级单式教室，最东头两间是幼儿班教室。我继续被任命为校长，教师有郭贤福、陈万永，幼儿教师付玉芳。

随着教育形势的迅速发展，各村办学条件越来越好，有好几个村都相继盖了新学校。米山希望小学的两层教学楼，在当时的山村里是最气派的。乡教委还给规模稍大点儿的学校配置了录音机、算盘、圆柱体、圆锥、三角板、圆规、半圆仪、米尺等教学器材和一些体育器材。我们上回头小学，因校园有旗杆，有时举行升旗仪式，教委还给配备了一台录音机，我们高兴得不得了，为我们升旗放录音磁带、教学音乐、播放课文录音、听歌曲等提供了便利。

自此，上回头小学三村联办，主要投入还是以上回头村为主。党支部、村委领导对学校工作、老师生活非常关心、重视。特别是寒冬到来之前，在资金非常紧张的情况下，总会找车拉来好几吨上好的煤块，买上好几个大铁炉子，满足、供应我们师生取暖用。还经常叮嘱村民：要尊师重教，尽最大努力把饭菜做得好一点儿；老师们离家较远，能到我们这穷山沟里教学，为了培养我们的孩子，兢兢业业，从没有抱怨过，是难能可贵的，我们要让他们来得了，留得住……

几度风雨，几度春秋。不知不觉在上、下回头教学已十几年。在坑坑洼洼、颠颠簸簸的弯弯山路上，来来去去，不知行走了多少里路，不知磨烂了多少双鞋子，光自行车就骑坏了两三辆。

每当看到有人潇洒地骑着时髦的"嘉陵子"在山路上奔驰，我多么想拥有一辆属于自己的车子。

经再三斟酌，我准备狠狠心买一辆二手嘉陵车，回家、开会或捎带办公用品，总比自行车方便快捷一些。不久，从李家庄好友马学军那里打听到，苍山林场职工张兴生因急于用钱买山羊，要出售一辆嘉陵车，我们讲好价钱，以五百元成交（在当时价格不菲）。可别说，骑着嘉陵子比自行车强多了，又省力又潇洒，回头率还不低呢（因那时全乡的老师只有我自己骑着），二三十里的路程，用不了一个小时就到了。别看这辆车是二手的，还引起一些人的羡慕和嫉妒。我可不管这些，视车若珍宝，只要稍微脏了，我总要刷洗一番，再用软布擦拭干净。

可是，这车骑了不到半年，就开始"生病"，有时正骑着，不是油路堵了不供油了，就是热车跑不动了，有时化油器坏了，有时打不起火了，最窝火的就是扎了胎，骑着左拐右拐，怕出危险，推着推不动，累得大汗淋漓，恨不得把它掀到沟岔子里去。最危险的是油门儿不回位，刹车不好使，骑在车上难以刹住，吓得脸无血色，魂飞魄散。有一次也是停不住了，索性骑着钻进了刚刚浇过的玉米地，扎进烂泥里"憋死了"，把人家的玉米也弄倒了一大片。

买得起车固然很好，但还真是骑不起。加上满满的一箱油，骑不上几个来回就烧完了。村主任付廷武还说要给我报销燃油费，被我婉言谢绝。但他曾自费买了油票，硬是给了我好几次。他们真心实意地关心、支持、照顾、令人感动。

骑车几年，略算一下，光加油费也得好几百元。这车子虽没有大的毛病，但"小病"不断，成了车行的常客。不是清理化油器、补胎，就是换缸套、烟囱垫子、火花塞、活塞环等。修来修去、换来换去的又是不小的开支。最令人头疼的是冬天，因气温低，加上车子老了，又是燃混合油，很难打火，有时自己使出浑身解数，累得满头大汗也无济于事，有时需找人帮忙推起来。令人沮丧的是跑着跑着，发动机发热自行停止或者爆了缸。如果骑着骑着呲了烟囱垫子，我干脆把它卸下来，但声音太大，仿佛天上飞来了轰炸机，惹得在地里干活的山民抬头张望。唉！骑着这样的破驴子，看着糟心，扔了可惜。不管怎么说，我所骑的自行车、嘉陵子对我在深山里扎根还是功不可没的。

十七

又是一年暑假，准备趁假期干一些地里的活，给玉米施施肥、打打药、拔拔草。打算再利用空闲时间，跟着村里的建筑队干点儿小工。因咱不会垒墙、抹灰，只能干点挖地槽、筛沙子、和灰、运砖等之类的粗活、重活，多少挣点儿贴补家用。

可干了没几天，家里、地里、建筑队里的活也甭想干了。

有一天上午，正在给自己村里的一户人家挖地槽，听说有人找我，便放下工具走出去。一看，原来是我们乡教委的一个业务员，他正在门口停放自行车。他说："冯老师，我好歹打听到你家，看着锁着大门，我就到大街上，打听到你在这里干建筑。天这么热，活又这么累，也不好好在家避暑。""没办法，谁叫咱穷咧……"我说："×老师，您来找我一定有事吧？"

他说："乡教委领导派我来，让你八月×号去昌乐特师参加培训，要求必须是公办老师（不知是真是假），一个乡镇去一个，时间是二十天。米山溜里的老师都种着不少地，又是黄烟又是花椒的，正是最忙的季节，出不去，考虑到你们这里没多少事，不怎么忙（我家里也种着一二亩地），你又年轻，出去学习学习很有必要……"听到他这样说，我只能痛痛快快地应承下来，免得他回去不好交差。看看天也快晌午了，我留他到家里歇一歇，喝点水凉快凉快，吃了午饭再走。他说什么也不肯，只好随他的便。

到了开班日期，撇下家里、地里、建筑队的活计，带上妻子给我收拾的行囊，告别父母、妻儿，乘坐上公共汽车，直达昌乐汽车站。下了车，同下车的正好有好几个是临朐的，也是来参加培训学习的，我们便雇了一辆出租车到了培训地点。

昌乐特师建设得不错，有好几座教学楼、办公楼、图书楼、学生公寓、餐厅等。操场偌大，美化、绿化、亮化也非常好。校园干净整洁，花草繁茂，景色优美，可与大学校园相媲美。这里的办学条件、配套设施等在当时的师范类学校中是一流的。

我们临朐来了二十八个参加培训的老师（当时全县是二十八个乡镇），带队领导是县教委副主任王立田和聋哑学校校长潘玉河，共三十人。全潍坊市加外地市的有四百多人，分为五个班。临朐、高密、坊子区的学员被分到四班，班主任是大名鼎鼎的梁继恒老师。培训学习的地点在大礼堂，主要培训智力障碍教育方面的知识。主讲老师有梁继恒、邢同渊、刘全礼等。广大学员都特别喜欢上梁老师的课，他不但长得英俊潇洒，身材笔挺，而且讲起课来面带微笑，肢体语言十分得体、丰富。生疏的理论知识讲得深入浅出、举一反三。讲课总是滔滔不绝，娓娓动听、易懂，很有亲和力。我们听得也特别认真、仔细，笔记也记得详细。下了课，男女老师都喜欢和他交流、沟通。我们后来还相约到他家去玩了好几次。

凡是去的学员，都很珍惜这次学习机会，写了大量的学习笔记，还参加了"智力障碍教育现场会"，聆听了六位老师的精彩报告，并且观摩了"MR（智力障碍）教育公开课"。特别是昌乐县教育局局长韩国方做的经验介绍《提高认识，采取措施，积极发展智力障碍教育》，昌乐北关小学王秀丽的《我是怎样搞好MR儿童随班就读的》，昌乐漳河乡刘登美老师的《根据MR儿童特点，做好随班就读工作》，我们还分班乘车到各乡镇的学校去观摩学习，回校后讨论交流，各抒己见，畅所欲言，确确实实学到了一些理论知识、好的经验、好的做法，真是受益匪浅。

特师对来自各县市区的培训学员要求很严，家里没特殊情况一律不准请假。经了解很多是民办教师，家里都种着地，记挂着田地里的庄稼，有的想请假回家打打药、除除草，有的想烘烤黄烟，有的女老师家里有嗷嗷待哺的孩子，还有的老人生病要人照顾等，但都没有批准……

在二十天的学习生活中，我们熬酷暑，斗蚊子，还敢于和"红眼病"做斗争。有些学员不知什么原因，得了红眼病，听说这病能传染，学校让他们回家治好后再回来上课。

这么多学员在这里培训，我们始终感觉不到杂乱、喧嚣，一切都是那么有条不紊。别看白天学习很紧张，但吃了晚饭不上夜班，比较自由。我们临朐县的或者同宿舍的约好出去逛街，几乎逛遍了昌乐城……培训时间虽然短暂，但我们收获了知识，建立了友谊，加深了感情。现在偶尔见了面，还倍感亲切。

培训学习终于结束，我们四百多名学员和市教育局及特师领导、老师在校园里合影留念。每当看到这张特大的相片，心中不免勾起绵绵的回忆。

当我们学习完毕回家不几天，离开学也没有多少日子了，看看地里的庄稼，由于缺乏管理，长势总比人家的差一些，难免家人的几句埋怨，我只能默默无语。

没想到开学后，到教委报销差旅费时，差点儿把我气个半死。

十八

开学了，我把在昌乐特师培训学习期间所发的材料、MR儿童量表箱、三本笔记本、差旅费单据、大合影相片等，一一装进黑色的手提包里。

吃过早饭，便骑着嘉陵子，来到乡教委，汇报假期学习情况。停下车子，走到教委办公室门口，轻轻地敲了几下门，听到里面有人喊："请进！"我才推开门走进去。领导看到我进来，便从椅子上站起来和我握手，问我有什么事。我说："暑假里教委派我去昌乐特师参加培训，带回来了一些材料交给您。"领导"噢"了一声，我便一一拿出来让他过目。他看过后，对我说："冯老师，你辛苦了！笔记本你自己留着，这些东西放在这里，等我们研究什么时间对全乡老师二次培训，再下通知给你，你到会计室去报销吧！"我谢过领导，笑眯眯地走出办公室。

会计室离领导办公室很近，几步走过去，看到门敞开着。我既没有敲门，更没有喊报告，便直接走了进去。会计自己在屋里，坐在椅子上，戴着老花镜，在噼里啪啦地打着算盘子，听到有人进来，微微地抬了一下头，瞟了我一眼，说："你有什么事吗？"我说："×老师，我来报销差旅费。""什么差旅费？""我暑假里到昌乐特师培训来着……"说着，我便把材料费、量表箱费、住宿费、师生合影费单据交给他。

他漫不经心地翻过来掉过去地细细查验，像是在寻找蛛丝马迹。我看了觉得真是好笑，难道这些单据是我自己编造的不成？他看了好一阵儿，像是没查出什么，便用一个曲别针别好。扶了扶眼镜，两手端着单据伸出去，一句一句地、慢条斯理地念出声来：一、培训——材料——费 × 元 × 角 × 分；二、M——R——儿童——量——表——箱费 × 元 × 角整；三、住——宿——费……只见他拿过算盘子，又噼里啪啦地打了一阵，直起腰，倚在椅子上，仰着头，连看也没看我一眼对我说："你出去培训花钱可不少，一张相片就十四元，哪有这么贵的？"我一听，从提包里拿出卷着的大相片给他看，对他说："这就是我们的合影照，有三四百人呢，单据是人家开的，我出去培训正好二十天，花钱就是不少，由于我们乡很小，有些材料我还没要，不然花钱更多。"

"你别说了，我还不知道……"我听到他对我说话这种腔调，心里感到莫名其妙。心想："我除了来领工资，如果没有要事，我们很少打交道，再说这些单据都是正式发票，盖着人家学校的公章，又不是我自己私刻公章来冒领公家的钱。"我说："×老师，您若对我给您的单据有疑问，可马上打电话问教育局，也可以打听其他乡镇，是不是都是花费的这些钱？"他一听我这样说，没好气地说："你去找主任签字去吧！"

我二话没说，便拿起单据也没好气地走出去，来到领导办公室让领导签字。签好了，我又去找会计，他拿着单据一张张地重新验证一番，才慢慢打开抽屉，取出钱来，数了又数，放在桌子上，恐怕多给了我似的……我拿起他放在桌子上的钱，不辞而别，他连头都懒得抬一下。

还没走到嘉陵子旁边，忽然想起一件事来，我们在昌乐特师培训学习结束时，县教委王主任曾对我们说过："老师们能在暑假里冒着酷暑，放下家里的家务来参加学习，使我深受感动，回去报销差旅费时和主任们说清楚，凡是这次参加培训学习的一律补助差旅费，每天两元，他们要是不给报，你们可直接到县教委找我，我可以给你们开证明……"

想到这里，我又到办公室和领导说明情况，领导口头同意，让我到会计室领取。我本想让领导开个报销凭证，但又一想，这不是多余吗？既然领导已发话，会计总不会难为我的。

来到会计室，和他一说，他权当没听见。等了好一会儿，他才抬起头对我说："刚凭你一张嘴就给你发补助费，连张证明条都没有？"我说："领导已经同意，让我过来找您。""没有证明，这个钱我是不能给你的，除非你能拿县教委的证明来……"

由于我们说话的腔口大，领导听到后走了进来，问清了事情的缘由，领导对他说："×老师，你把补助费发给冯老师，一会儿我给写个证明就行。""不行，没有县里的证明我就是不给他！"我一听顿时也火冒三丈，对他高声说："咱俩远日无仇，近日无怨，为什么这样对我，哪里得罪你了？你给我说清楚！是不是刚才我进你办公室，没敲门就进去你反感了？如果是，我给你赔礼道歉。"他说："不是！""那是为什么？真是'马善被人骑，人善被人欺'。你是不是拿着公家的钱给我，就像割你身上的肉……"他一听我说这些话，气得差点儿蹦起来："我不干了，你干办（办：方言，处理、料理的意思）！"
我也朝他发怒了："你干不干与我何干？我还不稀罕干呢！"
俺俩越吵越僵，还差点儿拍了桌子呢，亏得教委的人少，不然
可有热闹看了。

现在想想当年年轻气盛和他怄气，还真是不应该（到现在
还搞不清什么原因他居然这样做）。

为了给自己争口气，第二天我到教委请了假，借了一辆自
行车，骑着去了县教委。打听到王主任的办公室说明来意，他
热情地让我坐下，还亲自给我倒了一杯热茶，马上拿起笔和纸
给我开了证明，签上字，并盖上他的章，递到我的手里。临走，
他对我说："一会儿我给你们主任打个电话，批评他一下，全
县只有你们乡来开证明。"还一再叮嘱我路上慢走，有空来玩……
听到这些暖心的话语，感到王主任一点儿官腔、官架子都没有，
使我终生难忘，这才是我们的好领导啊！

十九

好歹因着这事到了县城，说什么也借此机会逛逛，给学校
购买些粉笔、黑板擦、红芯圆珠笔等办公用品。看看天近晌午，
找了个饭馆，买了两个菜火烧吃饱，便骑上车子往回赶，近两
个小时便到了乡教委。

拿着主任给我写的报销证明，到办公室找领导签上字，准
备再找会计报销。领导把我叫住，对我说："冯老师，实在对
不起，难为你了，让你这么远跑到临朐去……""没事，×老
师做得对，他干着这工作就应该把好关，这也是对工作的极端
负责任，我还得好好向他学习呢。"

到了财务室，我对会计说："×老师，按照您的要求，我今天上午把证明开来了。"我随即把证明放在桌子上，他一句话也没说，慢悠悠地伸手拿过去，戴上老花镜，还是仔仔细细地审查了一番（估计又在默念差旅费证明上的字）。我耐心地等待着，等他从抽屉里抽出四张"大团结"放到桌子上给我，我才说："×老师，谢谢您。"便昂首挺胸地跨出门去。

从那以后，我们偶尔在路上走个迎碰头，本想和他说句话，可人家早把头扭向一边，像在赏别处的风景，我们已经形同陌路……

开学后不久，各乡镇根据县教育局的文件指示精神，要求各学校、各班级都要积极行动起来，尽最大努力搞好 MR 儿童的随班就读工作，可开展起来谈何容易。昌乐特师毕业的老师可谓凤毛麟角，没有专职教师任教，无从下手，各校的老师只能兼职。师资的严重不足，导致雷声大、雨点小，最后不了了之。

1993 年 6 月，米山乡撤销（乡教委随即撤销），辖区十四个村全部合并入冶源镇。合并乡镇后，镇教委为了便于管理，把冶北小学确定为中心小学，把其他的学校划分为七个学区。

1993 年 9 月，教委主任刘兴民、副主任王福亭，每人骑着一辆自行车，到二郎庙学区检查指导工作。还特地到了上回头小学，经询问，得知我在这山区已扎根十几年光景。两位主任找到村干部，说是要把我调到下面的学校去，但村干部没有同意。他们的条件是必须调公办教师来，否则他们不放我走。主任征求我的意见，我说听从领导安排。临走时，两位主任对我说："冯老师，既然村干部强烈要求不放你走，那就先教完这一学期，明年再说。"我爽快地说："行！"

1994 年春，教委为缓解二郎庙学区各小学教师紧缺压力，把各学校五年级的学生，都集中到二郎庙学区小学上学，这样给路途较远的琴口、牛角、上回头、下回头、燕子崖等村的学生上下学，带来了诸多不便和安全隐患。

学校开会，班主任三令五申，严禁学生骑自行车上下学，但有的学生就是不听话，偷偷地把自行车放到学校附近的一些地方。他们安全意识差，甚至有的骑着自行车，载着同学在弯弯曲曲、坑坑洼洼的山路上骑行，时常出现磕磕碰碰的事故。

那时学生上学，家长没有接送的习惯，更没有校车，全靠学生自己走。特别是冬季昼短夜长，学生很早就得起床往学校赶，下午放了学到家就夜幕降临了，真是两头不见太阳。最令人头疼的是遇上雨雪天气，弯弯的山路上，不是厚厚的积雪，就是泥泞的黄泥，使得学生举步维艰，苦不堪言。

学区校长尹光录、副校长傅绍谦，到教委要求把我调到二郎庙小学任教，主任痛痛快快地应允。校长要我担任五年级一班的班主任（五年级四个班，每班四五十人），兼职学区、学校的会计工作。因我对此项工作一窍不通，不愿意干，可校长说："我们相信你能胜任，再说也没有更好的人选……"为了服从安排，不让领导为难，只能勉强答应下来，说："感谢领导的信任，那我就边学边干吧。"

在学区小学任教，虽没有复式班，但每班的学生都不少。一至四年级的学生，都是二郎庙村的，五年级二百多个学生，来自十四个自然村。学生的纪律、安全、学习、习惯养成等参差不齐，给我们的管理、教育带来一定难度。我在干好班主任、上好课的同时，还经常到教委开会计会、领取全片教师的工资并负责发放工作。还有各校的一些办公用品的托运发放，各种表格的填写、核对等，也是整天忙得不可开交。

二十

我在二郎庙学区小学任教，尽管离家近了十几里路，但还是住校。没特殊情况，一般都是星期六下午回家。学校的老师大部分是米山溜的，下午放了学都回家干点儿农活或家务，住校的只有我和家是杨善乡的高磊老师。

因学校老师十几个，不再吃百家饭，以免加重学生家长的负担。学校有食堂，烧水、做菜的是二郎庙村的王兆田大叔，他只管给在校吃饭的老师做菜，饭从馒头铺里拿。中午在学校吃饭的学生不少，都是他们自己从家里带饭、带咸菜。那时学校没条件给师生蒸馒头，他们只好喝点白开水将就着吃一顿。

王大叔除了给老师烧水、做菜外，晚上、节假日还要看守学校，责任重大。他工作积极、认真，还时常修剪花草，打扫卫生，清理厕所、垃圾等。他为人和善，也很健谈，感觉和他聊天拉呱是一种享受。

高磊老师年轻气盛，性格开朗，喜欢说说笑笑。晚上吃了饭，没有事的时候，他就到米山初中找同龄的老师玩耍。我的性格比较内向，不善言谈，且喜欢清净。但有时到王大叔屋里坐坐，互相拉拉家常，或者听他谈古论今或讲一些有关乡村的故事，觉得受益匪浅。

米山烟叶站与我们学校一墙之隔，那里的工作人员和我们比较熟悉。晚上有时我们俩办完公，就过去玩一玩，与他们建立一下感情。一来二往，大家无话不谈，成了知心的朋友。

很多人认为老师这个职业太好了，不再是以前的"臭老九"，现在已变成了"香老三"。整天风刮不着，雨淋不着，是铁饭碗，且月月拿工资，上完班就没事了，轻轻松松、干干净净的……

闲暇时候可以看看报、打打球、跑跑步、会会友、喝喝茶、聊聊天、旅旅游，还过星期六、星期天，一年还放好多天假……岂不知，"隔行如隔山"，他们只看到了表面，没干这一行是难以体会到当老师的苦衷的，更难以了解教师这一职业的风险性。

想想干老师还真是不容易，每个班的学生多则五六十人，少则也三四十个，既要把文化知识传授给他们，又要让他们取得好成绩。班主任更是整天忙得出出进进，时刻关注着学生的学习、安全、纪律、卫生等，处理学校、班级、学生的很多事务。如果遇上学生出现意外，要及时和校领导汇报，与家长做好沟通工作。遇上通情达理的家长，什么事也好办，碰上个别不大论理或者说话难听甚至乱骂的，只能耐心地做好解释。如果有的家长把事情捅到镇、县教委，只能听天由命了……

20世纪八九十年代，民办、代课教师居多，公办教师的家属也大部分是农业户口，那时上级的"三提五统"[1]老师们都能积极地响应，以身作则，按时按质按量地完成任务，确确实实带了个好头，受到上级领导的高度赞誉。

参加国家、社会公益事业，是教师义不容辞的责任和义务，

---

[1] "三提五统"是指村级三项提留和五项乡统筹。村提留是村级集体经济组织按规定从农民生产收入中提取的用于村一级维持或扩大再生产、兴办公益事业和日常管理开支费用的总称。包括三项，即公积金、公益金和管理费。乡统筹费，是指乡（镇）合作经济组织依法向所属单位（包括乡镇、村办企业、联户企业）和农户收取的，用于乡村两级办学（即农村教育事业费附加）、计划生育、优抚、民兵训练、修建乡村道路等民办公助事业的款项。

很多教师也都有这个觉悟，乐意为社会做奉献。

二十一

要想干好会计工作，就要虚心向有经验的老师请教。不要小看这项工作，里面的学问大得很。那个时候，各学校的收入就是学生的学杂费、勤工俭学费等。收入、支出统统一笔一笔地记在账本上，到时候各校会计把支出单据粘好去教委财务处报账。如果有不合理的开支，财务处主管会把单据抽出来，让回去重新整理核对，也会对会计批评一番。若单据粘贴得不整齐或算错账，镇会计有时也会毫不留情地"教育"一顿。

我虽然刚刚干上这工作，但每次报账前，总是认真检查支出单据是否合理，经手人、校长是否亲笔签字，再一次次地进行核算，直到没有错误了才去报账。会计看到我粘贴的单据齐整，日期排列有序，没有错误，有时会对我们认真负责的几个表扬一番，清楚地记得有赵青云、祝兴军等老师。有几次，各校的会计去报账，有些学校没按要求做，粘贴得乱七八糟，账目不符，便把我们的账拿出来和他们对比，让好好看一看、学一学。还把他们狠狠地熊了一顿，并让回去重新整理，听说有个别学校的去了好几次才勉强通过。

要想真正做好会计工作很不容易，必须对学校、校长、自己甚至家庭负责，来不得半点儿马虎。我的父母、岳父、妻子听说我做会计工作，都不愿意我干。我说："领导信任，我不干也不行，要是不干，觉得不服从工作安排，干就干好……"他们也时常提醒我，既然领导信得着我，那就要尽力而为。一定要堂堂正正、清清白白做人，千万不要做假账，更不能贪污，自己挣的血汗钱，花得坦坦荡荡，天经地义，不做亏心事，不怕半夜鬼敲门……我在工作中确确实实也是严格要求自己，始终做到账目清楚明了，学校也不存在"小金库"现象。

那时，各校的招待费开支也是不小的数目，大学校一年几千元，小学校也千儿八百的。学校有时到村里联系事务，有时上级领导来检查指导工作，晌午了，到山村庄户小饭店吃顿饭，也是人之常情。到饭店吃饭，觉得一次花不了多少钱，但时间长了、次数多了，到时候开饭店的去要账，算算也是一笔不小的开支。我对下饭店吃饭比较反感，听说有的学校里，几个人一坐，有时喝着喝着就喝多了，甚至口无遮拦，划拳行令，满嘴胡话，有损教师为人师表的形象。

那时各学校在门市部、饭店的赊账都比较多，学期结束他们总去要账。如果学校资金有余就打发了，没有就好话说尽，等到下一学期。我在这项工作中，做得比较细，不管谁是经手人，必须通过校长同意，再到我这里做好记录，结账时我再和他们一一对账，不符合的，一律不予报销。特别是到饭店就餐，我每次都要把参加人员的名单、日期记清楚，以免时间久了，说不清道不明。

镇教委不定期地派人到各学校检查财务工作。记得有一次，我们几个在卢明山老师的带领下，到下面各校检查，确确实实查出了一些存在的问题。有的学校财务管理比较混乱，有的记账不及时、账目不符，有的勤工俭学收支不入账，也有极个别的学校违反财务纪律，私设"小金库"，甚至有会计模仿校长签字的现象。针对检查存在的问题，教委召开专门会议，对有关学校领导提出严肃批评，对出现的问题进行深刻检讨，回去后立刻整改，规范学校财务，严禁再发生类似的现象。如果不接受教训，严肃追究当事人的责任。

二十二

别看小小的米山溜，那可是一个山清水秀、物产丰富、风景优美、文化底蕴丰厚、人才辈出的风水宝地。

我在米山溜任教近二十年，对每个村庄在外的人才还是有些了解的，甚至能叫出他们的名字，可见这里的村民是很重视对孩子的学习教育的。这与米山溜广大教师的辛勤培养和默默付出是密不可分的。

二郎庙学区因当时交通不便，条件比较艰苦，公办教师难以调进，教师严重缺乏，制约了教育教学的发展。前几天在家里收拾抽屉时，翻出了一个半新不旧的日记本，随便翻阅了一下，发现上面记录着当时二郎庙学区有关教师、学生、工资等相关数据。仔细看了看，公办教师不足十人，大部分是民师、镇聘、镇代教师，他们的工资少得可怜，但对教育事业的热爱和忠诚，的的确确了不起，是他们顶起了山区教育的"半壁江山"，且教育教学成绩突出，名声在外，实在令人敬佩。

二郎庙学区小学校长尹光录、业务校长傅绍谦、教导主任马学增精诚团结，管理有方，治学严谨。他们除担任领导职务外，都兼着一个年级的主课，且成绩优秀。他们平易近人，凡事能和老师们打成一片，有事商量着办，教育教学井然有序，从没有鼓鼻子鼓腮的事情发生。

一个学校的校长、副校长、教导主任、总务主任、出纳、会计等职位，还是令一些人羡慕眼红，甚至嫉妒。正常竞争，天经地义，无可厚非。如果不择手段地竞争，拉帮结派、请客送礼、诬告、污蔑等，这都是人民教师不该做的事情。

拿破仑曾经说过："不想当将军的士兵不是好士兵。"正因为想当将军，才会很好地去表现，才会争取立功，才会不断积极进取。可如果一心想着当将军，便到领导跟前阿谀奉承拍马屁，便与其他战友争功抢功，便只盯着上面而不看眼前，如此一来，还是个好士兵吗？同样道理，不想当校长、晋升职称的就不是好老师吗？天天想着怎么升官发财、贪污受贿，这正常吗？雷锋、张思德等都是普普通通的士兵，但在平凡的岗位上，始终为人民服务，永永远远是我们学习的好榜样。如此看来，不想当将军的士兵也不一定就不是好兵，关键是能把我们的本职工作做好，各行各业都会出成绩，都能实现自身的价值，老想着往上爬，自我感觉高人一等、目中无人，不是什么好现象，我就遇到过不少这样的人。做人应该本本分分，公正无私，正直善良，不要自以为聪明超人。

兼职干了七八年会计工作，整天忙忙碌碌，事无巨细，觉得风险又很大。特别是做好表去教委拿教师工资，全学区教师的工资装在手提包里，挂在车把上，随时好好盯着，就怕出现意外弄丢了。听说，有一年有个做事非常认真的会计，把全片的工资不小心弄丢了，简直把他吓坏了，觉睡不着，饭吃不香，好歹最后被捡到的人送还。从此，他打了辞职报告，说什么也不干这项工作了。

干会计这工作是出力不讨好的，听到有些会计说起来，心里也满是埋怨。教学工作一年下来，没功劳也有苦劳，如果所教的学科成绩好还罢了，假如成绩不理想，有时领导会找你谈话。要是会计工作没做好，出现纰漏，对不起账来，也会毫不留情地指责挖苦一番。没干过这行的，是体会不到此中的滋味和难处的。当然，我干这些年，领导从没朝我发过火。但有一年教师节，镇教委对尊师重教先进单位和优秀教师表彰按人数往下分发了奖品，最后查不到数了，便把电话打到了学校，说是我多拿了一份。我便和他反馈说："奖品是您亲自给我点的数，我们回来按人数发下去的，一个不多，正好，怎么就是我多拿了……"他不听我说，气呼呼地把电话给挂了。以后我再去教委办事，他面无表情，总是冷冰冰的，跟我不多说一句话，好歹没在工作上难为过我。唉，我算是体会到被人冤枉的滋味了，干会计还真是难啊！"人善被人欺，马善被人骑。"

二十三

"万里江山万里尘，一朝天子一朝臣。"1996 年暑假开学，新任校长走马上任。我对会计工作也干得够够的了，不管领导同意不同意，便写了辞职报告，决定不再担任这项工作，愿调到别的学校去，领导批准了我的请求。

原校长退休，副校长调离，只等教委来人交接学校工作事宜。终于有一天，教委领导和有关财务室人员，来到学校交接财务工作（也不知什么原因，原领导一个也没来）。我从抽屉里搬出财务账本，一同来到校长室坐定，便和新任校长、会计在教委一行人的监督下，把我管理期内的所有财务一一计算、核对。直到没有差错，我们便签字、摁手印。主管财务的对我说："冯老师，你看你们学校的支出，光招待费就花了不少，都顺着嘴角子拉拉了，当会计的都想贪俩。"（他在财务工作会议上，经常把这句话挂在嘴上，会计们也议论纷纷：还不是你们去拉拉的……）教委领导听他这样说话，白了他一眼，没说什么话。

我一听他这样说，心里感到又好气又好笑。

我说："×老师，既然您说当会计的都想贪俩，今天咱们当着领导的面，说说我们是怎样贪的行不行？叫我看来您贪得应该是最多的，因为您主管全镇的财务。说实话，今天你来也没查出什么问题，就是查出来我贪污，也有公检法治我的罪，轮不到你教训我。再说招待费，您说都顺着嘴角子拉拉了，这是大实话，谁拉拉的？还不是你们这些中层领导？我们这个学区，本来办学条件就差，资金非常紧张、困难，你们隔三差五下来借检查指导工作为名，晌午了赖在这里也不说走，不就是来'卡、拿、吃、要'吗？你们来吃饭、抽烟、喝酒的日期、名单、人数、花项等，我都在本子上一一记着呢，您来的次数最多，不信我就拿给您看……"

他听我这样说，那脸一会儿黄，一会儿红，一句话也不吭了，只顾低着头一个劲儿地抽着烟。此时，校长室里烟雾缭绕，鸦雀无声，仿佛地上掉下一根针也能听得清清楚楚。看到如此尴尬的局面，我说："要是没别的事，我先走了。"他们在办公室里又谈了什么，我就不得而知了。

账、物查完了，交接手续也办妥了，我内心的话也说出来了，肩上像卸下了千斤重担，心里感到特别轻松、惬意、痛快。

干会计只要坚持原则，清清白白，不贪污一分钱，把财、物管好、记好，身正不怕影子斜，谁诬赖、诬告也白搭。

在二郎庙学区小学教了两三届毕业生，和领导、老师、学生建立了深厚的情谊。教过的学生，现在有些事业有成、家庭幸福，没忘记我这教过他们的小学老师，心里倍感欣慰和自豪。有的学生想尽一切办法，打听我的手机号、微信号，互相加了微信，时常聊聊天，感到暖暖的。（十分感谢苏洋总编办的临胸微信平台，使我和一些朋友、学生重新取得了联系。）

1996 年 9 月，镇教委把我调到冶源镇国家峪小学任教。

1997 年 9 月，镇教委领导亲自找我谈话，说要把我调到迟家庄小学任教，继续让我兼任学校会计工作。唉！我就怕上这些"急水溜子"学校去，打心眼儿里不愿意去，更不愿再担任会计工作，教委主任不容分说："很多人想去还捞不着呢，这是教委专门开会研究决定的，调令早已写好了，明天你就去报到……"

领导对我这样的照顾、关心和信任，我还能说什么呢？到了规模更大的学校，等待我的又是什么挑战？

二十四

新学期到迟家庄小学报到，嗬！好气派的崭新的大门口和教学楼啊！楼前的升旗台也很有特色，大理石的台阶、栏杆、栏板，里面栽植着月季花等，高高的旗杆笔直地矗立在台中央，鲜艳的五星红旗迎风招展，衬着湛蓝的天空和朵朵白云，显得异常美丽。楼后是阔大的操场，西边是两排整齐的职工宿舍。看到这美好的环境、优越的条件，打心眼儿里喜欢上了将要在此任教的学校。

学校位于冶源镇中心地带的海浮山南麓，地理位置十分优越。经详细了解，学校占地 1 万多平方米，建筑面积近 4000 平方米，拥有 2000 多平方米的教学楼一座，标准操场一个，职工宿舍十几间，地面硬化 1500 多平方米，属市级规范化学校。服务范围包括迟家庄村、宫家坡村、半截楼村、告老庄村、红新村、老崖崮村（红新村、老崖崮村系后期并入）及周边的企事业单位，服务人口达 1 万多人。由此可见，当时迟家庄村的领导干部（党支部书记冯义武，村主任马文福）有眼光，有远见，审时度势，积极筹措资金，建起规模大、高标准的学校，确确实实为老百姓做了一件大好事，是办好教育的热心人。

校长刘玉彬、副校长李培国热情接待了我。他们俩对我来说并不陌生，早就听说他们为人实实在在，热情、真诚、平易近人，不像有些校长拿官架子、耍官腔子、把人拒于千里之外……

学校的老师二三十人，且大部分是年轻教师。学生也达到三四百人，每个年级好几个班。我被学校安排任五年级班主任，兼任学校的会计，还要负责全校的收费，课本、作业本、办公用品的征订、托运、发放工作。因为学校规模大，学生多，又是新建学校，离教委、政府近在咫尺，上级经常下来检查指导工作。每天要处理的事务多如牛毛，整天忙得焦头烂额，也恨不得自己有"分身术"。

1999 年秋，因各初中缺大量的老师，教委又把一些小学教师调入初中任教。我被调入本镇官庄初中，任初一一个班的语文、两个班的地理教学，虽离家近了些，但比小学教学来说，时间紧了许多。自己教小学一二十年，可以说"轻车熟路"，但对初中教学"一窍不通"，只能现学现卖。"功夫不负有心人"，在自己和同事们的努力、帮助下，所教学科成绩良好，特别是两个班的地理，取得全镇第二名的好成绩。

2000 年秋，经迟家庄学校领导强烈要求，教委领导又把我调回，直到 2004 年秋新领导上任。

在迟家庄小学整整六年的时间里，虽没有做出骄人的成绩，但也尽心竭力把各项工作做好。领导和老师们也看在眼里，达到了让领导、家长相信、放心、满意，学生对我也是很有感情，尊敬有加。

在任何地方干工作都不是一帆风顺的，"一人难称百人心"，人生总会有起伏、有坎坷、有风浪、有逆境，甚至有磨难。一个"敢立潮头唱大风"的人，在任何的环境里，都应该接受任何艰难困苦的历练。

2004年秋，我写了辞职报告，不再在此任教和担任会计工作，交给新任学校领导，领导不同意。我说："请领导尊重我的选择，我已和白塔学校孙开胜校长说好，跟着他干去……"

白塔小学也属山区学校，坐落在冶源镇的最南端，东邻临九路和风光秀丽的白塔水库、风火洞，和寺头镇接壤。

学校坐落于村子的最东头，环境优美，高高的大门口前是白塔村的中心大街。走进大门，是一条水泥沙的走廊，两边矗立着又高又粗的柳树，给普普通通的校园，平添了一道亮丽的风景。两排校舍也在走廊两边，显得对称、美观。

学校规模很小，老师十几个，学生不足百人。校长孙开胜、副校长冯晓亮、教导主任宫乐春（冯志田主任后调入），他们都是朴实、真诚、办事公道、敢想敢干的人。我所任教的毕业班人数最多，正好二十个学生，其他班级都不足二十人。山里的孩子很听话、好管理。

孙校长曾当过兵，参加过对越自卫反击战，立下过赫赫战功。他对学校工作认真负责，雷厉风行、管理有方，对老师一视同仁，每年都主动担任一个班的主课。别看这里远离镇区"天高皇帝远"，但这里的领导、老师非常团结、非常敬业，都能在孙校长的领导下，按部就班地干好本职工作，取得了优异的成绩。

县、镇政府、教委、爱心人士等，没有忘记偏远、规模小的山村学校，有时下来送课、捐赠、检查指导工作等，对学校的各项工作给予较高的评价，这与领导的管理、重视，师生的共同努力是分不开的。

我在白塔小学工作了整整六年的时间，亲身感受到，这里没有尔虞我诈，没有钩心斗角，是一片温馨的芳草地……感到在这里工作非常安心、舒心、快乐。由于领导、同事们的关心、帮助、信任，加上自己的积极进取、刻苦努力，成绩比较优秀。2010年被评为"临朐县优秀教师"，受到县政府的表彰。连续好几年"师德师风""年终考核"被评为优秀等次。

2011年，由于教育整合，白塔小学撤并到迟家庄小学，老师们也分流到不同的学校，我被分流到宋庄学校任教。

2012年秋，宋庄小学、界首小学撤并到现石河店学校，大部分老师一并调入，我在此校工作至今。

二十五

时间如梭，光阴荏苒，不知不觉，三十多年过去，弹指一挥间。遥想当年，青春年少、意气风发的我怀着满腔热情，踏上了教育教学这片神奇的土地，成为一名普普通通的山区教师。

在神圣的教坛上，历尽近四十年的风风雨雨。漫漫人生，峥嵘岁月，无情的刻刀，把额头和脸颊雕刻出道道深深的皱纹，风霜雨雪的浸染，使我浓密的乌发，变成满头银丝……我时常想：既然选择了教师这个职业，就要耐得住清贫，吃遍人间苦。感谢命运，感谢山路弯弯，感恩艰难困苦的历练，她磨砺了我的稚气，磨炼了我的意志。我用自己的实际行动，在平凡的工作岗位上"甘当拓荒牛，愿做播种机"，尽情挥洒着辛勤的汗水，描绘着无悔的青春年华。

回想自己扎根贫困、偏远山区任教的时光，心中不免也是五味杂陈，感慨万千。我虽不是时代的精英，但我足以称为大山的儿子。为了山村的希望，为了孩子美好的明天，不忘初心，砥砺前行。弯弯的山路上，留下我攀登、跋涉的足迹。为人师表，默默奉献，无怨无悔是我的追求。不求轰轰烈烈，但求问心无愧，不求涓滴相报，但求一生无悔。

现在，自己所教过的学生，可以说"桃李满天下！"他们好多走出贫困的大山，学业有成，飞向天南海北。有的功成名就，走上了领导岗位，在平凡的工作中，做出了不平凡的事业。其中有全国优秀人民警察傅绍刚，在刑警和缉毒工作岗位上做出了很大的贡献；演员李振伟主演的节目，在国家级的舞台播出；还有诸多学生为家乡争得了荣誉，受到广泛好评。

每当看到一茬茬的学生成才有出息，收到他们从四面八方寄来的信件、贺卡，发来的信息，打来的电话等，我心中感到无比欣慰和高兴，更为他们自豪和骄傲。我们对学生的教育和培养，没有白费，感到无愧于天，不愧于地，对得起自己的良心。还有很多学生，虽身在外地，但情系家乡，没有忘记家乡，没有忘记父老乡亲，为家乡的建设尽心竭力做贡献，这不就是我们山村教师最大的骄傲吗？

一路走来，饱尝教学生涯的酸甜苦辣、喜怒哀乐。是的，山路弯弯，人生漫漫，带不走的是岁月的芬芳，回不去的是年华的沧桑，留不住的是时间的流逝。年轻的时候，总会在铺满荆棘的道路上历经艰苦，正值花样年华的时候，要懂得珍惜。莫让年华付水流，不给自己留下遗憾，方为做人之根本。

"几度风雨，几度春秋，风霜雪雨搏激流。"生命如歌，花开花落，教育如诗。在长达近四十年的教学生涯中，且行且思，深深感悟着，我在弯弯的山路上来回奔波，苦苦跋涉。不管是顺境还是逆境，不放弃、不动摇，勇于担当，孜孜以求，一路前行。这弯弯的山路有什么可怕的！"苦不苦，看看红军两万五；累不累，看看革命老前辈。"想一想，比一比，心中就有了无穷的力量和勇气。

我在大山里这些年，与村干、山民、孩子们结下了难以割舍的情缘。这里是养育我的第二故乡，时时萦绕在我的梦境，时时牵动着我归乡的梦。那山、那水、那路、那人……无不在我的记忆深处。每当想到村干部、村民尊师重教的情景，看到孩子们那一双双求知若渴的眼神，表达着他们的强烈愿望，这更加坚定了我坚守山村教坛的信念。也让我义无反顾、无怨无悔地站在三尺讲台上，奉献着自己的青春，这更是我一生享用不尽的宝贵财富。

为了不辜负村干部和山民的厚望，牢记人民教师的职责，我恪尽职守，任劳任怨，夙兴夜寐，努力工作，全身心投入到教育教学之中。从没有争名夺利，只知埋头苦干，把教会、教好每一位学生，让他们如何做人，定位为自己的奋斗目标。

在平时工作中，不断钻研教材，改进教法，取得了良好的教学效果，受到了领导和家长的一致认可。几十年如一日，我默默地耕耘着，无私地奉献着，孜孜地追求着。我始终未向领导提过下山的申请。父亲、岳父干了一辈子教师，勤勤恳恳，默默无闻，他们的事迹也是有目共睹的。我也谨记他们的谆谆教诲和家训、家风，听从指挥，服从安排，吃亏就是福……因为我在哪里就在哪里扎根，我也深信这句话："少年壮志不言愁。"

有付出就有收获，不经历风雨，怎能见彩虹。几十年的辛勤工作，赢得了领导、学生家长的信任和同事的认可。我多次被评为乡、镇优秀教师，优秀班主任，优秀少先队辅导员，县优秀教师等。我努力探索教育教学规律，加强业务学习和进修，不断增强对学生管理和驾驭课堂教学的能力。积极撰写教育教学论文，多篇论文发表在有关论文集、报刊和网络上。这些成绩和荣誉的取得是对自己多年辛勤付出、认真工作、刻苦钻研，积极进取的肯定。

每当看到那弯弯的山路，曲折的河流，故乡的老学校，立根破崖处的碧绿青松，心中就有一种亲切感，是这些普普通通的事物，给了我人生的启迪和勇气。我爱这里的青山绿水，更爱无怨无悔的事业和学生。扎根山区，终身从教，也是我教学生涯的一段华彩乐章。

《山路弯弯》是我任教三十多年来的一次肤浅、幼稚、流水账似的回忆记录。写到此就告一段落，往后的路还要继续走下去，就用题记结束本文吧！

山路十八弯

练就了坚韧不拔的脚板

河流九连环

显其浩荡不羁之风姿

人生路有弯

方显做人之本色

弯弯的山路

给人以美的陶冶

不要畏惧弯路

路虽弯曲

身子笔直

不要回避弯路

路虽艰难

意志更坚

山路弯弯

人生漫漫

情意绵绵

教育事业的蝶变

时间如梭，光阴荏苒，转眼间，改革开放已经整整四十年了。在这四十年间，我国的各项事业，发生了翻天覆地的巨变，教育事业发展更是日新月异，市区学校不断增多，乡镇学校不断翻新，教育资源重新整合。现在每个学校都有整洁美丽的校园，崭新的教学楼、实验楼、师生公寓、多功能教室，各种先进的教学器材、多媒体教学设备应有尽有，城乡的教育均衡发展等驶上"快车道"，这些都见证着我国综合国力的逐渐强大和教育事业的迅猛发展。

我于1981年走上教学生涯，扎根偏远山区小学任教，至今已经三十八个年头了，可以说是伴着改革开放的大潮一起成长。目睹了乡村学校教育的华丽蝶变，尽管在历史的长河中不过是短暂的一瞬，但作为见证者、亲历者、参与者、受益者来说，我们广大教育工作者看在眼里，牢记心间，喜在心头。这就是改革开放发展变化的缩影，是一幅壮丽、恢宏的迷人画卷，是可歌可泣的绝美乐章。

四十年风雨历程，四十年沧桑巨变，铸就了中华民族近百年的梦想。四十年来，在中国共产党的坚强领导下，城乡经济蓬勃发展，综合国力日益强大。耳濡目染，一切的一切，谁不为之振奋，谁不为之动容，谁不为之骄傲和自豪？

我生于农村，长于农村，工作于农村，对农村学校的教育教学和发展多少有些了解，且有着很深的情感，特别是看到农村教育事业的发展变化和成就如此辉煌，心里比吃了蜜还甜，感到作为一名乡村教师是无上的光荣。

改革开放四十年，我很庆幸自己的青春年华能与之同行，并是在乡村学校的讲台上无怨无悔、默默无闻地度过的。

改革开放四十年，切身体会到学校在变，教师在变，学生也在变，教学环境及设施、设备都在变。

清楚地记得 20 世纪 80 年代初，我在偏远贫困的山区学校任教。大部分学校校舍是土坯草房，校舍低矮、破旧，有的地方露着天，下雨时常常漏雨，烂了屋脊，浸了墙壁，如果不赶快修缮，就有倒塌的可能。冬天，天气寒冷，学校没钱购买火炉、煤炭，只好用塑料薄膜钉住门窗，教室里光线昏暗，那时山村里还没有通上电，学生用着煤油灯。教室里，课桌面用的是水泥板，下面用几块石头作支撑；地面坑坑洼洼，高低不平，尘土飞扬；讲台也是高的高、矮的矮，长短不齐；黑板是木制的，板面是用墨汁涂上去而变黑的，用粉笔在上面写不了多长时间就变成了白板，又要像刷墙一样重新把它涂黑；粉笔的质量也不行，擦黑板的时候粉笔灰满教室都是，标准的"黑屋子，土台子"。

那时大部分学校师资力量薄弱，办学条件简陋，缺这少那，甚至连基本的简易教具都没有。复式班较多，大部分实行"包班制"，还有不少单人岗位，均是全科教师。没有操场，没有音体美专职教师，更没有多功能教室，没有音体美器材，甚至连个乒乓球台都没有，只能带领学生沿着弯弯的山路跑跑步，锻炼锻炼身体。在教室里教唱一些校园歌曲，画一些简单的图画等。

为了解决教师短缺状况，改善办学条件，各级党委、政府审时度势，想方设法招聘了大批的民办教师、代课教师，确确实实加强了队伍建设，给教育教学注入了新鲜的血液，教育教学质量稳步提高。

20世纪90年代，国家越来越重视教育，好多学校进行了危房改造，建起了标准的校舍，有的竟建起了教学楼，添置了课桌凳，彻底告别了"黑屋子，土台子"，并对新校进行了"六配套"。从此，师生的教学、学习环境大大改观，教师工资也年年递增，老师们不再为自己的生活发愁。党和政府还为老师建立了公积金、医疗保险等，解除了老师们的后顾之忧。教师队伍相对稳定了，也就能安心地教学了。

学生的入学率逐年上升，再也没有因贫困而辍学的了。小学、初中实行了九年义务教育。国家实行"两免一补"以来，从免杂费、免部分困难学生的课本费，到逐步加大免费学生比例。到21世纪，已全面实行了"两免一补"政策，即全部免杂费、课本费，补助困难住校学生生活费用，等等。大大减轻了学生家长的经济负担，实现了真正意义上的九年义务教育。但在发展的同时也出现了一些新的问题，如城乡、区域之间发展差距仍然较大，区域内校际之间资源配置不均衡，优质教育资源短缺、辐射面窄等。

改革开放四十年以来，校舍也由草房、平房、楼房，发展到建设高标准配套楼房等。近些年来，全县所有的乡镇对村小学进行了优化组合，撤并了一些不达标的学校，都修建了漂亮的教学楼，均配齐了标准的功能室。如少先队活动室、科学实验室、计算机室、美术教室、综合实践活动室、音乐教室、体育器材室等。各功能室的器材配套齐全，琳琅满目。体育设施也有了巨大的变化，建设了炉渣灰、塑胶跑道，篮球架、排球架、足球场、乒乓球台等体育设施也摆满了校园的每一个角落，跳绳、各种球类等应有尽有，我们有目共睹。

为了解决离学校较远的学生上下学、吃饭难的实际问题，党委、政府在财政非常吃紧的情况下，积极筹措资金给每个学校配备了校车，建起了师生餐厅，减轻了广大学生家长的负担，受到了干群的高度赞誉。

改革开放四十年，广大教育工作者的职业幸福感也逐渐增强了。国家实施了一系列对乡村教师的优惠政策，提高乡村教师的工资待遇；发放乡镇岗位补贴和乡村教师补贴；进行职称评定改革，扩大了乡村一线教师评聘中高级职称的名额，增加了教师的职业幸福感。现在，学校管理者也正在努力创造一个良好的工作环境。学校领导充分了解并尊重教师，给予每一位教师合适的工作岗位，使他们充分施展自己的专业才能，给予教师应有的尊重，对他们的努力认可肯定。每年还免费给老师投保、到医院体检，真正体现了对教师的殷切关怀和充分尊重。

对农村中小学教师而言，他们的要求其实很简单，就是能在一片能满足生存条件的沃土上，用自己的知识培养一大批能够走出大山的孩子，在成就他们的同时实现自我的价值，获得人生的发展，体验生命的幸福。对农村教育来说，只要每一位农村中小学教师心中有了幸福感，农村孩子们就会感受到生活的阳光，农村中小学教育就会有美好的明天。

改革开放四十年，今非昔比，如今每个校园均已达到五化（硬化、绿化、净化、亮化、美化），学校俨然是一座座美丽的大花园，美丽的花果树，整齐的绿化带，平整宽阔的操场，文化氛围浓厚的教学楼、走廊等，真正体现了"人民教育人民办，办好教育为人民，百年大计，教育为本"的理念。

教学设备也从 20 世纪 80 年代自制简单的教具、挂图、小黑板、小卡片，变成了今天的投影仪、电脑、电视、多媒体。现在的乡村小学，多媒体教学设备已经配备到了每一个班级，宽带网络已经实现了班班通、人人通，进入了"互联网 +"教育的时代，彻底告别了一支粉笔、一块黑板、一本书的落后局面。教师和学生在教室里就能从网络上享受到优质教育资源。教师们通过参加国培、省培、市培、县培等，确确实实学到了很多先进的教育理念和先进的教学模式，努力走进新课程，提高了教育教学质量，达到了事半功倍的效果。

师资力量在变。20 世纪八九十年代，我们很多学校有正式编制的公办教师很少，大多是民办教师与代课教师，他们一边耕田一边教学，有时候上课铃响了，老师才从家中急急忙忙往学校的路上赶，有的还在农田里忙碌，有时教室里学生打闹声一片，严重影响了教师在人民群众中的地位和声誉。

20 世纪八九十年代至今，国家大力发展师范教育。我县每年都招聘一批德才兼备的优秀人才，使教师行业充满了生机活力，"十百千"人才培养工程开展得如火如荼，涌现出大批的专业技术拔尖人才和教学骨干。前几年，凡是符合条件的民办教师，全都转为公办教师。凡是以前干过老师的也全部办了手续，将领到国家补助。遗属补贴也逐年递增，解除了广大教师的后顾之忧。这一系列政策，都有党和政府对教师的重视、关怀，对为国家教育事业默默付出辛勤劳动的教师的高度认可和褒奖，与改革开放四十年取得的伟大成就和经济实力密不可分。

改革开放四十年，学校师资全部达标，如今政府通过拓展乡村教师补充渠道，提高乡村教师生活待遇，统一城乡教职工编制标准、职称评聘向乡村学校倾斜，城市的优秀教师也向乡村学校流动了，城乡师资逐渐趋于均衡发展，学校教师大都参加继续教育，参加电脑、普通话等的达标训练，紧跟教育形势的发展步伐，掌握现代化教育教学手段，教师不再守着一桶水，而是个个脑子里都有长流水。

孩子们在变。从乡村孩子上不起学，到九年制义务教育的全面实施、学杂费全免，惠民政策全面实施，"不让一个孩子因贫困而辍学"，改革开放让义务教育真正做到了"一个不能少"。

记得我刚参加工作那几年，教的班级中，由于学生家庭经济困难，有些学生小学都没有毕业就辍学了，1986年《中华人民共和国义务教育法》颁布实施之初，当地还是有贫困农家孩子上不起学。

直到2006年，新修订的《中华人民共和国义务教育法》规定：实施义务教育，不收学费、杂费，义务教育人口覆盖率达到100%。

同时，孩子们接触的、看到的东西多了，见识广了，对教育的需求也在变。语文、数学、英语、科学、思想品德、体育、音乐、美术、综合实践、传统文化等课程均已开齐。现在，各校还成立了很多社团和多种兴趣小组等特色教育课，不断满足对孩子们的个性化培养、全方位发展。学校教学从以前的应试教育逐渐向素质教育发展，使学生学到了更多的知识，开阔了学生的视野，增长了学生的见识，陶冶了学生的情操。

回顾四十年的可喜变化，我觉得有一点始终没有改变，那就是很多乡村教师忠于党的教育事业的初心没有改变：条件艰苦时，苦中作乐；条件改善时，自我充电加压；条件优越时，紧跟时代步伐，撸起袖子加油干！

改革开放四十年，党和政府在推动义务教育全面普及的同时，推进义务教育均衡发展。2005年，教育部明确要求把义务教育工作重心转到均衡发展上来。2018年，我们临朐县政府、教育局领导不忘初心、牢记使命，砥砺前行。根据《国家中长期教育改革和发展规划纲要》的要求，举全县之力，全面推进义务教育发展基本均衡工作，在各级各部门和广大教师的共同努力下，顺利通过了国家和省级检查和验收，成为义务教育发展均衡县。

改革开放不会停，教育的改革开放也永远在路上，我们广大教师愿意和它一起茁壮成长，为家乡的教育事业做出应有的贡献。我们更应该以最饱满的激情，最崇高的向往，盼望着我们的祖国在未来的一天，会更高、更强、更美。让我们一起为我们中华民族的伟大复兴和实现美丽的中国梦而奋斗不息。

此文获临朐县委宣传部"不忘初心、牢记使命"主题教育征文二等奖。

窗外的风景

在学校，每天除了给学生上好课，还要处理好多的事务，内心感到极度焦虑和烦恼。很想找个清净的地方隐居起来，好好放松一下将要绷断的神经。

我在学校的三楼办公，只要上完课没有特殊情况，就喜欢泡一杯日照绿茶，看热气升腾，绿叶翻滚、沉浮，静等浸泡出微黄的茶汤。不一会儿，那淡淡的茶香钻入鼻孔，端起茶缸，轻轻呷一口，感到一股暖流沁人肺腑。踱步窗前，稍微推开明净的玻璃窗，俯瞰楼下的世界。冬日的太阳虽能带来几分暖意，但寒风还是显示着明显的敌意，透过窗户的缝隙吹进来，不免使我打了一个寒战。

向外望去，群山辽远、苍茫，树木已没有了夏日的浓绿，显得开阔、明朗。村庄的房屋，灰墙红瓦，排列有序，清晰可见……教学楼前，花坛里的花早已凋零，草坪里的草也已枯黄，只有那四季常绿的青松、冬青还显得有些生机，旗杆顶部的五星红旗猎猎作响。突然，发现靠近教学楼的一棵银杏树的树梢上，还挑着片片小小的黄叶，在阳光的照耀下，闪耀着迷人的光彩……银杏叶摇曳在料峭的寒风中，衬着漂亮的教学楼，衬着瓦蓝的天空、朵朵的白云，更显示出她的可爱、迷人和生机活力。这意境，简直太美了，美得无法形容了……

　　看到此情此景，我被深深地感动了，为这冬日校园里的银杏树叶，在最后的时刻仍生命不息，奋战不止，以及她那顽强的、迷人的魅力。

　　我也喜欢在下午放学后的时候，拉开办公桌旁的窗户，欣赏远方山尖那如血的夕阳，及夕阳下的原野和村庄，用手机摄下那如诗如画的风景……

　　树叶如此，夕阳如此，我们人也是如此。在漫漫的人生道路上，我们也应该能从饱经风霜的老人的满脸皱纹中，读出几分迷人的风韵。一片树叶，一轮夕阳，每一个人，都有着各自迥异的经历、磨难、沧桑，也珍藏着许许多多感人的故事。

　　我站在学校教学楼的窗前，望着窗外的风景，在这样的隆冬季节里，心里不禁在思考、感悟，几片黄黄的银杏树叶，是为了夺回曾耽误的青春，是留恋高高的枝头和那一抹金黄，还是与冬日的严寒抗争……日暮的夕阳，把温情四溢的余晖投射，给我们带来生活的信心和勇气。

　　成熟是美，残叶是美，残阳也是美，美美与共，但在逆境中拼搏抗争的生命更具魅力。

第二辑 乡村记忆

故乡，是最美的乡愁，是永远令人怀念和眷恋的家园。无论走到哪里，故乡在每个人的心中都是永恒的话题。那说不完道不尽的故事，犹如天上的繁星，总会勾起人们那份难以割舍的情怀。故乡，时常萦绕在每个人脑际，时时牵动着游子归乡的梦。

——题记

东 门

说起尧洼村的东门，凡是五十岁以上的人都记忆犹新，只要拉起来都津津乐道。家乡的东门给我们留下了太多的回忆，仿佛又回到了天真烂漫的童年时代。

在我的记忆里，东门只有一块长方形的大石头，长不过两米，厚度有二十厘米左右，下面用几块大石头支撑着。听老人讲，原先有围子墙的时候，东门就在此处，后来围子墙扒了，只剩下这几块大的没有弄走，村民就把这几块石头支在这里，倒成了村里的"标志"。每天总会有人坐在上面，也有小孩子爬上爬下地玩耍，大石头被磨得溜光溜滑。

东门这里是个十字路口，往西叫作东门里，往东呼作东门外，是石河店、五岔沟，还有河对面迟家庄、界首、泉庄、鹿皋公社、辛寨公社一些村庄里人常走的"交通要道"。

从东门往西至瓦门楼子到张之才二大爷北屋东山墙，是村里的"主干道"。东门西侧好几户家门口有几个大石凳子，经过的人多了，男女老少把这里当成驿站，喜欢在此坐着停留、休息……这样就变得非常热闹。一年四季，这里是人们拉呱聊天的好地方，是全村学生上学、放学的必经之路，更是我们小伙伴玩耍嬉戏、拔草、拦地瓜、下河、下湾、开火、捉迷藏、捞鸟，到大队里的菜园里偷摘黄瓜、西红柿等的集合地。

东门，在方圆十几里的村庄里可谓老少皆知，家喻户晓。

记得 20 世纪六七十年代，外村甚至外地的商人不断到我村做生意，东门往往成了他们的落脚点、歇息地。他们挑着担或推着胶轮车，赊小鸡、小鸭、小鹅的，卖菜的，卖馇面饽饽的，收鸡蛋的，叫货郎子，皮匠，扎裹筐箩篓子的，配钥匙修锁的，磨剪子铩菜刀的，等等，五花八门。那南腔北调的吆喝声此起彼伏，像悠远的谣歌。打铁的、打锡壶的，锢盆子、锢碗、锢大缸的，叮叮当当不绝于耳，犹如富有节奏的交响乐。北县的骑着自行车，用麻袋载着狗杠子鱼或螃蟹，不远几百里的路程，撇着腔，来换取碎烟。他们骑的自行车很特别，车轱辘子上的辐条很粗，上面没有前后瓦，没有车闸，用两只破鞋绑在前轱辘上，下坡时，就用两只脚踩住破鞋使自行车慢下来；车子也没有后撑子，用一根木棍插在车大梁下的间隙里，歪歪斜斜地点住，看上去很丑陋。只要他们来，总会围上很多人看稀奇，甚至有人骑上去试试，东拐西扭地摔下来，引起一阵哄堂大笑，也不知道北县的人是怎么驮着鱼蟹骑来的。

那时候，还有比较贫穷的沂水、博兴、广饶等地不少要饭的从东门经过，打快板或拉二胡，挨家挨户讨饭吃，我们小孩子跟在他们的屁股后头看"热闹"，引来一些家狗的阵阵狂吠，他们就用手中的打狗棍吓唬狗一番。

一年四季，东门都是热闹非凡的，但我们小孩子特别喜欢秋、冬季节的东门。

东门西边不远，有一个树园子，里面有两棵高大的核桃树，树冠很大，遮住了蓝蓝的天空，是四大娘家的。每到七八月份，树上的核桃成熟了，我们小学生每每走到这里，都要抬头看看那满树的果实。调皮大胆的同学找来石头，瞄准核桃，抡起胳膊，嗖嗖地打在树干或核桃上，一个个核桃纷纷坠落，有的滚到路边，有的落在园子里，因核桃树南面是村里的大水湾，三面插着烟秆子篱笆过不去，他们就用力扒开一个口子钻进去捡拾。四大娘在家听到外面的吵嚷声，便急急忙忙地敞开大门，他们听到门响，吓得四散逃跑，在园子里来不及跑的，被她堵个现行，说是找家长和老师，吓得他们浑身哆嗦，连忙说："饶了我们吧，千万别找老师和爹娘，不然挨揍是少不了的。"

四大娘家的核桃，我们很少见她家的人打过，但后来都没有了，全让学生瞅着他们不在家时，零零散散地给打光了，他们家人也从没找过家长和老师，可见他们一家都是淳朴善良的人。清清楚楚记得，四大娘家的核桃树直到80年代初才被伐掉。

寒冷的冬天到了，那个时候雪下得也特别勤、特别大，到处铺满厚厚的雪。尽管天气严寒，滴水成冰，大人小孩、男女老少，穿得都很单薄，里面没有内衣穿，有几个小伙伴的棉鸟拉破了，露着脚指头，棉裤的裤腿下口也裂开口子，露着黑不溜秋的棉花套子，但挡不住我们小孩子玩耍的野心。在东门附近的树园子里，我们堆雪人、打雪仗、滑雪、抵拐。女孩子就跳方、打羊毛、踢鸡毛毽子，玩得满头大汗，热气升腾，真是不亦乐乎，欢乐的笑声在树园子里荡漾。

麦秸屋檐上的冰凌，有的地方接近一米长，一排排、一根根地倒垂下来，像一把把晶莹的宝剑，我们有时拽下来拿在手里玩耍，也不觉得凉。有时拿根棍子，噼里啪啦地把冰凌打下来，觉得非常好玩有趣。

寒假，是我们小孩子最高兴的时光。做完老师布置的作业，帮助爹娘推完碾磨，就缠着大人买来鞭炮，拆零散了，装到口袋里，到东门的石凳上燃放鞭炮。有时插到雪堆里放，炸得雪末四处飞溅，有时，趁人不注意，扔到人群里去，把他们吓得一哆嗦，被大人嗔怪地吼几声："你们这些熊孩子，到没人的地方放去。"到了年根底，不管白天黑夜，那此起彼伏的鞭炮声，噼噼啪啪地响个不停，年味越来越浓了。

那时，农村里家家户户都比较贫穷，过年买不了太多糖块，总会有人抓住商机，买来爆棒槌花机，走村串巷招揽生意。

他们用胶轮车推着风箱、煤炭、爆棒槌花机，卸下来，把炉子支在东门以西，开始生火。风箱咕嗒咕嗒的声音，传到我们小孩子的耳朵里，总会缠着爹娘爆上几缸子。

不一会儿，东门这里就排起了长长的队伍，等炉子旺起来，爆棒槌花的人，把长圆形的锅子口拧开，用缸子量好玉米粒倒进去，放上几粒糖精，再用套筒用力拧紧，放到支架上不住地摇转。拉风箱的不住地拉，红红的炭火，映红人们的脸膛，看看气压表差不多了，只见那人迅速地站起来，拿起套筒，套在锅子的"耳朵"上，麻利地端在早已支好的石头上，用力用脚踩去，胆小的女孩子早吓得捂紧了耳朵，这时，只听砰的一声巨响，像放了一个大炮仗。一股强烈的巨浪，把一团白花花的玉米花，喷进了后有布袋的铁笼子里面去了，一缕缕带着香味的"烟雾"四散开来……他们有时连续好几天在东门不挪窝，一直爆到晚上七八点，那砰砰的声音传得很远，可见生意兴隆。由于几天的烟熏火燎，再看看那人的手和脸，黑得像非洲人。大家感觉干什么也不容易。

盼望已久的新年终于到了。

放完鞭炮，吃完年夜饭，天不亮人们就踏着咯吱咯吱的积雪，准备开始拜年了。我们小孩子专在人家悬挂的保险灯下寻找鞭炮的"落头子"，好在天亮后到东门那里燃放。大年初一，

102

人们拜完年，就会不约而同地聚到东门那里玩耍。我们趁机拿出捡拾的鞭炮，一掰两段或磕出火药点燃，只听呼的一声，一团火焰蹿起，雪白的烟雾四散开来，浓浓的火药味直往鼻孔里钻。

大年初二，家家户户就忙着走亲访友了。吃罢早饭，不走亲戚的小孩子们就聚集到东门这里看"热闹"，因初二出门的特别多。南来的北往的，大都从东门经过。我们这里新女婿都是初二看丈母娘，初四待嫁女走婆家，总会引来好些青年男女。看到有熟人来，叫姐夫的、妹夫的、姐姐的、妹妹的，非常亲热。互相问候一番，接过带来的礼品，说说笑笑地往家走。有时他们也会指指点点，喊喊喳喳地议论一番，脸上露出神秘而又羡慕的表情。我们小孩子可不管这些，在人群里钻来钻去闹着玩。

东门，就像一块巨大的磁石，深深地吸引着每一个家乡人。无论身在何处，心中都时常荡漾起对故乡的那份浓浓的乡情、乡恋。

小学校

临朐县冶源镇尧洼小学，是一所远近闻名的百年老校。

我求学的第一所学校——尧洼小学，是我学习之旅中的第一个驿站，那里有培育我的可敬可爱的老师，那里有情同手足的亲密同学，那里有我们洒下的辛勤汗水，那里有我们苦苦求索的足迹，那里有我们永不磨灭的记忆，每每和同学谈起，总是感慨万千！

听冯益智老先生讲，村里的教育事业起步早，创办积极。不论在中华人民共和国成立前后，都非常重视教育，在极其困难的情况下，承前启后，继往开来，见缝插针，努力办学，影响极其深远。故我们村文化底蕴特别深厚，地灵人杰，在外的国家公职人员颇多。

尧洼村小学始建于民国初年（当时叫洋学堂），开明人士张金墀、冯培祯于民国二年（1913），带人砍伐东门外东岳庙的松树，在此地盖了三间北屋做教室，两间小北屋做办公室，招收学生入学，冶源镇东宋在村冯春艇任教师。以后冯肇绪、韩景琦等曾来任教。课程设置有国文、算术、常识、音乐、体育、图画等科目，学生可以升入高等小学。故城里南高等学校、寺头高等小学、冶源高等小学都有该村的学生。继而潍县广文中学、青州十中、守善中学、临朐师范讲习所、济南育英中学及齐鲁大学，都有这村的学生。其中冯葆光、冯华光、冯来光、张学修、张福修五人在齐鲁大学毕业，很有建树。

1932—1933年，青州中华基督教会在尧洼村办起"幼稚园"，招收学前儿童，计十八名学生，益都籍赵绥云任教师。第二年，换成临朐张家董庄人张淑章接替任教。课程设置识字、工艺、舞蹈、唱歌、体育。学生无负担，不收任何费用。

1931—1936年，村民张金墀等人贯彻青州教会指示精神，在尧洼村办"平民夜校"，张金墀、张美修、冯益智任教师，学习《平民识字课本》，不收学生费用。每年冬天有近三十人参加学习（只收男性成年文盲者），设置的课程有识字、算术、地理、历史、珠算等，学完发给毕业证书。这一举措，使村里的文盲大大减少，受到人们的好评。

1936—1937年，冯益智、张之才在本村小学任教。全民族抗战开始，1938年因当时地方游击队驻在学校里，村小学停办。1939年春，苏子诚（史家小河子人）在学校大南屋办高等小学，招收五年级新生三十五人，教师有冯连云（字雨山）、张士奎（字梅五）、冯五柳，苏子诚任校长。到阴历四月二十八，日本鬼子"扫荡"，学校停办。

全面抗日战争开始，城市学校停办，山区办起学校，彭家庄高小、崮山高小、山枣高小、省立第四联合中学和第八联合中学，都有尧洼村的学生去读书。黄埔军官学校西安分校在东里店（省府驻地）招生，冯保德、张之信被录取，可见尧洼村的人是特别重视教育的，青年是热衷于读书求学的，村里的教育当时在十里八乡更是一流。

1940年夏天，张金墀办起了小学，后冯五柳接替任教，春节后又停办。

1941年，临朐人民的生活开始出现困难（1942年成无人区），老百姓吃饭成了大问题。村人冯葆光（字凤羽，齐鲁大学毕业）在青州中华基督教会当牧师。他看到家乡学校停办，儿童失学沦为乞丐，心急如焚，就建议青州教会向"华洋议赈会"（国际组织）申请到临朐创办"贫儿教养所"，以救济失学的贫困儿童。教养所招收学生七十名，张金墀任总管，韩文蓉（周村人）、张子良（张家董庄人，齐鲁大学毕业，兼任校医）、张学修（尧洼人，齐鲁大学毕业）等为教员。老师们无工资待遇，义务办学。开设的文化课有算术、平民识字课本、唱歌和有关宗教的内容。学生食宿由学校供应，日给三餐，受到了家长的赞誉。1942年阴历四月，国民党游击队抢走教养所粮食，主办机构决定将所里的七十名学生分到刘家圈、张家董庄的贫儿教养所，每处去三十五人，尧洼教养所被迫停办。

1945年5月，民主政府贷粮贷款，发展生产，改善民生，同时也倡导恢复教育。冬天，村小学恢复。张玉成、冯五柳任教师，待遇是不出工，村里还要出工帮他们锄地。1947年春至1948年，形势恶化，教师都参与支前，学校又停办。

1949年春，学生数量猛增，家长不愿意孩子去宋庄上学，于是又恢复了尧洼小学，性质是民办。聘村人郭寿民等六人任教师，待遇是不管饭，每人一升谷子（五市斤），学生凑粮食。有五个班级，学生达到一百八十五人。自此，尧洼小学教育又走向了正规化，不再三住两歇的了。

中华人民共和国成立后，除招收学龄儿童的小学教育，还办有民校，也称扫盲，聘有民师教学。女班多是未婚女青年，称"午班"，也叫"识字班"，由民师授课。冯保吉、冯五柳、张世训、张之川、冯益智等人，先后担任过民师。

1950—1957 年，先后有郭寿民、张之才、陈延荣、卢淑贞（卢家庄子人）、陈曰章、陈延溪（瞿家圈人）任过教师。

1958 年，大办共产主义小学，可谓轰轰烈烈。校址选在尧洼村，招收附近十几个村庄的学生。计有二十个班，学生达七百三十二人。教室不够用，就又借用村东部分民房。教师有陈延荣、陈延溪、陈曰章、卢淑贞等二十三人，校长王学谦（辛寨大张龙人）、教导主任于祺（昌乐县人）。后来由于冬季取暖、食堂粮油供应加工等种种原因，各处的共产主义小学先后解体，各校师生又抬着桌凳回各村小学复学。

1959—1970 年，冯保爱、张爱文、陈延荣、魏长寿、冯志昌、张元祺、张淑兰、霍秀惠、瞿风美、沈立吉、冯益德等均在本村小学任教过。

1971—1989 年，张元祺、冯胜芝、王强、王玲、王敏（姐弟三人，上林梓林子村人）、冯志昌、张居士、张玉法、冯胜福、冯福昌、冯文昌、王秀珍、李汝贤、张天亮、赵连成、徐丰年、张士存、冯保爱、冯益德、瞿风美、霍秀惠、张淑兰、钮玉立、冯淑静、申学桂、冯胜昌、冯明成、冯爱菊、刘成梅等老师在此校任教过。其间，还有过戴帽初中班，由张玉法、李汝贤两位老师任课。1986 年新村规划，百年老校一直办到 1990 年。

1990 年尧洼村进行校舍改造，新建学校于村东北角，分东、西两院，占地 2100 平方米，属完全小学，附幼儿园。新校配套设施完备后，师生乔迁新址。老学校由个人办幼儿园继续使用，其余的借给部分新村规划通街户临时居住。因年久失修，管理不善，终成危房。个人幼儿园停办，借用户搬出。百年老校，历经沧桑，只剩残垣断壁，摇摇欲坠，惨不忍睹。新村规划，划给居民盖房。百年老校，只能留存在人们的记忆里了。

新学校有冯胜福、冯文昌、冯树柱、霍秀惠、沈万武、董福贞、刘鲁军、王新华、尹桂臻、王跃利、冯梅等老师任教，冯志昌任校长。2000年为改变学校布局，尧洼小学撤销，学生分流到宋庄、石河店小学。只留下幼儿园，教师为沈汝爱。一直到2002年，尧洼幼儿园也撤销。就这样，新建没几年的学校闲置起来，村里卖给几户村民居住、使用。随即，村合作医疗室优化组合迁入前院的房子，供乡村医生使用。

时光如水，光阴荏苒，悠忽哉，不知不觉中我在尧洼小学毕业已经四十多年了。岁月，犹如白驹过隙，恍恍惚惚感到仿佛就在昨天，童年时代的故事总令人浮想联翩。

每每那当当的钟声震动耳鼓，或走到学校的门口，听到那琅琅的读书声，就不免停下脚步，回想那段难忘的小学岁月。

我于1970年在尧洼村小学入学，学校坐落于东门外（村里人习惯叫庙上）。当时学校屋后是我们生产队的庄稼地，正东有四五户人家，西边是几户村民的树园子，环境比较静雅。学校分前院和后院，前院的教室外墙壁上写有鲜红的八个美术大字"团结、紧张、严肃、活泼"。中间有一过道，走过去，有一条用鹅卵石铺就的甬路，可通到后边的每一间教室。西边的厕所旁边，栽植着几棵芙蓉树，教室前有几棵杏树和李子树。前院院墙上有冯胜芝老师用毛刷写的"发展体育运动，增强人民体质"的大红字。墙边有高大的梧桐树和白杨树，一口生铁铸的大钟挂在高高的树杈上，一根长长的钟绳扯在办公室的门框上，每当预备、上课、放学时那洪亮清脆的钟声"当——当——当——"响起，传得很远很远。

学校里的老师基本都是本村的，记得有冯胜芝、张玉法、张淑兰、张元祺、申学桂、冯胜昌、王秀珍、冯福昌、徐丰年（公办教师，校长，杨善巩家桥人）等。教过我的老师有冯胜芝、张淑兰、张元祺、冯胜昌、冯福昌、申学桂、徐丰年等。

学校开设的课程有语文、算术、常识、劳动、音乐、画画、体育等，严格执行"学生以学为主，兼学别样"的方针。

在那物资匮乏、缺衣少食的年代，好多同学衣不遮体，穿着补丁衣服的也大有人在，甚至有的夏天光着脚丫子上学，就是有鞋子穿的也是前面露着脚指头，后面露着脚后跟。连石板、石笔、书包、文具盒都没钱买，家长只能想方设法弄块铁板、屋脊瓦片等钻上眼，拴根细绳系上充作石板。老师布置的家庭作业就写在这样的石板上，第二天交到老师的讲桌上，摞好几摞，有时摇摇欲坠。老师看着那大大小小、薄薄厚厚、长长短短的"作业本"真是哭笑不得。

学校还大搞勤工俭学，师生齐动手盖猪圈、垒兔子屋、养兔子、喂猪、割草、拦地瓜、到县磷肥厂选矿石、在校园里种菜等，以增加学校收入。这些劳动课的开展，大大增强了同学们热爱劳动的积极性，锻炼了他们吃苦耐劳的精神和毅力，陶冶了学生的情操。

五年的小学时光，有我抹不去的记忆，忘不了因完不成老师布置的作业而罚站的情景；忘不了下河、下湾被老师抱走衣服的尴尬；忘不了爬树、捞鸟被老师逮住时那严厉的眼神；忘不了调皮同学肩扛着板凳，嘴里吆喝"磨剪子来——戗菜刀"，围着学校操场转圈的滑稽相；忘不了老师看到我们的进步时那欣慰的笑脸；更忘不了老师对我们恨铁不成钢的谆谆教诲……

尧洼村小学这一所百年老校，迎来送往，为国家培养出大批的有用人才，诸多的老师为家乡的教育事业为人师表，兢兢业业，诲人不倦，不遗余力，做出了重大贡献。据不完全统计，自民国时期至今，尧洼村从事教育事业的教师有八十余人，培养了一百五十名大专以上学历人才，他们中有从政的领导干部，有高级工程师，有教授、军官、名医，有著名作家、诗人、高级编辑，有企业家、书画家等，还有很多各行各业的佼佼者，他们事业有成，反哺国家和家乡，享有很高的威望，真可谓"桃李满天下"。

桃李不言，下自成蹊。尧洼村近百年的办学历程，虽断断续续，但令人欣喜和振奋。这里是我们学习的乐土，成长的摇篮。饮水思源，无不感恩呕心沥血、殚精竭虑、点石成金的老师，无不思念朝夕相处、互帮互励、情同手足的同学。诸多出自学校的游子们，虽然居住天南海北，但都忘不了学习成长的母校——尧洼小学。

注：此文借鉴冯益智老师主编的《尧洼村志·教育篇》，特此致谢！

老房子

每每回想起生我养我的老村庄，那弯弯曲曲且幽深的狭窄街巷，吱吱扭扭日夜不停转动的老石碾，特别是曾经为我们遮风挡雨、历经沧桑的土坯老房子，心中不免感慨万千。

几十年的沧桑岁月，发生在故乡一代代人身边的故事，就像回放一部部悠长的电视连续剧，历历在目。童年是人生中最美好的时光，更是每个人最值得回忆和留恋的……父老乡亲、邻舍百家那浓浓的亲情，村里一切的一切，时时萦绕在我们的梦境里。

记得村里的老房子高低错落有致，基本每个家族都在一个范围居住。村庄不太大，可山清水秀，空气清新，风景宜人。村庄里的老树较多，把那些麦秸屋顶、泥墙、青砖、木门，都掩隐在绿树浓荫之中，间杂着袅袅的炊烟，这便是我记忆中故乡那幅迷人的乡村图画。

20 世纪六七十年代，广大农村大都比较贫穷落后，房屋都是土坯房，屋面是用麦秸拚的，低矮破旧，黑咕隆咚，透风撒气。但一代代农村人，就在这样的房屋里生息繁衍，安居乐业，且对她眷恋、深爱的感情特别强烈。

清楚地记得，我们尧洼村东西较长，南北较短。那居住了几辈子的老房子，不成趟不成行的，高低不同，宽窄各异，很不规整。有的住户出门就是街巷，也有户户对着大门口的；有的居住在七拐八拐的胡同里。大门口有的朝南，有的向北；有的面东，还有的面西，真是很有特色。

有的人家单门独户，有的好几家一个大门口，里面共用一个天井，有的也是共用一个大门口，往里家家各有一个门口，再独立成院；还有的一个院子里住着五六户，住北屋的、南屋的、东屋的、西屋的。甚至还有的从张家进，从冯家出，有的还真是家家相连，户户相通，五花八门。

从当时村里居住的房屋就可以看出来，哪个家族大、哪个家族小，哪个家族旺、哪个家族衰。那时家家户户的人口都不少，孩子少的三四个，多的甚至十几个。在一个院子里居住，人多、热闹，平时大都能互相体谅，和睦相处，相安无事。但有时为了一点儿鸡毛蒜皮的小事，或者孩子闹着玩，玩恼了，大人孩子骂嚼连天，哭天喊地，甚至发生流血事件。但过不了几天，孩子们像没事人一样，照常一块儿玩耍嬉戏、打猪草、拦地瓜、趴在磨顶上做作业等。大人也是抬头不见低头见，感觉弟兄妯娌们为这些小事打仗不值得，还让村里人笑话，亲不亲一家人，应以和为贵。

家家户户人口多，而居住条件却非常简陋。房子窄巴，甚至好几家共用一个饭屋，很不得劲。那时都比较穷，有木床的家庭不多，大都用土坯垒的炕。屋里烟熏火燎的，熏得墙壁乌黑油亮，很大的油烟味。稍好的家庭用报纸糊起来，显得还干净亮堂一些。有的户里一家人挤在一起睡觉也很不方便，便找几块木板或者大门，支一张简易的小床供孩子们睡觉。

记得有个小伙伴家里七八口人，住着一间小西屋，冲着门口支着一个窄炕，炕上面横着几根杆子，再钉上几块木板，上面铺着一张破席，一床露着棉花套子的破被子，一家人就这样分两层睡觉。地上除了锅碗瓢盆，没有其他的家具，吃饭时放下一张面桌子，七八个人围一圈，就再也没有下脚的地方，居住简直成了老大难。

当时的房子，有些盖得还比较讲究。坚脚用的是立坚石，上面再用较大的青砖垒砌，屋门口和窗户台，都是经石匠仔细雕琢的长方形巨石，平平整整，有密密麻麻的凿刻痕迹。屋檐也是用青砖调檐，用石灰膏抹缝，入户的门子，大都是用厚厚的木板做的，上面一部分有的是木格棂子，两门的上方各有一个门挂子，门框上方，钉着一个门鼻子，平时开门、锁门只要把两扇门敞开、对齐了，总会发出丁零当啷的声响。大多数的房子，都全是土坯的，屋里高低不平，坑坑洼洼，黑咕隆咚的。门口和窗户缝隙较大，严冬，屋里没有烟火，冻得比较难熬。总之，村里的老房子看上去显得古朴、厚重。

农村人家盖房子真是不容易。记得我六七岁的时候，邻居家的一个青年年龄较大，好不容易说了个媳妇，人家说没有房子不结婚。他家里本来很穷，父母便求亲告友、东凑西借准备盖房。他们请来村里的泥瓦匠，丈量、画线、砸橛子，就可以打地基了。

贫穷落后的年代，没有机械化的打夯机，靠的是七八个人用麻绳拉着一个圆柱状、一二百斤重的石头，或者绑上一个碌碡，粗头朝上，细头朝下，两边各找一根木棒用铁丝拧紧；为了防止松动，找几只破鞋，夹在木棍和碌碡的中间，再把铁丝拧牢靠，捆绑夯石下部的铁丝上穿上麻绳，简易的夯就做成了。

地基挖好了拌上湿土和石灰，就开始打夯，只见青年劳力们捡起绳子，围成一圈，由两个稍上年纪的掌握夯的稳定和前移。其中，一个会唱夯歌的人指挥，使夯有节奏地一起一落，碰到硬实的地方少夯几下，较暄的地方多夯几下，直到把地基打实。我头一回见打夯的，感觉夯歌唱得不仅铿锵有力，还很有节奏、有韵味，洋溢着浓浓的乡土气息。唱到节拍上，拉夯的人还要一起唱和。村东头领唱得最好的就数张之伊大舅。记得有几句是这么唱的："工业学大庆呀——哎哟！农业学大寨呀——哎嗨哟！再往西挪一挪呀——哎哟哎嗨哟！大伙高高的起呀——哎嗨哟……"拉夯人就接着唱和："哎哟——哎哟哎嗨哟……"然后他放大嗓门接着唱："打夯盖新房呀——哎哟！娶个新媳妇呀——哎嗨哟！这个地方再来几下子呀——哎哟哎嗨哟……"众人随之"哎哟——哎哟哎嗨哟……"。唱到兴头上，大夯往往被他们拉得高过头顶，由于夯拉得高，掌夯把的要脱手松开，让夯把也随夯起来，等落到可以接住，再掌在手里，如果不熟练的撒不开手，就要被一股劲带倒，趴在地上，或者被落下来的夯砸在身上，那可不是好玩的。

那高高的夯，重重地砸在地上，发出"噔噔"的声响，大地仿佛颤动起来，那节奏感极强的夯歌在村庄里荡漾，吸引诸多男女老少前来看热闹，瞧稀奇……这远去的夯歌，永远萦绕在耳畔，留在深深的记忆里。

一些半大孩子瞅大人回家吃饭的间隙，学大人打夯，他们用力不均，掌把的没掌好，下落的夯一歪，夯把打破了孩子的头，鲜血直流，他们回家被父母一顿好揍。

农村人家盖房子，几乎全村的青壮劳力都去帮工。搭脚手架子的、推墼的、搬墼的、和泥的、垒墙的、淹麦秸的、拵屋的、泥墙的等等，干得热火朝天。经过五六天的时间，房子就盖起来了。这样的土坯房子是很结实的，也是很耐住的，可以说冬暖夏凉，如果经常好好修缮，甚至能居住好几辈人。

　　现在生活好了，居住条件翻天覆地，很多人到城镇购买了楼房。新村规划，老房子也大都扒掉了，建起了宽敞明亮的砖瓦房，甚至楼房别墅，但人们对老房子总是念念不忘。山区里有些没扒掉的老房子，倒显得古朴，成了民俗古村落，吸引大量的游客观光旅游，收入可观。农村的老房子，已然成了人们心中的念想，成了一种化解不开的情结，成了我们心灵栖息的家园和浓浓的乡愁。

村　碾

从《尧洼村志》上看到有这么一句顺口溜:"尧洼村,真不善,三眼井,七盘碾。"可见村里的石碾之多。

碾和我们的生活真是息息相关,密不可分。

"民以食为天。"劳动人民发明石碾这种生产工具,确确实实解决了人们的吃饭问题。记得在我们尧洼村确实有七盘老石碾,前街两盘,后街两盘(一大一小),第六生产队大湾西一盘,东门里"办公处"还有一盘,马家屋子有一盘。这几盘石碾,有大有小,有露天的,也有两处有碾棚。

我家离老碾很近,在那贫穷落后的岁月里,老碾白天黑夜几乎没有闲下来的时候。每天天不亮,就听到推碾人的说话声和碾子吱吱扭扭的响声。乡亲们用它碾玉米、小麦、地瓜干或鲜地瓜、豆面、米面、高粱、玉米仁、韭花、麻古酱,生产队用毛驴子碾豆饼,等等,几乎无所不碾。

我最喜欢吃的是母亲用老碾碾出来的玉米仁、小麦仁或地瓜干熬的饭,那种浓香黏稠的滋味,留在敏感的舌尖之上,令人回味无穷。

20世纪六七十年代出生的农村孩子,几乎没有不推碾倒磨的。不管白天黑夜,特别是星期六、星期天,母亲把需要加工的粮食先在家里用簸箕簸干净,挑出掺杂在里面的小土块、小石头、沙粒等，然后带上扫碾笤帚，有时挎着筢子，有时端着簸箕，有时端着瓢，到碾上挨号。有时推碾的特别多，需要等大半天。家庭条件好点儿的喂着毛驴子，就牵来套上套，给它戴上蒙眼布，驴子就拉着碾子转起圈子，确确实实解决了劳动力，让我们羡慕得很。别看我是个男孩子，但从小就热爱劳动，六七岁就跟着母亲学会了推碾、扫碾、推磨、添磨、烧火、做饭、打水、挑水、推土、垫栏等家务，多多少少减轻了家人的负担。

母亲、姐姐、哥哥在生产队里上坡或出伏挣工分，整天也是累得够呛。母亲还有做饭、洗衣、缝缝补补、喂猪、喂鸡等干不完的活计。推碾倒磨的事，时常落在我和弟弟的身上。每次推碾前，母亲总是嘱咐我，先把碾盘和碾砣清扫一遍，将需要碾的粮食倒在碾盘上，围成圈，然后一滴子一滴子地碾压。我和弟弟推动那沉重的碾盘，因为那时候年龄小，没有多大劲，使劲大了，一会儿就累瘫了，不用力，碾就不动弹。我俩总是不紧不慢地使劲，但也热得满头大汗，累得张口喘气，好不容易推完那围成一圈碾盘的粮食，收到家什里，或挎或端地弄回家去，母亲总会微笑着说："这俩孩子真能干，快歇歇，歇歇……"我们听了母亲的夸奖，心里感到美滋滋的。

有时候推着碾，也总是在想："也不知道需要转动多少圈才能把一簸箕、一笾子的粮食全部加工完，什么时候就不用推碾倒磨了，哪年哪月才能解脱这沉重的家务负担，何时才能解决缺衣少食的艰难岁月？"

好歹盼望放了寒假，可母亲还要摊好多的煎饼，蒸馒头、年糕、米面等，这些是家家必备之物，都需要用碾碾碎、碾细，有的还需要一遍遍地碾，再用细箩一遍遍地箩，直到碾得只剩点点碎渣。越是到了年关，碾子越是日夜不停地转动着，有时为了早一点儿推上碾，我们挎着粮食围着村子转一圈找碾，几乎每盘碾道里都留下过我们的足迹。这么多的粮食，需要在碾上干好几个小时，等干完这些活，也累得筋疲力尽、晕头转向了，现在想想还真是愁死人。

最愁的就是冬天的晚上或者寒夜里，母亲让我们打着保险灯去推碾。推着推着，有时竟打起盹来，母亲就给我们讲一些故事，有时忽然蹿过一条狗或者一只黄鼠狼，也使胆小的我和弟弟大吃一惊。有时还经常遇见村里的"哑巴姑"——一个疯颠颠的女人。我们小孩子都害怕她，如果有小孩子不听话，她母亲总会说："你再哭闹，叫'哑巴姑'把你背了去！"很多调皮孩子好招惹她，拿坷垃、石头打她，她也会从地上拾起东西，一边哇哇地叫骂着，一边迅速地跑着把手里的东西狠命地扔过去，调皮孩子吓得抱头鼠窜，有的躲闪不及，被打在脊梁上，发出"砰"的一声响。有时如果被她认出来，她会找到家长或者学校的教室里，找到那些学生打一顿或去办公室找老师"告状"。调皮孩子少不了又挨家长和老师的一顿批评教育。我和弟弟从小就是老实孩子，从不招惹她，倒是很同情她，有时母亲让我们给她拿吃的，她也总是笑嘻嘻的，从来没吓唬过、打过我们，有时还帮着我们推碾哪。

有的小伙伴生性顽皮，馋吃懒做，一到推碾，不是拉就是尿，甚至不见了人影，少不了让他母亲用笤帚疙瘩一顿狠揍。记得有一次，有个不愿推碾的伙伴偷懒，他爹知道了，脱下鞋子，赤着脚丫子撵着打他，那伙伴像兔子一样跑得很快，他爹把鞋子扔出去，正好打在了他光着的脊背上，他回过头来，还骂了他爹几句，把他爹气得也破口大骂起来："你……你……你这个私孩子（方言，骂人的话），回……回家……我……我再拾掇你。"

村里有老碾的地方，就有无尽的乡村故事。推碾的媳妇们凑在一块儿说说笑笑，拉拉家常，互相帮忙推碾，增进感情；有时给这家儿子介绍个媳妇，那家女儿找个婆家；有时还为争碾吵吵嚷嚷、骂骂咧咧；有时还免不了窃窃私语、张家长李家短地说道；有时甚至还添油加醋地胡说八道一些花边新闻。

当然，村里的老碾旁，更是我们小孩子的乐园，闲暇之余，在这里玩耍嬉戏、捉迷藏、上方、抽陀螺、打柄、上溜溜球、抵拐等等。玩归玩，闹归闹，但没有一个敢到碾盘上去玩的。如果不知好歹坐上去或爬上去，被大人看到，总会被狠狠地熊一顿。可见村里人对老碾都存着敬畏和爱护之心。

老碾用得久了，加上风吹、日晒、雨淋，卯榫总会有松懈的时候，有时碾棋掉下来了，碾子推不成了，总会有人不声不响地修理好，并且把碾棋抹上润滑油，推着轻快。有这些热心人的无私奉献，老碾才日夜不停地唱着欢歌，为村民服务。

20 世纪 80 年代中期，我和妻子还经常到碾上推碾，直到村里有了磨面的机器，才推得少了。现在，偶尔还去碾豆面、韭花、麻古酱等。一圈圈下来，感觉比小时候晕得厉害。

改革开放后，城乡发生了翻天覆地的巨变，村里的老碾也完成了它的历史使命。新村规划，原来碾的位置因画方框碍事，好几盘老碾被先后掀掉了。尽管加工粮食的机械替代了老碾，但村民还是愿意用老碾碾点儿豆面、糊涂面、韭花、麻古酱之类的食品，就另选址重新建起了几盘老碾，还盖了碾棚。

家乡的老碾，朴实无华，它经历了岁月的风风雨雨，如一个历经沧桑的老者，养育了一代又一代村里人，它见证着家乡的成长、变迁和发展。

　　如今的生活这样美好，我们不能忘恩、忘本，应怀着一颗敬畏的心，把它安置在乡村的"博物馆"，以纪念老碾为我们做出的巨大贡献。

　　家乡的老碾，默默地陪着我们走过一年又一年，碾过四季，碾过生活的艰难困苦和无奈……但每次看到那无言的老碾，总会牵动我的情思和回忆。以往清贫却又温馨的日子，恍恍惚惚宛如就在昨天。

　　现在，家家户户的生活赛神仙，感谢党的好政策，感谢改革开放四十多年城乡翻天覆地的变化。

　　物质生活这样好，吃穿不愁，但人们的口味却变得挑剔了，追求起营养来，嫌机器磨出来的面没滋味，不如石碾碾出的口感好，有些村民瞅准了商机，重新推起了老碾、老磨，加工出原汁原味的面粉、馒头、煎饼等，生意红红火火，产品供不应求，深受人们的青睐。

　　每当看到村里的老碾，那首《老碾》之歌就会回响耳畔："山村的这台老碾，你转了几百年，日月同心相伴，磨平了沟沟坎坎……"这打动人心的优美旋律，总会勾起我对老碾的绵绵情感。

水　井

在我的记忆里，村里有三口老水井。前街一口，后街一口，东门里胡同张家大门口有一口。多少年了，我也不知道它的年龄。单看那圆圆、方方的井台口四周，被井绳磨得那一道道深沟和光滑的井台，就知道年代比较久远。它用那乳汁般甘甜的碧水，哺育着家乡一代又一代勤劳朴实的庄稼人。它们就像饱经风霜的老者，静静地守望着所挚爱的家园。

老井，对于年龄较大的村民来说，都有着很深的印象和感情。每当看到它们、想到它们，那热爱、眷恋家乡的感情，更进一步加深，它们给我们留下了许多的回忆和眷恋，更给在外漂泊的游子带来无尽的思乡之情。

听村里的老人讲，当然我也看见过，那时打口井很不容易，全靠人工挖掘。20 世纪 70 年代，张家大门口的那口井，由于年代久远，且井筒子土质不堪浸泡屡遭坍塌，终至报废，导致村东头的村民吃水不方便了。

一、二生产队干部商量，要在村东张之文家的树园子里打井。大队支部支持，发动村民捐工筹资，说干就干，社员扛来木杆，搭起井架，安装上滑车，套上粗草绳，拴牢大牛筐，热火朝天地大干起来。等井挖得不好往上提土了，就派有经验的青壮劳力，带上短把的锨和镢，头戴荆条编的安全帽，坐在一根绑好的木棍上，抓紧麻绳，让拉滑车的人慢慢放到井里，他们蜷着身子，在井下作业。

两个稍年长且有经验的人把好井口，等拉到井口时，喊一声"好"并顺手接住较满的大土筐。一溜拉滑车的青壮年听到喊声，马上停住，再稍松一下绳子。把井口的人，随即把土倒在推车的粪箕里，令人推到不碍事的地方倒掉。拉滑车的人要和把井口的人配合默契，不然会出乱子。井越挖越深，越来越难挖，就要勤换人倒班。

挖井不是想象的那么简单，这种活又苦、又累、又脏、又有危险。在下面挖井姿势很不好受，井下作业又不能人多，最多也就容下三个人。如果掉下块泥土或石头，下面的人就危险了。听说村里挖井砸伤人或砸死人也是有的，还有下去点炮被炸死炸伤的。当挖出水来的时候，还要继续下挖好几米，以防旱季无水，成了旱井。

挖井的社员，在泥浆里挖井，需穿上短裤，穿上靴子，艰难地挖掘。出井时，常常看到下井的社员成了一个个"泥人"。井里的水越来越多，这时就不能用牛筐了。需换成一只尖底大铁罐，连泥带水地盛满，拉滑车的队伍再拉上来倒掉。反反复复、来来去去，井旁拉上来的泥土堆成了一座小山。浑黄的泥浆淌得到处都是，被拉滑车的社员踩出的小路，又长又亮。

经过社员们十天半月的辛勤付出，井挖得已足有二十米深了，泉水很旺很清……生产队也早已派人到山上开石头去了，石坑里传出叮叮当当的声响，有时传来隆隆的炮声。等开的石头差不多了，年轻力壮的小伙子就推上胶轮车，到山上推石头。

一车石头足有千儿八百斤重。他们手握车把，双肩搭襻，小心翼翼地驾着车子，顺着弯弯曲曲的崎岖山路，一步步挨下来。

老远就能听到车轮的钢圈和车闸摩擦发出"吱嘎——吱嘎——"刺耳的尖叫声。如果操控技术不行或者石头没摆好，就会在山路旁倾了车子，甚至车轱辘子朝天，有时推车人也会受到伤害。

大大小小的石头推来了，准备砌井。石匠们在叮叮当当地凿石头，木匠们哧哧地在拉大锯截木料。社员们有的在拉着滑车往井里放石头，井下泥瓦匠在砌石头，以防年代久了会塌方，缩短使用寿命。砌井要从井底周围砌起，垒成圆筒状。用不了一星期，越砌越高的井筒子就砌好了。开始安装井台，井台的石料都被石匠按尺寸凿好，比较平整巨大，只能用撬杠一一对接砌好。

由于石匠、木匠的密切配合，一口美观、耐用的新井宣告竣工。村里的男女老少奔走相告、欢欣鼓舞，点燃鞭炮欢庆新井落成。那悬挂在高大笔直的白杨树上的高音喇叭，唱响了《社会主义好》的激昂旋律。

村里有井的地方，往往就有露天的老碾。我家离老井不足五十米远，从我记事时起，天不亮，家家户户就挑着水罐到附近的井上打水。罐把梁摩擦水罐的"嘎吱嘎吱"的声音，碾子的吱扭声，村民的说话声，在黎明时候听得特别清楚。如果去晚了，挑水的人多，要等好长时间。有的社员就趁着空暇拉拉家常，说说话，其乐融融。

我们小孩子对任何事物都充满好奇，有时母亲去打水，我和弟弟就跟着去看。母亲告诉我们不要随便到井台边玩耍，不然会很危险。更不能趴在井口朝下看，如果掉下去，就麻烦了。听到母亲的千叮咛万嘱咐，我们越是感到好奇、有趣。越是这样，越觉得神秘，非探个究竟不可。

有一天，我们约了好几个要好的小伙伴，偷偷地来到井边。

一看四处无人，就慢慢靠近井台，趴到圆圆的井口往下看。井口四周长满了绿绿的青苔，还有粗粗细细的树根，上面长出了几根小枝，挑着几片淡黄色的树叶。

由于井底有二十多米深，乍一看黑咕隆咚的，什么也看不见。等眼睛适应过来了，才看到那镜子一样的井水。时间长了，井底水面与阳光照射产生的折射，发现我们的头倒映在井底，感到好像人都落到井里了。这时，我们听到有人来打水，爬起来，一溜烟跑到旁边的柴火垛旯儿里藏起来。

我们姐弟四人，个个都很能干。我从十几岁就到井上学着打水、挑水。母亲嫌我年龄小，个子矮，不让我去，但她拗不过我。她就和我到井上亲自示范：先把细细的油丝井绳上面的钩子扣在水罐上，把罐放进井里。接着双手抱住辘轳头，不快不慢地放到水底。霎时，抱着的辘轳感到往下一沉，水就满了。就用双手握紧辘轳把子，撅起屁股，弓着腰，咬紧牙关，使劲往上绞，一罐满满的清水就被绞上井口。这时就要一手握紧辘轳把，一手去抓水罐的罐把梁，提上井台，再顺手倒在另一只罐里。接着重复第一次的顺序，再打第二罐水。

我那时只因个子矮，力气小，就只打一罐水，倒成两半罐，挑起水罐跌跌撞撞地往家走，有时因步子走乱了，两只水罐前后或左右荡起秋千，有一次还把脚后跟碰破了一块皮。有时挑不动了，就在路上歇一歇。挑回家，往高高的水缸里倒水时，还得吃力地跷起两脚才能把水倒进去。

记得有一年，有个比我大一点儿的小伙伴去打水，绞着绞着绞不动了，把手一撒，沉重的一罐水拽着辘轳，嘎啦嘎啦地下去了。他躲闪不及，被打得头破血流，伤势比较严重。往事真是不堪回首。

日复一日，年复一年，屈指算来，到村里三口井上挑了三十多年水，与老井结下了不解之缘。

家乡老井的泉水，清澈甘甜，富含多种对人体有益的矿物质。在酷热的夏季，打上一罐冰凉水，用葫芦瓢舀起，喝上几口，感到非常惬意舒服。如果把新摘的黄瓜、西红柿、甜瓜、西瓜等放在刚打来的水里镇会儿，吃起来凉爽、甜脆，沁人心脾，别有一番风味。

夏日里，老井还是妇女洗衣、小孩子玩耍的好地方，欢声笑语传遍村庄。到了严冬，老井呈现出另一番景象。本来就比较光滑的井台上，结满了厚厚的冰。这都是来打水的人溢出的，越积越厚，也就越滑溜。打水的人必须小心翼翼，不然，稍不留神就会摔个"四脚朝天"。我曾亲眼看到过，有个打水的村民还差点儿滑进井里去。

到井上打水，时常听说有人把罐掉到井里去。尽管油丝绳柔韧结实，但禁不住天长日久地风吹、日晒、雨淋和磨砺，总会断掉的。再有就是罐子脱钩、掉罐把梁等多种因素。捞罐是很费心劳神的事，需要拿来镜子，用阳光反照着。再把借来的肉钩子绑在绳子上，趴在井沿上，放到井里东摇西摆。罐在井里滚来滚去，不容易上钩，不知弄多长时间才打捞上来。

有的人家干脆找人下去打捞，经常捞上好几只水罐，被村民再认领回去。为了感谢下井捞罐的人，他们会割肉灌酒伺候他一顿，但被好心人谢绝。

村里的张玉华大爷是个有心人。他急村民所急，就用一个废旧的胶轮车车圈，再买来较粗的铁丝，弯成一个个小钩，拧在密密的圆孔里，又把车圈砸扁一些，呈椭圆形，能放进井里去即可。只要有罐掉下去的，借来一用，很快就能把罐捞上来，非常实用。村民打心眼儿里感谢张大爷，他经常无偿地整理、修理老井，真是功德无量。

随着时间的推移，经济飞速发展。附近的河流、水库等水源地污染严重，浅井水已不能饮用了。服务于村里老百姓几百年的老井，有的成了填垃圾的场所，有的干脆用大石板封起来。本世纪初，村里为了解决村民的吃水问题，投巨资在西山打深水井，统一铺设管道，通到田间地头，接到村民家中，全部用上了自来水，虽然解决了灌溉、吃水问题，但水质远没有过去的清澈甘甜。

现在，村里只有后街还有一口老井，它静静地立在那里。井架已破败不堪，井口用一个缠满锈迹斑斑的铁丝胶轮车外胎扣着，以防出现安全事故。旁边的老核桃树仍在，见证着村庄的变迁。井旁堆满了柴草，长满了野草，显得有些荒芜、凄凉、落寞。

家乡的老井，终于被迫完成了使命，退出了历史的舞台。老井虽然不再用了，但村民没有忘记老井为村民做出的巨大贡献。

每到春节，井台竖立的石壁上或木横梁上，总有好多人去放上几挂鞭炮，并贴上"饮水思源，吃水不忘挖井人"等千日红对联，以示纪念、感恩、敬仰。老井在以往的岁月中，伴随、养育着村里一代代的人。它虽无语，历经沧桑，但无私奉献，大爱无疆……我们没有任何理由把老井忘记。

家乡的老井啊！你留给村人的是无尽的念想，是在外游子回归故里的梦，是寻家的根，是眷恋故乡的情愫与期盼。

打 墼

20 世纪八九十年代，家乡临朐的广大农村，大都进行新村规划。住了几代人的低矮破旧的墼房子被扒掉，家家户户盖起了宽敞明亮的砖瓦房。新房子成趟成行，看上去整整齐齐、四四方方，大街小巷、房前屋后绿树成荫，鸟语花香，新农村、新变化，成了一道亮丽的风景线。

用墼盖的土坯老房子已经成为了历史，但凡五十岁以上的人，心里都有怀旧的情结。只要看到有较完好的土坯老屋，就会拿出手机录下来，或者拍上几张相片留作纪念。有的还发到群里和朋友圈上，吸引很多的亲朋好友点赞、留言。我是爱好摄影的人，前些年拍过不少，都存到了电脑里，有时候就打开欣赏一番，那记忆的闸门也随即打开，思绪回到那不堪回首的艰难岁月。

改革开放前，在我们家乡临朐盖屋都是用土墼。哪家要盖屋，首先要先推水、挑水到墼坑洇好土，等看看不干不湿正好时，就打墼，墼干透了，地基也已打好了，门窗户搭、梁、叉、檩杆子、麦秸、秫秸、石灰膏等也就准备得差不多了。

打墼，确确实实是一个比较繁重的体力劳动。哪家要打墼盖屋，主家要提前找好身强力壮、打墼技术好、供模子快的人，还要挎着苻篮子，去邻舍百家扒足鏊子窝里的草木灰。

打坯需要两人一组，自由结合。我十六七岁时，也曾给人家供过模子，此种滋味，只有干过的才真正尝到啊！

要打墼了，他们找来胶轮木推车，抬上打墼石，搬上杵头、打墼模子，肩扛锨镢，挎着草木灰来到打墼地点。时间不等人，说干就干，供模子的抓紧刨土，打墼的平整摆墼的场地。打墼、供模的人大部分有着丰富的经验，有的还把方法、技巧编成了顺口溜：一抓二扬三锨土，满满当当一高模。先踩中间后四角，十几杵头恰平肚。四角砸上鲤鱼"眼"，结结实实不含糊。麻利掀起湿土墼，搬到附近摆仔细，层层叠叠稳当当，不倒不塌好技术。

意思是说打墼之前，供模子的人，先把模子支在打墼石的中央，再用手抓起一把草木灰，均匀地扬撒在模子的框子上，再一把撒在打墼石上（这样打出的墼不容易和模子、打墼石粘连、掀破）。然后，再在模子里填上满满三锨土。打墼的人便迅速走上模子，倒背着或甩起双手，有节奏地用双脚把模子中间和边边角角的土踩实。便双手提起放在垫子上，好几十斤重的杵头，先轻轻碰一下模子前头的挡头，以防打墼时松动。再双手提起杵头按先前面、再后面、后中间的顺序，用力往下砸。最后再在四个角上，斜起杵头砸上鲤鱼状的"眼"。师傅在打墼石上这寸方之间，踩、砸、转、挪，协调有序，一气呵成，潇洒无比，不亚于"武林高手"。他们在砸的过程中，不能砸着模子框，可见打墼师傅的技术高超了。

一块完好的墼打成了。打墼人穿着鞋子把模子上面的土荡去，踢去模子前面的挡头，从模子上走下来，供模子的人马上把模子用双手往两边分开，紧接着掀起来，打墼的弯下腰，用双手把墼从打墼石上翻起来，小心翼翼地搬到墼垛上放稳当。

供模子的迅速用模子的堵头,刮几下打墼石上残留的少许余土,支好模子,抓起草木灰,重复供模的动作。可见供模的和打墼的配合是多么默契,一点儿也不窝工。

我家盖屋时,曾供过模子,因为是大闺女上轿——头一回,顾不了上,管不了下,忙得手忙脚乱。不是模子放偏了,就是草木灰撒不匀;有时用锨除土,六七下还不满,有时堵头和挡头没卡牢,打着打着开了……没少被打墼的师傅熊。本来这活儿就累得慌,加上他的训斥,心里感到特别窝火,但人家这是给俺家打墼,也只好忍气吞声加油干。

我看到打墼这活儿,并没有什么技巧可言,只要有劲儿就行。决定吃了午饭早一步到打墼坑那里,学着他们的方法试一试。支好模子上满土,便拖起杵头砸起来,哎呀,这杵头到了我手里,怎么就不听使唤了,沉重得很。打墼的过程中,一会儿弯腰站在模子上,一会儿又"掉下"模子去。明明想着砸中间,却偏偏砸在模子框上,斜着杵头砸鲤鱼"眼"却砸在了墼的"肚子"上,还差点儿砸在自己的脚面子上……狼狈极了,好歹没人看见,如果被人看到,还不笑掉大牙?费了好大的劲,打了好几个,取下模子去搬墼,可一搬就碎,这哪是墼啊!是一堆"豆腐渣"!看来无论干什么活儿,都是看着容易做起来难啊!需要好好学习才行。

打墼的人来了,看到他的模子变了样,问我:"谁动我的打墼模子来?""我学着打了几个。""看把你能的,你还没有杵头沉、杵头高,你就不知道天高地厚,你看你把我的模子砸的,这可是枣木红心的……"看到他心疼的样子,我感到闯祸了,傻愣愣地站在那里不知所措。

供模、打墼,是非常辛苦劳累的活计,他们一般中间会停下休息片刻。上午、下午主家会烧好炒米水或绿豆汤，舀在四鼻罐子里，用担杖挑着送去，让他们喝点儿，抽袋"勤俭""金鱼"牌香烟解解乏。

一直到太阳落山，每个组在差不多的时间完成一垛墼。如果时间稍早一些，有的组会多给主家再打上三五十个，主家看到，心里感到暖暖的。

看到一垛垛码放整齐、均匀，通风良好的劳动成果，他们的土头灰脸上，都流露出满心的微笑。但也听说有的打墼的由于摞墼技术不过硬，一天倒塌好几次，拼死拼活地干，也没有打够个数，心里总觉得对不起主家，但主家宽宏大量，没有丝毫的埋怨。

打了一天的墼，如果盖屋不够，第二天、第三天继续进行，直到打够了为止。

盖三四间屋，需要打一二十垛墼。打好墼后，经过风吹日晒一二十天。要是天气不好，甚至一个月也干不透。

打墼最好的季节是春天，因春天风大、雨少，墼干得快。夏季倒是太阳毒、气温高，但雨水多，就怕遇上阴雨天，盖不好，打的墼就容易被水浸泡、倒塌，岂不前功尽弃？秋天也有时阴雨连绵，造成损失。冬季气温低，容易结冰，干得很慢，打出的墼一冻一化就不结实了，盖出的房屋当然就欠牢固。

墼晒干后，就要尽快趁着好天气运到家里。主家便又找人用木推车推墼。推墼也是很重的体力活儿，20世纪80年代初，俺家盖屋时，我和远房的两个弟弟也逞强，一车推过二十多个，因个子矮、力气小，翻了好几次车子，把墼跌得七零八落。

因墼坑离家的距离也不近便，七八辆车子，在乡间的土路上来来往往。一车车沉重的土墼，把路轧出一道道车辙，也时常推不动翻车子。一般的人一车推二十个墼，力气大且操控技术高的，能推二十四个或二十六个，高过车子的平基一二十厘米，我们称为"泰山车"。

把推来的墼自己卸下来，整整齐齐地摞在要盖屋的周围。摞墼也需要技术，需要四个一层，如果不会摞，层数增多加高，有时就会晃晃悠悠地塌了垛，不小心还会被砸着。推完墼后，还要用塑料薄膜、秆草、麦秸苫子苫好，以防被雨淋湿了。

不管打墼还是推墼，主家都要尽心竭力地好好伺候一番。那时尽管比较贫穷，但也要割点肉、用瓜干子换点散酒、称包大叶子茶、买条子香烟、赊饣合面饽饽等让师傅喝好、吃好……体现了邻里之间那浓浓的亲情。

山铃爱乡

盖　屋

一寻思起庄户人家盖屋，个中滋味简直是没法提。

20 世纪六七十年代的农村，经济条件都相当落后，家家户户孩子多，居住的房屋窄巴、简陋，盖几间宽敞明亮的房屋，成了广大社员的梦想。

俗话说得好："树大了分权，人多了分家。"因此，盖屋成了农村人一生中的头等大事。

记得村里有个小伙子，长得英俊潇洒，因姊妹兄弟多，家里也很穷，到了找对象的年龄，他爹娘好歹托媒人给说了个。但那时女方相亲会来一大帮子人，不是看小伙子长得如何，主要是看男方家房子多不多，粮食够不够，鸡狗鹅鸭养没养……这可急坏了男方的父母，有人给他们出主意，房子摆在这里是没有办法的，但粮食多不多，可以糊弄他们，你们去借几个大瓮来，弄上大半瓮麦糠，上面撒上一层粮食，估计他们看不出来的。至于"飞禽走兽"从邻舍百家撺些来就行了。

等媒人领着相亲队伍来了，相了相房子，看了看粮食瓮，瞅了瞅猪圈里的猪，满院子的鸡鸭鹅，觉得还算满意。但他们临走提出一个条件，要结婚，必须给盖上三间新屋，男方只好满口应承下来。

那时候相亲，男方家都要做好充分的准备，如果相中了，

132

他们就会住下吃午饭，相不中，就会找些理由立马走人。

那时在有些山村里，如果男孩子多，家里穷，父母盖不起那么多的屋，有的只好当了上门女婿，有的打了光棍子。由此看来，房子仍然是谈婚论嫁的首要条件。

在那缺衣少食的年代，农村人家盖屋确确实实不容易，要不了命，也得扒层皮。准备工作至少也得一两年，甚至三四年。

看看孩子一个个渐渐长大，做爹娘的在两三年前就要开始准备盖屋的材料。到了麦季，还要扎好麦秸晒干垛起来。为了勒鞍子，特意留一块地种秫秫，一年的攒不够，就等到下一年，因那时农民手里没个钱啊！还要准备梁、叉、檩杆子等。听说有人到山里用推车子、拖拉机买这些东西，下山时被公社卡住，连人带车扣住也是常有的事。门窗户搭这些材料也要早早准备，还要找木匠砍、锯、凿、刨等。

盖屋所需的材料准备得差不多了，主家就找几个有经验的窑匠，筹划盖屋之事。那时候没有建筑队，窑匠还是很吃香的，他们也很受人尊重。特别是俺大爷冯保祥，二大爷张之才，邻居冯寿昌、冯玉昌、冯益柱、郭兴堂等。不管谁家盖屋，他们都热心帮忙，且没有什么报酬，主家给他们多多少少送去点儿心意，也被他们婉言谢绝。当年邻舍百家的淳朴、厚道、互助、善良可见一斑。

要盖屋了，村里的人听说和看到后，都要放下自己的活计去工作（帮工）。我从十四五岁就给很多人家工作过，这是农村人的优良传统，真正体现了互相关心，互相爱护，互相帮助。

工作人员多的时候，五六十口子人，围着房子一圈儿。搭脚手架的、垒墙的、搬墼的、托墼的、和泥的、用泥兜子提溜泥的、勒鞍子的、淹麦秸的，等等，干得热火朝天，显得热闹非凡。有时一边干，一边说说笑笑。窑匠头儿指挥、掌握着盖屋的质量和进度，还时不时地提起线坠，看看墙垒得是否周正。发现问题就把垒墙的二窑匠狠熊一顿："你看你垒得撇哪儿去了，扒下来重垒，垒不了滚下来让别人上去。"但没有一个敢反驳他的。有时他还拿起瓦刀敲一敲墼，有时他也好和几个工作的小工开开玩笑，活跃一下气氛。

我们这些年龄小的工作人员，既垒不了墙，也托不了墼，搬会儿墼就累得气喘吁吁。窑匠头就让我们跟着大人和泥或者淹麦秸。这些活儿也不轻快，握着张锨除泥、翻泥，一会儿就沾满了泥巴，死沉烂沉的。用小镢钩拉过来捣鼓过去，一会儿就感觉胳膊酸。窑匠头大声喊道："你们几个小吧妖，脱了鞋子进去踹去！"这还正合我们的心意。我们就把鞋子一扒，扔在旁边，挽起裤腿进去"呱唧呱唧"地踹起来。麦糠、麦瓤、土、水掺杂在一起，被我们踹得非常均匀。我们在里面感到很好玩，但有时也会被里面的棘针、蒺藜扎着或被玻璃碴子划伤。

农村盖屋，安门、安窗、上梁是大事、喜事。主家一般要选个吉日，找人用大红纸写些吉祥如意的对联，如"昨日太公从此过，说是今日宜安门""安门大吉""安窗大吉""上梁恰逢黄道日""上梁巧遇紫微星"，等等。

垒平口了，窑匠指挥人马准备上梁，大工找来粗麻绳拴在大梁上，围上人去把大梁连拖带拽地弄到屋前，在脚手架子上的人接住绳子，上面的使劲往上拉，下面的往上托，便把大梁弄上去了。

上好了大梁和叉首稳固住，再用几根杆子别牢靠，把脊檩再一一对接好。脊檩上往往用毛笔写上"公元 × 年 × 月 × 日建"字样。随后点燃鞭炮，撒烟扬糖，有的主家还下好面条端来，让每人吃上几碗，以示宽宽心心、顺顺利利。这浓浓的乡风民俗里充满了淳朴的乡情、友情和亲情，也凝聚着劳动人民对美好生活的期盼。

那时盖的屋一般都是两三间，长也就是八九米，宽不过五米。每间檩杆子也不过 5~7 根，条件好的 7~9 根，粗细不一，有的弯钩别把的，找几根木棒凿上卯榫钉好，起稳固作用，但看上去很不美观，没办法，谁叫那时候穷咧。

檩杆子一一传递上去，上面的窑匠看看檩杆子上的号码，再"对号入座"，便用锤子把檩杆子"叮叮当当"地钉好。钉好檩杆子，就准备上勒好的鞍子，一个大胆的人找根扁担，横担在脊檩下面的檩杆子上，只见他骑在脊檩上，两脚踏在扁担上，以防不小心掉下去。有一年，就有一个人，一不留神一头栽了下去，亏得掉在了屋中的一摊泥里，但也摔断了几根肋骨，多么危险啊！好歹没出人命。

一切准备停当，工作人员有的递鞍子，有的用箔经往檩条上勒，有的拿着秫秸往稀疏处添加，骑在脊檩上的人，拿块木板砸齐脊檩上面的鞍子。

为了不窝工，窑匠吆喝下面的工作人员准备磕巴泥。泥早已和好，有的铲泥，有的用泥兜子提溜，脚手架上面的人用麻绳拔上去，再递给更高处的人，一兜兜的泥磕得比较均匀，接着有人用泥匙平泥。但有时和的泥不均匀，被窑匠头熊一顿："你看看你们和了些什么，刚古扎蛋子。"有些人不服气，嘟嘟囔囔地说："嫌我们和不好，你来和，真是'站着说话不腰疼'。"

清清楚楚记得，磕巴泥这活儿，最有技术的还是第六生产队的小伙子。他们不用泥兜子，而是直接扔锨。下面的人铲满一锨泥，鼓鼓劲儿，瞅准上面接锨的就稳稳地扔了上去，脚手架上接泥的早就拿好了架势，也稳稳地接住了扔上来的锨，随之又被精准地磕在屋脊上。接着把锨往下一放，下面的伸手接住锨把。他们分成几个组，不用多长时间，很快就把泥磕好。

我们小孩子看到他们一上一下，扔锨的动作是那样和谐、有序、稳当且一气呵成，有些目瞪口呆。心想：什么时候咱们也学学这门技术啊！

只要哪家盖屋有这些工作人员，就会引来很多人看热闹。有些小伙子觉得非常羡慕，也去尝试，因不得要领，有的把锨扔到了脚手架下，有的偏离了方向，有的直接扔到了接锨人的屁股或腿肚子上。有时不是扔不上去，就是扔上去了接不住，弄得脚手架下满是泥，没少挨窑匠头的奚落。

拵屋可是个技术活，淹好的麦秸已控干了水垛在地上，被下面的人一个个扔上去。拵屋的窑匠拿着尺杆、拍耙和铁针，先从下往上拵，一层压一层，窑匠头还时不时俯在屋面看平整度，指挥着其他人这里高了拍一拍，那里低了提一提。拵屋的拍耙声"砰砰"直响，加上工作人员的嘈杂声，听得有些刺耳，感到心烦意乱。

拵到屋的中间，就要绑上几根杆子横在屋面子上，以防拵屋的人出溜下来。在屋面子上不方便移动，也不宜多移动，否则会弄乱了拵好的麦秸。拵到了屋脊，就把多余的部分用菜刀割去，磕上泥，扣上黑乎乎的脊瓦，看看就有了屋的样子。屋盖起来了，下一步是泥墙。把早已在池子里沉淀好的石灰膏子用镢打开，掺上麦糠、细土拌匀放在那里。再找来几块门板放在地上，用泥匙再细细地过一下，堆在塑料薄膜上，窑匠就开始泥屋了。

刚刚泥好的屋，看上去有些黄乎乎的，一点儿也不白生，但那个年代就很不错了。主家看看金灿灿的屋面,黑乎乎的脊瓦,黄泱泱的墙,感到心满意足。

等屋干得差不多了,就找来木匠打门子打窗户。忙活好几天,门窗户搭完工,买来油漆油好,安上玻璃,一座漂亮的新房子就大功告成了。

想想那时候,庄户人家盖几间墼屋真是不容易啊!看看粮食瓮,里面的粮食已所剩无几。那时帮工一般不管饭,只晚上被主家生拉硬拽地去喝酒,风卷残云般地喝完酒、抢完菜一走了之。条件好的户,窑匠不但喝酒也要吃饭。有的户麦秸、秫秸、檩杆子,甚至打的墼都不够,也是借的,到时候需要还……哪家盖房子没拉过饥荒啊!

墼屋的好处是比较耐住,冬暖夏凉,并且全是绿色材料,非常环保和安全。只是屋顶拵的麦秸日久天长,风吹雨淋,高高低低、坑坑洼洼的。有时漏雨再拾掇拾掇,三五年就要全部更换一次,檩杆子塌腰的也需更换,不然会越来越厉害。

现在,美丽乡村建设如火如荼,楼房别墅拔地而起,昔日的土屋淡出了人们的视线。老墼屋只给我们留下生活的永久记忆,倒成了农村人心中淡淡的乡愁。

树园子·柴火垛

想想过去，看看现在，农村的变化真是翻天覆地，日新月异。新村规划，树园子、柴火园都归为村集体所有。这些年，因成材的树木价格不高，村民不愿再多栽树。从做饭来说，家家户户用上了煤炭、电磁炉、液化气，不用再为没柴烧而发愁，树园子、柴火垛也逐渐消失在人们的视线里。

20世纪六七十年代，在广大的农村，树园子、柴火垛随处可见，绝对是乡村里一道别致的风景线。不管早晨、中午，还是晚上，总看见村庄里各家各户的烟囱里、饭屋里，冒出的那一缕缕缭绕的炊烟，闻到那混杂着柴烟味儿的饭菜香气。走在村里的街巷、胡同、树园子旁，总能看到那一棵棵树木和一个个柴火垛，心中自然而然地忆起那段难忘的岁月。

村子里要是没有花草树木，就显得没有生机和活力，更没有个村庄的样子。人活着就得食人间烟火，民以食为天嘛。记得村庄里，几乎家家户户，都有个或大或小、或远或近的树园子，在周围用玉米秸或烟秸插成篱笆，再弄个简易的柴门。里面栽植的树木大部分是梧桐、钻天杨、楸树、刺槐、榆树、香椿树一类的。当时不明白为什么栽这些树种，问了老人才知道，因为那时候穷，榆树的榆钱、叶子，槐树的花，杨树的叶芽，都可以采来食用，能在青黄不接时不至于挨饿。梧桐、楸树是打家具的好材料，且价格比较贵。钻天杨长得高而直，是盖屋的好材料，成材了可以自己家里用，有买的可以卖掉，增加点儿收入。香椿树可是好树种，除自己家掰来油炸、煎炒、揉咸菜享受美味外，还可以到集上卖了，置办一些日常用品。那时的树园子里是不栽果树的，就是有个一棵两棵的，不等成熟，早就让些顽皮孩子，扒开豁口钻进去偷摘了去。农民还喜欢在篱笆里面种瓜点豆，夏天就爬满了藤蔓，特别是那扁豆、丝瓜花开的时节，树园子旁的篱笆成了五彩缤纷的花墙，招来蜂飞蝶舞，煞是美丽，增添了一股浓郁的乡土气息。每户的树园子里，都有几个柴火垛，有又圆又大的麦瓤垛、麦秸垛，有方方正正的烟秸垛，有宝塔似的玉米秸垛，还有散落在房前屋后、小街、胡同里大大小小、高低不等、形态各异的柴火垛，它们构成了乡村里一道独特的风景。别看这树园子、柴火垛，它见证着乡村岁月的沧桑，见证着世态炎凉，人情冷暖，见证着村人的艰难和对未来生活的美好期盼。

在农村，缺粮少柴那是常有的事。像我们60后、70后孩子时就没少到野外去拾过柴火。那时候，农村生活相对还是比较贫困的，有些家庭不仅粮食不够吃，甚至连烧柴也成问题。试想，在农村，一日三餐，一年四季烧火做饭得烧掉多少柴火？那时买不来煤炭，更没有液化气、电磁炉，几个柴火垛很快烧光。

都说"巧妇难为无米之炊"，也可以说"巧妇难为无柴之炊"，记忆中，看到有些家庭，要做饭了一点儿柴火都没有了，只好拿把笤帚，挎个筢篮子到柴火垛底下，打扫一下烂成碎末的柴挎回家，咕嗒咕嗒地拉着风箱好歹把饭做熟。有多少家庭，是烧了这次无下次，有时把鲜玉米秸、烟秸，用锤子砸开放在太阳下，半干不湿地就拉着风箱烧火做饭。还有些家庭，为了解决烧柴问题，竟然让正在上学的孩子，辍学回家拾柴火，耽误了孩子的学业。在这种艰难困苦的条件下，我们这些小孩子，都能主动帮助家长干一些力所能及的活计，养成了热爱劳动的好习惯。我和小伙伴经常利用星期六、星期天等，扛着镢挎着符篮子去坡里、土崖上刨荆疙瘩、棘子根、羊毛毡，用竹耙背着篓子搂树叶、干草等。山上是不允许去拾的，因为大部分都封山造林，不小心被看山的撵上抓住，就把家什没收了去。

麦收以后，我们放学还比较早，我和小伙伴约好，到麦田里捡拾生产队里不值当得分的、低矮稀疏的麦茬，日子久了也能攒个小柴火垛。

庄户人家视树园子、柴火垛为命根子并不过分。那些修理下来的树枝，从树墩头劈下来的劈柴，放在太阳下晒干，除了每天用来烧火做饭，冬天还可以用来烤火。那时候，我就搞不明白，国家的煤矿众多，山西还被称为"煤海"，挖出的煤炭堆积如山，连绵起伏，也不知都拉哪儿去了？庄户人家就是有钱也买不来。只有国家公职人员，年终才凭煤票，去五井煤矿或冶源煤站，推三五百斤煤末子，还让很多人羡慕、眼红、嫉妒。那时的冬天觉得比现在要冷得多，雪下得既多又大，屋檐上的冻冰凌子一米多长。晚上，有煤炭的家庭，在屋子里生抱窝鸡炉子做饭兼取暖；没有的户干脆抱捆玉米秸点上，把屋里烘一烘，让屋里稍微有点儿热乎气儿；还有的人家烧着暖炕，睡在上面一夜也不感到冷。

村里各处的柴火垛，多的有五六个。除了麦瓤、麦茬垛、玉米秸、茬子垛、烟秸垛、麦秸垛外，还有玉米叶、瓜秧、豆秸、野草垛等，都是用粉碎机磨细，用来喂猪、羊、牛、驴、鸡、狗、鹅、鸭的饲料。那麦秸垛上的麦秸，是不轻易烧火的，还要盖屋拆屋用，也有推着到外地换粮食的，历尽辛苦，自不必说。清清楚楚记得，我盖屋时借了人家好几家的麦秸，好几年才还清。柴火垛要用麦秸或谷秸打的苫子苫好，不然就会漏雨烂掉，岂不可惜。

到了冬天，坡野里能找到的吃的东西不多了，各种小鸟也来村里觅食。柴火垛成了它们温暖的家。白天它们飞到柴火垛顶上，叽叽喳喳地一边鸣叫一边觅食。晚上就钻进柴火垛里栖息取暖。柴火垛还是一些其他动物的乐园，有黄鼠狼、蛇、老鼠、刺猬，甚至坡里的野兔，也误打误撞地住进去。村里的鸡群、狗群也常常光顾，鸡飞到垛上，母鸡在用爪子乱刨，公鸡则站在垛顶上，伸着脖子在"勾勾喽"。狗群在柴火垛下面的柴火上连拉带尿。去拿柴火的娘们儿，看到柴火垛被糟蹋得乱七八糟，气不打一处来，可也无可奈何啊！庄户人家最怕的就是柴火垛失火，如果遭遇火灾，一家人就哭天喊地过不得了。

村庄里的树园子、柴火垛就是这样分门别类、五花八门的，城市里是找不到这样的风景的。一年四季，村庄的树园子、柴火垛在不断地发生着变化。它永远属于勤劳淳朴的村民，与我们的生活紧密地联系在一起，永远是庄稼人解不开的结。

如今，走进各个村庄里，很少再见到用篱笆围着的树园子和柴火垛了。村民们已彻底地告别了用柴火做饭，烟熏火燎的日子，也听不到拉动风箱的呱嗒声了，再也闻不到掺杂着柴烟味道的饭菜香气了。但偶尔看到乡村里升腾起的袅袅炊烟，缥缈如云，朦胧似幻，总会驻足观看一会儿，思绪又不免回到从前，心中增添了对家乡浓浓的爱恋。

小街·胡同

我们尧洼新村规划已经三十多年了，美丽乡村建设突飞猛进。每当看到那一排排整齐的房屋，宽阔笔直的大街小巷，总会回忆起年少时在乡村生活的那段过往。特别是发生在小街、胡同的故事，勾起一段绵绵的情思。

20世纪六七十年代，广大农村物资匮乏，生活贫困，社员交通、居住等条件非常落后。村里的小街弯弯曲曲，围着村庄一圈，在村子的东西南北都各有几个出口，通往村外的阡陌小路和庄稼地。街道比较窄，宽的地方三四米，窄的地方二三米。整条小街连接着很多条胡同，胡同有直的、有弯的，有长的、有短的，有南北胡同，也有东西胡同。小街和胡同的两边都分别有住户，对门住的也不少。在我们小孩子看来就像一个八卦迷宫，听老年人说，有些不熟悉的人进了村子，转了一圈竟没走出去。

小街上有的地方用石头铺了路面，磨得光亮溜滑，透出岁月的沧桑与悠远。有的地方坑坑洼洼，高低不平。特别是雨季，小街变成了溪流，哗啦哗啦地流淌进村中的几个大湾里。雨过天晴，街道被冲出一道道小沟壑，低矮的地方非常泥泞，极其难走。

走在小街上，就能看到很多人家的院落，院子里的鸡、狗、鹅、鸭或栽植的杏树、枣树、石榴树等。小街两面的墙上，还有一些用红漆写的美术大字："毛主席万岁！""千万不要忘记阶级斗争！""只有社会主义，才能救中国！""备战、备荒、为人民！""深挖洞、广积粮、不称霸！""农业学大寨！"等。村庄没规划前，老屋的墙壁上斑斑驳驳，字迹还若隐若现，不能不说这是历史的积淀。

有小街就少不了老碾和老水井，我们村前街、后街各有两盘老碾，一口老水井。东门里办公处那里也有一盘老碾，中间南北胡同张家大门口外，也有一口老水井。这么多的老碾、老井，为社员推碾、打水提供了方便。在那个贫穷落后的年代，老碾白天黑夜吱吱扭扭不停地转动着，每天天不亮社员就挑着水桶去井上打水，去晚了还要排队，碾上、井上时时传来社员们的说笑声。

那时的小街，尽管不能和现在宽阔笔直的街道相比，但也是各有千秋。小街悠长、自然而幽雅，充满别样的生机。临街的一些大门口外，有几处摆着几块长方形的大石凳，村民闲暇之余，坐在上面拉呱聊天。有几处放着老石臼和废弃的老碾砣子，看上去显得有些古朴、厚重、沧桑。家庭条件稍好点儿的，那大门口盖得比较高大气派，下面是石匠精心打制的长方形多级石阶，过道的地基也是用剁石垒砌，上面是用青砖白灰砌的，顶部既有用小青瓦的，也有用麦秸拃的，有的还在砖上雕刻着精美的花纹。当然，整条小街和有些胡同里的门口、墙头大部分是土墼的，上面盖着多层石薄板、钩脊（用麦秸拧成瓦状）。因街道狭窄，街两边树不是很多，但比较高大。有国槐、刺槐、梧桐、榆树、臭椿树等，以不同的风姿装点着村庄。特别是酷夏，这里树影婆娑，宛如一把把绿色的巨伞，方便闷热的社员乘凉，坐在下面顿觉凉风习习，舒心惬意。

小街和胡同一年四季都是热闹的。那时候家家户户基本都养着一群鸡，有养鸭鹅的（那可是庄户人家的小银行）、养狗的、养猫的。这些禽畜没有圈养的，走在小街、胡同里，经常见到鸡群在碌碡旯里、柴草堆里觅食。漂亮的大公鸡时不时地伸长脖子在打鸣。鸭、鹅很早就排着队嘎嘎叫着，从小街、胡同到附近的湾里钻上钻下，游泳嬉戏。玩累了到湾畔梳理羽毛，干干净净地又排着整齐的队伍回家。家狗也没有拴着喂养的，三五成群地在街巷里你追我赶，横冲直撞，卷起阵阵尘土，偶尔传来几声惨叫。各色的老猫走起来蹑手蹑脚，有时在屋面子上呼噜呼噜睡觉，有时嘴里还叼着一只老鼠从身边跑过。小猫却一刻也闲不住，不是在爬树玩，就是抱着一根鸡毛在地上翻滚。看到有人靠近，急忙钻进猫道里去。

小街、胡同更是我们小孩子的乐园。放了学，要是家里没有事做，我们小伙伴就凑在一起打元宝、上溜溜球儿、下四登、屎栏茅子、打棋、抽陀螺、抵拐、塞蹦儿、摔跤，女孩子上方或者踢布、鸡、羊毛毽子等。有时玩着玩着恼了，甚至骂起爹娘来，甚至打得头破血流，哭着找上门去，第二天又在一块儿玩耍起来。

小街、胡同还是社员开会、上坡出工的集合地。随着队长的吆喝声或者哨子响，社员很快就集合完毕，要是干活他们就带着农具，说说笑笑地顺着小街出发了。有时还有大队菜园里的社员，推着新鲜蔬菜在叫卖，无非就是些辣椒、洋柿子、黄瓜、韭菜、葱。有时来了皮匠、铁匠、篾匠、咕噜子匠等，就在街上"安营扎寨"，叮叮当当地干起来，好几天都不挪窝，总围着一些人去修理，你一言我一语，煞是热闹。还有推着车、挑着担走村串巷赊小鸡、小鸭、小鹅的，卖饸面馇馇、豆腐、油炸果子的，以及叫货郎子等，叫卖声、梆子响、拨浪鼓声也不绝于耳，总会吸引些娘们儿和小孩子去赊购。

小街、胡同里还是老年人喜欢去的地方。经常见到有些白胡子老汉，头戴黑乎乎的毡帽，用一张纸遮住眼睛，腰扎一根绳子，坐在马扎上，倚着墙闭目养神。有的老汉凑在一起，每人嘴里叼着一根长长的烟袋，吧嗒吧嗒地吸着，在谈古论今。老奶奶则穿着对襟衣服，裹着小脚，坐在大门口，戴着老花镜在缝补衣服，或拣粮食里的烂粒子、土坷垃、小石头。也有的哄着小孩儿，在东家长李家短地闲拉。也有些妇女在搓麻线、纳鞋底，不时传来说笑声。

小街、胡同也是一个复杂的小社会。在那贫穷的年代，庄户人家丢只鸡、少只鹅、拔个萝卜、少棵葱，偷点儿柴火，偷几根檩杆子，或被偷去几件家什也是常有的事，丢失的人家心里就是很疼得慌。总有些社员到街上、胡同里指桑骂槐，破口大骂，引起事端，两家男女老少齐上阵，由对骂到大打出手，闹得全村鸡犬不宁，还伤了邻里乡亲的感情。当然，过不多久又和好如初，因为他们懂得"远亲不如近邻，近邻不如对门"这一道理。

小街、胡同也是传递乡里乡亲和父母儿女感情的"桥梁和纽带"。村里的男女老少彼此遇见总会打声招呼，该叫什么叫什么，尊老爱幼，蔚然成风。说得最多的无非就是"××吃饭了、咋去来、打水去、推碾去、上坡去来"等日常用语。还有的帮助老少打水、推碾、拉车子等，无不体现出村人的助人为乐、学习雷锋好榜样的精神和那浓浓的乡情。傍晚时候，炊烟袅袅，我们小孩子出去玩耍或者拔草、拾柴火、拦地瓜回来晚了，村里的路口、小街、胡同里总传出母亲呼唤儿女乳名悠长而亲切的声音。

最吸引人的还是夏天的晚上，小街胡同里到处是乘凉的人们。有的妇女摇着蒲扇，揽着小孩儿在聊天，还有的社员端着饭碗，蹲在大门口外吃饭。我们小孩子总喜欢围着瞿爷爷给我们讲故事。他在讲故事前，总是先让我们轮着给他捶捶背、揉揉肩、拽拽脊背的皮肉后才开讲。记得他给我们讲过《牛郎织女》《聊斋》《卖火柴的小女孩》等故事，我们年龄小，听了也似懂非懂的，记不住多少。但听完《聊斋》《画皮》故事，就不敢独自回家，怕鬼在后面跟着。

前街的张爷爷也是讲故事的高手，每晚也是聚集很多人去听，他主要讲《三国演义》《岳飞传》《杨家将》《呼家将》《三侠五义》。他一边抽着烟袋一边讲，讲得眉飞色舞的，有时还咳嗽几声，但每晚总是给人留下悬念，让人欲罢不能。

那时村里还没有用上电，到了夜里，村庄显得静谧、神秘，偶尔听到几声猫叫、狗吠，一般情况还没人敢在街上、胡同里逗留。有时半夜三更，听到有醉汉子在街上喊叫，也有时听到有人在街上奔跑。那时村里还经常有小偷小摸光临。记得有一次我们去外村看电影，回来看到一个黑影，从一户的墙头上跳下来跑了，着实把我们好吓。有时黄鼠狼子来给鸡拜年，那鸡拖着长腔，一声声"呱吆——呱吆——"的惨叫声，引得狗汪汪地叫起来，瞬间全村的狗狂叫成个蛋，我们吓得赶紧用被子把头蒙起来。特别是半夜三更有人家失火，那一声声撕心裂肺的喊叫声"失火了！失火了！"传遍全村，听着十分惊人。一会儿，大人们从水瓮里舀上水，急急忙忙挑着去救火。那烈火的噼啪声，水桶、脸盆的撞击声，村人的喧嚷声，小孩子的哭声，狗的叫声，相互混杂在一起，传得很远很远。

我们小孩子还喜欢晚上在小街、胡同里捉迷藏。有的藏在犄角旮旯里，有的钻到柴火垛里，有的躲进碾洞里，还有的跑到人家的猪圈里，弄得两脚是猪粪，还把人家去大小便的差点儿吓个半死。捉完迷藏，双方都弄得灰头土脸的，回家少不了挨母亲的一顿打骂。回想年少时的时光，就觉得是那么兴味盎然，乐此不疲，令人难忘。

乡村的每一条小街、胡同，都有说不完的故事和传奇。她承载着乡亲们勤劳、善良、厚道的情感，融合着乐善好施的淳朴民风，从村里的小街、胡同里走出去的游子，总也走不出那浓浓的乡愁。

如今，村里很多人一谈到当年的小街和胡同，大都念念不忘。也有有心人凭记忆详细地画了下来，但也只能留在村人的记忆里了。

大队菜园

现如今，老百姓的日子越过越红火，吃不愁，穿不愁，有些人大鱼大肉吃腻了，就愿意吃新鲜的蔬菜。特别在广大的农村里，很多农户都习惯在自己家的地里种上些蔬菜，不使用化肥、农药、灭草剂，喜欢施农家肥，这样的蔬菜真是纯绿色的，吃着放心。集市上、超市里的蔬菜也是琳琅满目，应有尽有，确确实实丰富了老百姓的菜篮子。看到这美好的日月，不禁使我回想起20世纪六七十年代大队的菜园子。

我们宋庄大队（东宋庄村、西宋庄村、尧洼村）在尧洼村东南石河西北畔（殷家河口）割出七八亩土地作为大队菜园种植蔬菜，解决二十个生产队总计三千多口人的吃菜问题。那时，各生产队都吃大锅饭，生产力低下，大队里没有耕作机械，菜园地全靠几个老汉用镶刨、铁耙搂，整好菜畦，精种细栽。他们风里来雨里去，用辛勤的汗水浇灌侍弄，各种大众蔬菜长势喜人，到处一片葱茏，看着令人羡慕眼馋。

依稀记得菜园里有这几个人：冯××（人们习惯叫他小辫），出生于清朝，留着一根雪白的长辫子，一圈圈盘在头上，戴一顶毡帽。傅××（社员们都叫他老傅）、张之吉、冯昌华、冯五奎、冯益山、张同士、徐兰华、冯师先等。后期还有个知识青年，主管机井上的摇车抽水，忘了他姓什么、叫什么、哪里人了，干了不长时间就回城了。他们这些人有个共同的特点——勤劳能干，尽职尽责，童叟无欺，买卖公平，不贪不占集体的财产，大公无私。菜园里种的蔬菜有黄瓜、芹菜、芫荽、辣椒、西红柿、亚瓜、豆角、芸豆、莴苣、韭菜、葱、茄子、萝卜、菠菜、白菜、大蒜等，有时还在菜园周边种植山药。

为了灌溉菜园地，大队还在菜园的西边不远处土崖下打了一口井。当时没有柴油机抽水，便在井台上安装了一架水车。每当需要浇菜的时候，就套上一头小毛驴拉。我们小孩子觉得新奇，有时跑去看热闹。只见毛驴子蒙着眼，不紧不慢地拉着水车转圈圈，听到铁链子咬合齿轮"嘎啦嘎啦"的声响，看到清澈的井水，源源不断地从一根像烟囱一样的铁桶子淌出来，我们甚感奇怪。等浇完了菜地，卸了毛驴子，让它在地上打几个滚，牵走饮水喂料。我们几个小伙伴便怀着好奇心，偷偷地去推水车玩儿，菜园的老汉要是看到有水顺着蜿蜒的小水沟淌下去，或听到水车"嘎啦嘎啦"的声响，就朝着我们大声吆喝："哎！你们这几个熊孩子，捣什么蛋，再推找你们老师去……"听到他们喊叫，我们吓得撒开脚丫子四散逃跑。

20世纪70年代初，菜园里买了一台12马力柴油机，安装在机井里的一块平台上，浇地的时候，需要从狭窄的十几个台阶下去摇车，上来下去很不方便。摇机器前，他们先用火柴把捻好的烧纸蘸上柴油点燃，迅速拧进打火的孔里，一手按好压缩，再一手拿摇把子按好使劲摇车，还时常冒一阵烟，发动不起来。有时需要四五次才摇起来，累得摇车人气喘吁吁，大汗淋漓。这台机器还经常出故障，不是自动熄火，就是皮带掉下来，或者摇起来破声拉气，忽快忽慢冒狼烟，弄得井里浓烟滚滚，呛得摇车人不住地咳嗽，还气得他叫骂，有时还把气撒在我们看热闹的小孩子身上。听说有一次还飞了车，怎么也停不下了，把摇车的急躁得脱下褂子堵在了烟囱上，好歹把车硬憋死了。当时用水泵抽水，也是需要把管子里灌上引水，不然一滴水也不上，管机器的浑身弄得油手水脸的，他那狼狈相真令人看了发笑。

要想蔬菜长得好，氮、磷、钾肥料不可少。那时化肥奇缺，各生产队一年到头批不了几袋子碳铵、尿素，就是氨水也不能满足供应，基本都是使用农家肥，可那时的农家肥也不肥，家家户户为了多出粪，垫栏就特别勤，到时候出来的粪七八成是土，这样上庄稼、蔬菜还有什么肥力？长出的庄稼"面黄肌瘦"，还讲什么稳产高产？为了解决菜园施肥的问题，老汉们想了个好办法，通过大队允许，在水沟旁边砌了个方形的池子，用水泥抹好，在池子北边整平一块地方，找木匠打了一只木制桶，决定去学校厕所装人粪尿，这样一来还解决了学校的粪便处理难题。他们把推来的人粪尿倒在池子里，不几天就满了。经过烈日的暴晒，粪便发酵得很快，要是从此经过，臭气冲天，令人作呕。浇菜时，一老汉戴着口罩，坐在凳子上，手握一根绑定葫芦瓢的舀子，舀满飘着屎壳郎、蛆虫的黑乎乎的臭粪汤，倒在清澈甘甜的流水里，且源源不断地灌到蔬菜畦里，好多天菜园周围都飘溢着臭烘烘的气味，心理上感觉吃着用这样的粪水种出的蔬菜总是不卫生，但话又说回来，物都是以水为净。积攒多了，使用不完的人粪尿，他们就从土崖上刨下土来，浇上粪水拌匀，堆积在平台上，抹上泥巴，让其自然发酵，到时晒干、捣碎用塑料薄膜盖好备用。菜园里使用这些肥料，蔬菜长势真是不错，吃着还真是格外清香味美。当时由于社员没闲钱买菜吃，大队里许可社员挑着人粪尿或拿着鸡蛋去菜园兑换点儿蔬菜，多多少少解决了各家各户的吃菜难题。

　　因村庄离菜园较远一些，社员整天还要起早贪黑干生产队的农活，没时间去菜园买菜，平时去菜园买菜的人还真是不很多。那时家家户户日子过得都很艰难，缺吃少穿的，只有家里来了客人或者打墙盖屋什么的才去置办一些。庄户人家穷，手里没几个钱儿，一星期也吃不上几顿蔬菜，有些户甚至连咸菜都吃不上，能够天天吃上蔬菜的人家那可谓是凤毛麟角。

　　管理菜园的老汉，为了方便群众，解决买菜难、吃菜难问题，每天下午把需要第二天下乡卖的蔬菜，该摘的摘，该拔的拔，该割的割，有的放到池水里洗干净，再拿出来控干水分，天刚蒙蒙亮，他们就装上满满一推车，拉车上路了。到了村子，有些社员还没有起床，已经听到卖菜的吆喝声："茄子——韭菜——黄瓜——洋柿子——莴苣——葱了！"喊声把我们小孩子从睡梦中叫醒，有时缠着爹娘给我们买黄瓜、洋柿子吃。有的伙伴哭闹着让父母去买，还时常引来一顿笤帚疙瘩。唉！家庭的贫困，对物质生活的奢望，真是刻骨铭心啊！

　　卖菜的走村串巷，需要整个上午才能卖完，有时他们推着车子走在街上，我们也正好晌午放学，看到粪篓里有些或红或白的，大大小小的鸡蛋和盛钱的木箱子。听大人说，菜园的老汉种菜、卖菜都是挣工分，到时候把鸡蛋卖了换成钱再一块儿交到大队。记得卖菜的老徐很健谈，也好说笑话，只要停下车子，就一边吆喝叫卖，一边和社员谈天说地。有时卖完了，还大声吆喝："没有韭菜——黄瓜——洋柿子——葱了，不要出来买了！"

　　菜园的北边，东西两头各有几间菜园屋子，供菜园的人居住、值班和存放一些生产工具。西边的山墙下安放着一张木床，地上放着一些锅碗瓢盆之类的生活用品。屋前各搭了一个棚架，栽上几棵葫芦或者吊瓜，等爬满了藤蔓，就形成一个绿色的帐篷。棚架下面支着几块又长又厚的过门石，平时摆放着一些新鲜的时令蔬菜，有人来买，非常方便。老汉们劳作之余，在底下喝茶休息，感到凉爽惬意。开花时节，金黄的、雪白的花朵竞相怒放，引来嗡嗡唱歌的小蜜蜂和翩翩飞舞的小蝴蝶。到了秋天，绿里透白的葫芦、黄红相间的吊瓜，提溜蒜挂的，倒是一道美丽的风景，使人感到妙趣横生。

菜园里还养着两条狗，主要是看护菜园。白天把它们拴在屋前的大柳树上，夜里就把它们放开。这两只狗耳朵灵敏得很，且恪尽职守，只要听到一点儿风吹草动，就"汪汪"地叫起来，还拼命地往有动静的方向狂奔，值班的人听到消息，一骨碌爬起来，拿下早已装好火药的土枪，跑出菜园屋子，朝天扣动扳机，只见一道火光，随即听到轰的一声巨响，打破了夜里的寂静。

为了防止蔬菜被偷，菜园人在周围栽上了密密麻麻的花椒树，但总也阻挡不了人们对蔬菜的强烈欲望。特别是炎热的夏天，家乡的石河是男女老少的乐园。去大龙湾、小龙湾、蝼蛄鼻子、石瓮等处洗澡、游泳、洗衣等，菜园西边是必经之路。每当看到那一架架脆生生的黄瓜，红彤彤的西红柿，又脆又辣又带甜的水萝卜，总会停下脚步多看几眼。有些大胆、顽皮的伙伴记牢想吃蔬菜的位置，利用时间点儿，没少进去偷摘，且满载而归，带到石河里和伙伴们分享胜利成果。

记得一个炎热的晌午，我和一个同学去下河，他让我给他望风，他要钻进去摘黄瓜和洋柿子，要是有人来就咳嗽几声。我生性胆小，从没偷过任何东西，站在外面也吓得像怀里揣着只小兔子，心扑通扑通地跳个不停，总觉得别人进去偷摘，就像自己犯了罪一样。好歹等他钻出来了，看到他扎紧的背心里装满了"赃物"，我的心才渐渐平静下来。我问他进去害不害怕，他说："怕什么，菜园里的老汉子正在床上睡觉打鼾呢，就是被他们发现了，他们也撵不上我……"到了河边他让我吃黄瓜、洋柿子，我都不敢吃。以后，他再约我去下河，都借故有事远离他了。俗话说："瓜果梨枣，谁见谁咬。"小孩子进菜园偷摘黄瓜、洋柿子吃也经常被麻椒刺扎伤划伤，有时被菜园人逮个正着，带着"赃物"把他们请到菜园屋里教育一番，但从不打骂，顶多吓唬一下，并让他们立下保证，就让带着几根黄瓜、洋柿子放行，也可见菜园人对他们的仁慈。这都是被那个贫穷的年代逼的，不像现在什么也不缺，让孩子去摘他们都懒得去。

有些人确确实实有小偷小摸的恶习，他们趁着夜黑风高或倾盆大雨之夜，带着作案工具去菜园偷菜，他们黑灯瞎火地在菜地里乱摘乱拔，留下了凌乱的脚印，使菜园的损失不小。菜园人看到菜园被糟蹋得不成样子，也无计可施。

菜园周围的花椒树丛，被人扒得到处是狗洞似的窟窿，看园狗的狂吠吓不倒偷窃人的贼心，土枪的轰鸣镇不住偷窃人的贼胆。夜深人静，人们在睡梦中，也时常听到狗的咬叫，传来土枪的声响，但蔬菜照样被偷无疑。

20世纪80年代，改革开放，公社、大队、生产队相继解体，宋庄大队菜园也随之取消，永不复返。各地的蔬菜大棚如雨后春笋般建起，农业科技日新月异，各优良品种相继诞生，反季节蔬菜也应运而生，确确实实丰富了老百姓的菜篮子，人们的生活水平发生了翻天覆地的变化。

时光荏苒，眨眼间几十年过去了，贫穷艰难的岁月如过眼云烟，可人们对大队菜园及菜园人的印象早已根植于心底，成为村人津津乐道、永远讲不完的悠长故事。

生产队

一

党的十一届三中全会后，人民公社管理体制取消了，生产队也完成了自己的历史使命，退出历史舞台，只留在生活在那个年代人的深深记忆里了。

人民公社成立于1958年，随即全国产生了以农村生产大队、生产队为基础的生产资料所有制形式。生产队里的一切生产资料归社员集体所有，各生产队实行独立核算，自负盈亏，社员共同劳动，各尽所能，实行按劳分配原则。

我出生于20世纪60年代初。在学生时代，农忙假期里也参加过很多次生产队的劳动，耳闻目睹、亲身经历，对生产队的有关农活、发展等也略知一二。到现在虽然过去好几十年了，但总也忘不了，彼时情景仍时常出现在我的梦境里。

我们宋庄大队共有二十个生产队，尧洼村有六个，我家属第二生产队。那时的生产队也不知是怎么划分的，亲兄弟还有不在一个队的。中共党支部和大队设在宋庄，设置党支部书记、副书记、大队长、妇女主任、民兵连长、会计、出纳、保管等职务。各生产队有队长、副队长、会计、记工员、现金保管员等。

那时农村生产力非常落后，没有机械化，运输、耕地、耙地、耩地、收获等庄稼活全靠畜力（耕牛、毛驴）和人力。

每个生产队都有一个大场院，一般都建有五六间北屋，一两间烘烤黄烟的烟屋，一两间黑咕隆咚用来潮烟的屋子，还在场院的角落建有饲养牛、驴的牲口栏，以及存放农具、饲草和杂物的棚子。

我们生产队的一溜北屋，是队里的仓库、办公室、副业作坊、饲养员或看顾场院的值班室。

生产队长一般是社员民主选举产生的，能者上，庸者下。不要小看生产队长这个"芝麻官"，他可是队里的当家人，权力大得很，他安排的农活社员必须无条件服从。队长工作千头万绪，事无巨细，样样都要想到，考虑周全，今天干什么、明天干什么都要早作打算，安排妥当。生产计划由队长亲自安排实施，干活还要带好头，这样做社员才支持、拥护。

每天早晨天刚蒙蒙亮，各家的娘们儿已经摊完了煎饼，老爷们儿也去水井挑满了瓮。生产队长已早早来到共同出工的街上，有时吹哨子，有时吆喝"上坡了——上坡了——"，社员们听到，带着干活的家什，主动从四面八方到那里集合，听从队长安排全天的活计。不偏心的队长知人善任，调配好劳动强度，充分发挥劳动力的能力和作用。但我就见过其他生产队的队长和社员有矛盾，每次安排活儿总是欺负人家，有时甚至打骂起来，还成了仇家，这是不应该发生的事情。

在生产队里干活，社员一般都是一块儿出工，一块儿干活，一块儿休息，一块儿收工。大家劲儿往一处使，互帮互助，说说笑笑，其乐融融，好不热闹。歇息间隙，有些娘们儿趁机拾点儿柴火、拔点儿猪草，有时惹得队长发牢骚，说："你们这些人干活耍奸磨滑，干自己的活儿倒来了劲。"有时，年轻力壮的小伙子在刚刨过的地里摔跤，也有的唱革命京剧样板戏，有些妇女则坐在地头唱"老三篇"等歌曲，引来阵阵加油喝彩声，乡村的田野倒平添了一股浓浓的乡土气息。

每年春节过后，等不到春暖花开，各生产队就开始春耕备播。青壮男劳力肩披白披布用推车往山上推粪，女青年肩搭毛巾或围巾拉车子。稍上年纪的社员有的用镢头捣粪，有的用铁锨扬粪，均匀地撒在地里，有的排成行在挥镢头刨地。漫山遍野都是人影，偶尔传来耕夫"捋捋着""唧唧着"吆喝耕牛的声音，那啪啪甩响的牛鞭响，在山谷里回荡，山野呈现出一派繁忙的劳动景象。

耕完地后，趁泥土较湿，必须抓紧套上耕牛耙地，耕夫两脚分开，站在耙上，一手牵着撇绳，一手举着鞭子，让牲口拉着耙，把大土块耙碎，把地耙平。看着耕夫那前仰后合、东摇西摆的样子，感觉很潇洒、很过瘾，真是一种美的享受。我们小孩子也都跃跃欲试，但又一想，如果上去站不稳，歪倒在耙底下去，还不被耙成肉酱，丢了小命儿？

谷雨前后，种瓜点豆。要抓住有利时机，点播春玉米、耩谷子、种高粱、畦地瓜、育烟苗、种棉花等，这些农作物大都需要在春天和春夏之交种植。

春种的同时，还要对返青的冬小麦进行辊轧、浇水、施肥、划锄、除病虫害等田间管理。

七月流火，三夏大忙季节来临，田野的小麦在西南火风的吹拂下，很快由绿变黄，处处金浪滚滚，一派丰收在望的景象。这时，还要抓紧在麦田里套种玉米，如果墒情不好，还要再浇上一遍水，免得玉米缺苗断垄。

　　队长看看小麦成熟得差不多了，让社员都找出镰刀磨好，直到磨得锃亮锋利，刚等着队长的一声令下——开镰！

　　那个时候大队里没有收割机，坡里的小麦全靠人工用镰刀收割。收割小麦时，学校都要放两周的麦假。全队的男女老少头戴苇笠、脖搭毛巾齐上阵。青壮男劳力把早已淹好的麦约子扎在腰间，耷拉着看着就像个大尾巴。社员们在地头一字排开，两三人一组，弯下身子，左手把麦秸一拢，右手的镰刀贴着地皮前推后拉，只听到镰刀割麦子发出唰唰的声音，接着顺势将割下的麦子拢到怀里，放到麦约子上，后面割的人也要跟上，但不能离得太近，太近了不小心会被前面割麦的伤着，再后面的专管捆麦个子。割麦子也是需要有技术的，如果放得距离远了，麦堆就大，很难捆起来，放得太近了，麦堆就小，有时气得捆的人叫苦不迭，不是捆不起来，就是断了麦约子。社员们干不了多久，汗水便顺着额头、脸颊往下淌，要是流到眼里感到火辣辣的，流到嘴里也咸丝丝的，衣服也早已被汗水湿透。热风一吹，一会儿，每个人的后背上都显出雪白的盐分。烈日当空，炙烤大地，暴露的皮肤被烤得爆了皮，真是火辣辣地疼。他们有时会直起身子，用衣袖或毛巾擦擦汗，用镰把敲一敲腰腿，缓解一下酸痛。干到十点左右，有人挑着在场院里烧好的绿豆汤或炒米汤送到地头，队长发令，大家歇一歇，喝点水，在桑树底下凉快凉快，接着下把儿。

　　我们小学生在老师的带领下捡拾遗落的麦子，目睹了割麦子、捆麦子的过程。有的社员割得很快，只见银镰飞舞，一割一大抱，像变魔术；有的割得很慢，割一把放一把，把我们急躁得想过去夺过镰来试一家伙。

　　麦收时节，天气变化无常，有线广播的播报有时很不准，预告着没雨，却偏偏下起来。有人还编了几句顺口溜："天气预报真白搭，说是没雨它偏下。你再满嘴里说胡话，我去把你的喇叭砸。"如果突发狂风、暴雨，甚至冰雹，就得马上进行抢收、抢场，以防小麦被恶劣天气毁在地里、淋湿在场院里。遇上连阴雨，地里、场院里的麦子发了芽、发了霉也不是没发生过。有一年宋庄河南村地里的小麦，没来得及收割，被冰雹砸了个精光，看了真是让人心疼。不过不几天，地里就又长满了绿油油的麦苗。

壮劳力把割好、捆好的麦子用车子推运到场院里，垛起来围在四周，老大娘、大姑娘、新媳妇们就开始拿着镰刀、麦梳和压镰板子轧麦子。一天下来，身前是小山似的麦头，身后是一堵又高又长的麦秸墙。万里无云好天气，在场院干活的老头儿，用木杈把麦穗摊撒在场地上晾晒。等到坡里的小麦全部收割完毕，麦子也就快轧完了。晒干的小麦要是打不着场，还得垛起来，用谷秸苫子苫好，以防雨淋。我们小学生望着那又圆又高的好几个大麦垛，高兴得不得了，围着转圈子玩耍。

大队里只有一两台脱粒机和柴油机（传送式、滚筒式），二十个生产队都急着用，有时还发生争抢，大队里只能按先来后到挨号。好歹挨着了，队长派好几个人前去拖拉，一个人负责拽着脱粒机下部的铁筋掌握好方向，其余的人也拉的拉、拥的拥，那轱辘子在地上滚动的声音，直刺耳朵。另一组是运弄柴油机的，地排车搞运输没在家，只能靠人工，他们用一根粗麻绳拴好机器，用木杠轮换着像抬死猪似的抬来，也是汗流浃背，累得够呛。

说实话，在生产队里干活，最愁的就是打麦子。白天不打，老是晚上打，一直打到天大亮，有时甚至连着打好几晚，真叫人受不了。我们小孩子要是不为了那几个诱人的戗面馍馍或半斤油条，谁会去受累挨困？

想起打麦子也感觉好玩，场院里点上汽灯，一片通明。队长按人数分好工，各就各位，发动机器开始打麦子。社员们有在麦垛上往下挑的，有用耙子扒的，有往机器上送的，有挑麦瓤的，还有扒麦粒的。我们小孩子用麦叉把麦瓤推到较远的地方，嘻嘻哈哈，闹个不停，偶尔还扎几个猛子。到了下半夜干着干着，睡眼蒙眬，干脆躺在麦瓤里睡着了，那隆隆的机器轰鸣声都没把我们叫醒。队长看到麦瓤在机器旁堆成了山，才从麦瓤里找到我们，把我们狠狠地熊一顿："要睡觉都滚回家睡去！"天快亮了，马尾勺子嘎吱嘎吱地叫起来，我们也已经毫无困意。

我们小孩子最盼望在打麦的过程中机器坏了，可以借机歇息一下。有时，我们故意和负责在脱粒机上续麦子的人说："你把一个个麦个子续进去把机器憋死，我们凑钱给你买烟吃。"他平时就好恶作剧，听了我们的话，真的把机器憋死了，脱粒机辊子上也缠得满满的湿麦子，扒了一二十分钟才弄干净，气得队长骂了他一顿，他还朝着我们做鬼脸咧着嘴笑呢。总之，麦收大忙季节，场院里奏响的麦场之歌，是那样动听悦耳，那样令人念念不忘。

好不容易打完了麦子，很多社员有过敏的，浑身起了些小红疙瘩，就像癞蛤蟆皮，感到奇痒难忍，有的用热水烫，有的抹药膏，有的用手挠，有的用火烤，还有不解恨的干脆用剪子、刀子刮，直到刮出鲜血来，庄户人家真是不容易啊！

打好的麦子，还要进行扬场、晾晒。扬场可是个技术活儿，需要识别风的方向。扬场的人双手端好簸箕，供锨的人用木锨给他供，两人点头哈腰，配合默契，一道弯弯的彩虹抛向天空，纷纷扬扬的麦糠飞落一旁，一道"弯弯的月亮"横在地上，掠麦子的人戴着斗笠，赤着脚，轻轻掠着麦子里的"穿衫子"。

扬干净的麦子摊在场院里，还要不停地翻动，在烈日下暴晒好几天就干了。社员们看着小山似的麦堆，心想，今年肯定比往年分得多，也能多吃一点儿面食。可公粮摊派的任务增加了，除去上交的公粮、种子，剩余的才按人口和工分比例分配，社员们便拿着麻袋、布袋、挎着筅子去场院等候。多的户分到手的也就百八十斤；少的户，端着个瓢去就行了。想想那时候农民过的苦日子，就难以控制眼里的泪水。

二

收获完了小麦，坡里还有很多营生着急，锄麦茬（分到各户烧火用）耩地，间套种的玉米苗、高粱苗补苗，还给栽好的黄烟、地瓜施肥、铲锄，栽麦茬地瓜等，也是忙得不可开交。

到了六七月份，农作物在雨水的浇灌和暖阳的沐浴下苗壮成长。这时坡野里到处绿油油，田间管理也必须跟上趟。队长安排社员翻地瓜秧、打烟头、抹烟杈、喷药除害虫、除草等。

到了八九月，黄烟长得有一人多高，下面的烟叶也渐渐成熟，准备掰烟、烘烤了。黄烟可是当时生产队主要的经济来源，每个队里都要栽植。种黄烟是很好，来钱快，就是工序太多又烦琐，技术性强：春季畦烟、间苗、移栽、施肥、灭虫；夏季打头、抹杈；夏末至深秋，上坡掰烟、抱烟、推烟、挑烟。别小看掰烟这种活儿，也是有讲究的，要看清成熟的程度，掰得生了，烘出的烟叶是绿色的；落黄大了，烘出的烟叶就烤煳了，卖不出好价钱，损失就大了。掰烟叶时，用手捏住烟柄，向左或右方向掰，这样能把烟秸上的皮带下来，增加烟叶的产量。我们小学生有时也去帮忙，掰下来的烟叶都不带皮，被队长狠狠地教训了一顿。是啊！不要小看下庄户，里面的学问大着呢，需要好好向老农民学习。

掰回来的烟叶，整齐有序地放在场院有阴凉的地方，妇女们就坐在板凳上系烟。系烟的妇女也是有手把快慢之分，系的烟叶的多少、松紧也是参差不齐，总会影响整个烟屋烘出烤烟的质量。

系好的烟要一层层摞起来，就像一座座四四方方的绿色小楼房。我们小孩子有时趁大人不注意爬进去玩，不小心会把楼房弄塌，少不了被母亲们用烟秆子揍一顿。装烟屋可不是好受的，一般都是有经验的好几个爷们儿轮换进行。热烘烘的烟屋里温度有时高达三四十摄氏度，他们从顶部一层层地往下挂烟，要挂得疏密合适才行，不然烘出的黄烟就会出现焦煳、活筋现象，影响质量。外面递烟的排成一行，也要协调有序，等装完了，在里面的人出来，就像刚从水里捞出来的一样。

烘烤黄烟，来不得半点马虎。记得俺队里张之才二大爷，还有冯金昌大侄子是行家里手，又尽职尽责。烘烤黄烟时，黑天白日地吃住在烟棚里，有时还要看两口炉，时刻观察着炉火的大小及温度，什么时候放小火，什么时候拉大火，什么时候通风换气，什么时候停火等，必须掌握好，这样烘出的烟颜色才好。等到烘烟屋里的温度降下来，就准备出烟了。

出烟一般是在天没亮之前，那时候社员家里基本上都没有马蹄表，很难掌握时间。有时半夜五更，我们还在睡梦之中，二大爷就在街上吆喝起来"出烟来——出烟来——"，这声音在夜里传得很远很远，有时还在梦中被惊醒，都感到很惊人。

好像听到的是"失火了——失火了——"的声音。

社员们听到后就马上起床，急匆匆地往场院走去。等社员到得差不多了，就准备出烟。出烟还得那些装烟的人，只不过从底层到高层往外递，在外面的社员也是排成行，手握烟杆的一头，把烟一行行摆在地上，等着露水把它们打潮。

刚出屋的烟又干又脆，散发着浓浓的香气，喜欢抽烟的男人，时不时地从烟杆上捋下几片金黄的烟叶搓碎，偷偷地装进口袋或烟袋包子里，等有空时吞云吐雾，享受一番，队长看到了也睁一只眼闭一只眼。

天亮了，满场院的烟也就潮得差不多了，男女老少趁着太阳还没出来，抓紧解烟，解下来的放成半圆形，抱烟的人抱起来，放到潮屋里的烟帘子上摆好，等潮好了，上年纪的妇女带着蒲团，去给烟叶分等级，她们围成一圈，一边拉着家长里短，一边做烟，倒也其乐融融。做完了烟，再一把把用烟叶仔细认真地绑好。队里也有过磅员和验级员，以做烟的斤数记工分。做好的烟去冶源公社烟叶站去卖，要按等级打包或放到烟帘子上，装好车子，劳力们便推着上路了。

到了烟叶站，各村去卖烟的已经排了一大溜，里面的收烟大厅里已人满为患，熙熙攘攘，讨价还价声不绝于耳，好不热闹。验级员昂首挺胸，大摇大摆，顺手从烟的底部抽出看看，随口就喊出等级，写单子的笔走龙蛇马上开票。如果验的等级合适，抬烟的人员就抬着去过磅，如果感到不合心意，就发生争执，气得验级员把眼一瞪，"卖就卖不卖拉倒"，并大喊一声"下一个！"你说气人不气人？有时遇到这种情况要不就忍痛割爱，要不就再换人卖一次。等卖完了烟，推着车子回到家，已是夜幕降临了。

烘烟基本烘到快到霜降时节，这之后还有烘烟杈子的。别小看这烟杈子和队里分的碎烟，可是深受北县（广饶、博兴、桓台等）人的青睐。他们会用麻袋或鱼篓装上狗杠子鱼、螃蟹、虾酱，用自行车驮着来换，倒是两全其美。

三秋大忙季节虽然没有麦季那样紧张，但忙碌的时间比较长。收完五谷杂粮还要耕地播种小麦、出地瓜等。

到了金秋，田野里的庄稼一片片成熟，光等着收获了。你看，那赛过牛角的棒槌子，涨红了脸的高粱，笑弯了腰的谷子，像一串串鞭炮似的豆子，绽开笑脸的棉花等农作物，汇聚成了五彩缤纷的世界。

骈邑大地种植玉米很多，收获也是全靠人工。队长看看哪块地里的玉米该收割了，就吩咐社员推着车子，带着镰刀，挎着符篮子去掰玉米。妇女们在前面掰，掰满了篮子就倒进粪篓里，男劳力在后面割秸子。等掰得差不多了，劳力就再硬往粪篓里插玉米，直插得满了才罢休。

一车车玉米推到场院里，堆成了一座座连绵起伏的山，煞是好看。劳力们有的割谷子和红高粱去了，娘们儿就从家里背着柴火篓子，围成一圈儿扒棒槌裤子，扒下的皮要过秤，按分量计算工分。不几天，包围圈渐渐缩小，干干净净的光腚棒子渐渐增多，到处金灿灿的，像铺了一地黄金。

收获的玉米也要在场院里晾晒几天，省得发芽霉烂。玉米不用交公粮，队里留下一小部分作为耕牛和毛驴的饲料，其余的全部分给社员。分玉米胡子也和分其他东西一样，都得过磅。在分之前会计必须进行估算，宁剩不缺，好再找补。到了分玉米时，会计戴着老花镜，拿着算盘子，夹着账本和写好户主名单、斤数的粉红色条子，开始分玉米。

因为分玉米的人多（我们小学生只管往粪篓里拾），用不了多长时间，一堆堆玉米布满了场院，只等着干活回来的劳力们往家里运了。看着一座座小金山，调皮的学生大声吆喝起来："快看，场院里到处都是坟子，躺着是死人。"看管场院的老头儿，气昂昂地拿来耕牛鞭撵着打他们，不但没打着他们，却不小心把自己的脊梁抽出一道血红的鞭印来，引来一阵哄笑。他却连骂带嚼地走进场院屋，独自生闷气去了。

推回家的玉米还没有完全干透，需要继续晒，有的户摆在窗户台上，用细麻绳穿成串挂在房檐下，有的户用玉米秸或烟秸做的栈子盛起来。但不管怎么样，那些年的老鼠也特别狡猾又能作反，总和人争食。半夜三更出来偷啃，甚至在里面做窝，生儿育女，连拉带尿。就是下上老鼠药、铁锚捉拿，也根本不上当，真是拿它们没办法。

满坡里的玉米秸、茬子也快被太阳晒半干了，抓紧给每家每户分下去倒地，趁着墒情好耕地、播种小麦。那时，庄户人家缺柴火烧，像麦茬、麦瓤、豆秸、谷秸、烟秸，这些都是烧火做饭不可少的。各家各户都有柴火园、柴火垛，但一年到头，还是缺烧火的燃料。农闲时节还到坡里拾点儿，以解烧火做饭之急。

播种小麦的最佳时间是秋分时节，有一句农谚说得好："白露早，寒露迟，秋分种麦正适宜。"

一块块的玉米地都倒出来了，公社拖拉机站也调度机械、人员支援三秋。大队里的一部东方红55链轨车成了抢手货。这么多的生产队都想早一点儿耕地，以防耽搁播种，大队里还是采取先来后到的原则使用。有耕牛的生产队早已套上牛开始了，没有耕牛的全队劳力齐上阵，一字排开用镢刨。

终于轮到俺村了，我们小孩子都跑去看链轨车耕地。好家伙，这链轨车全身红彤彤的，没有轱辘子，下面就是钢板铸的链轨，就像一辆小坦克，驾驶室里没有方向盘，使用推拉式的操纵杆，车身后面拖着六七个铧犁，我们感到真是稀奇，围着司机问这问那，烦得他朝着我们发火："小孩子滚得远着点儿。"

链轨车发动起来，烟囱里冒出黑黑的浓烟，隆隆的机器轰鸣声，能传得很远。加大油门，链轨车开始耕地了，只见后面的那个人，把那个扳手使劲一压，撅着的铧犁咔嚓一声落下来，我们就跟在后面看，只见一大片土地被翻了过来，明亮亮的，就像海上的波浪，铧犁后面拖着一个把，上面还捆着一块过门石，一摆一摆地把泥土耙平整。到了地头拐弯处，那人又把扳手往上一提，铧犁从地里拔出来，还看到他转动一个轮子，原来是调节铧犁的深浅度的。我们继续跟着看，还不住地指指点点。他看我们离链轨车太近，弯腰抓起一把土扬过来，让我们离得远点儿。看着他戴着口罩，浑身成个土蛋样，我们哈哈大笑起来。

耕完了地，就得抓紧布畦，社员扛着镢、刮板，带着绳子、皮尺、石灰粉，队长做好分工。有的拉线，有的撒灰，有的平墒沟，还有的布畦子、整畦子。最难办的就是两个宽宽的地头，链轨车来来回回反复碾轧得非常结实，即使最后耕了，比人头大的泥土块儿，就像一个个肉蛋子，总要砸好几镢头。有的地方也是耕得不到边不到沿的，刨起来真是费劲极了。

拾掇好了地，马上耩麦子。那时的小麦良种不多，基本都是大队技术队自己培育的，品种不多，产量一般，不像现在品种全、产量高，丰产、稳产，一亩地一千多斤。

耩麦子没有播种机，各生产队只能人工播种。那时候，每个生产队的耩子最多的有两个。耩麦子要看墒情，如果正好就抓紧播种，出来的麦子才苗全苗旺。地里要是比较干，节气允许最好先播种再浇地，等麦子出来了，再用耙子耱一耱，省得板结了。

耱麦子是个累活，需要有技术且比较稳重的四至六个社员。要是几个捣蛋鬼，就会不听指挥，胡拉八扯地乱耱一番，那就麻烦了。扶篓的要掌握脚步的速度、下种的多少和密度。耱子中间当篓的社员，套好拉襻，要眼望前方，两手把握好两边的拉杆，走得正当才使耱的麦子行距正直，走得不正就容易杂乱且曲曲弯弯。耱子两边分别有两个拉偏耱子的社员，六个人必须配合默契，步调一致，不然下的种子也是不匀和，甚至出现断垄现象。扶篓的责任重大，要随时眼观篓斗、篓板、篓斗锤、耱子腿，稍一疏忽就会出现偏篓、堵腿等现象，还得返回去重耱且窝了工。耱地的后面，有社员端着脸盆撒化肥的，再后面有社员弓着腰，拖着铁耙倒退着耱麦子的，个个干得热火朝天，汗流浃背。

耱麦子时，经常听上了年纪的社员说"泥里拖拖吃饽饽，麦耱黄泉"这类的话，总觉得有道理，因为这是农民在长期的劳动实践中得出来的经验。现在讲究科学种田，以往的那些话，就觉得不大对头了。

站在视野开阔的田野阡陌，环顾四周，看到社员们在地里种麦子，这里一组，那里一队，甩着胳膊，迈着和谐的步伐，在松软的土地上辛勤地劳作，真想放开喉咙，为他们唱一首动听的赞歌。

三

播种完了小麦，很快也就到了寒露、霜降季节，这时的地瓜已经停止了生长，有的瓜叶被霜打了，需要到山上出地瓜了，要是出晚了容易造成冻害。

小平原地里的小麦都出来了，到处嫩生生、绿油油的。但山上树木的叶子黄的如金，红的似火，五颜六色的，美丽异常，形成鲜明的对比，好一幅如梦似幻的迷人画卷。

当时临朐的九山、鹿皋、杨家河、寺头、大关、蒋峪、五井、嵩山等一些公社平原地很少，小麦、玉米种植面积少，产量又低，只能在瘠薄的山岭地，种些黄烟、谷子、高粱、花生、大豆、地瓜、棉花一类的农作物。栽植柿子、花椒、桑树、枣树、苹果、山杏、山楂等果树和经济树木，遇上风调雨顺的年景还可以，大旱了是干瞪眼，真是全靠老天吃饭。

我们生产队的地瓜地，零零散散分布在鱼山子、小山（临九路宫家坡村东和县皮革厂东）、李家山崖（临九路三阳山村东，宋庄河南村西，干活需要蹚水过河）、西河（李家山崖北），还有一些在小巴窝子里。这些地离村庄比较远，给种植、管理、收获带来了诸多不便。

山上出地瓜的时候到了，队长安排社员全体出动。各人带上镰刀、镢头、架筐、牛筐、麻袋、扁担、磅秤、切地瓜的擦子、擀刀、保险灯、扎庵屋看地瓜的家伙等，放到粪篓里，推着一辆辆车子，排着杂乱不一的队伍向山上开拔。

到了地点，找个合适的位置，把车子上的东西全部卸下来，集中放置，便于管理使用。

稍歇片刻，队长分配活计，哪些人管着籀地瓜秧，哪些社员刨地瓜，哪些摸弄、拾地瓜等一一安排妥当，这样就不误工时。

我们这些学生，岁数稍大点的籀秧子，小一点儿的摸弄瓜上的土，并把地瓜扔成堆。因为雨水较多的缘故，地瓜秧长得特别长，匍匐在地上且纵横交错，互相缠绕在一起，一会儿就成了个大秧蛋子。只好用镰刀乱削一气，拖拖拉拉地抱到梯田的堰墙上或草丛里。这可把在后面刨瓜的社员急得喊叫："快着点，快着点！不小心抓着腚了！"

出地瓜的大部分都是年轻力壮的小伙子、大姑娘。他们每人一根地瓜垄，刨出来的瓜不能各人放各行，要两人或三人放在一起。出地瓜也有学问，不能直接刨瓜，那会把瓜刨破。要从地瓜墩的两边刨，再从底部把瓜掏出来，这样就不容易破损。看着他们挥舞镢头刨地瓜、勾地瓜的潇洒架势，我们也很想学一学。

籀瓜秧的和出地瓜的人渐行渐远，在他们身后留下了一行行红彤彤的地瓜。我们这些小学生和几个老年人蹲着摸弄瓜上的泥土，弄干净了随手扔到附近的瓜堆上。有时趁着队长不注意，我们就找个光滑顺和的瓜，用小脏手擦一擦，咔嚓咔嚓地啃起来，看到队长回头看，我们就吓得赶紧躲起来。唉！蹲着干活实在不好受，感到两腿发胀，两脚发麻。有时站起来直直腰，揉揉腿，跺跺双脚。心想，满山这么多的地瓜，什么时候才出完呢，真是愁人。

上午和下午干一段时间，都要停下休息二三十分钟，以便再干有劲头和解决大小解之急。我们小学生稳当不住，就到堰墙下的草丛里扑蚂蚱、逮螳螂。接近中午，太阳普照大地，绿绿的大油蚂蚱，老老实实地在草丛或石头上晒太阳，很容易逮住。真是应了那句"秋后的蚂蚱——蹦跶不了几天了"。那威风凛凛的螳螂，倒转动着灵活的三角脑袋，前后颤动着身子，挥舞着锋利的齿刀，好像在向我们示威。我们可不怕它，一会儿工夫就逮住好几个，穿在一根狗尾巴草上，带回家用食盐腌了，就着煎饼吃一顿油炸蚂蚱、螳螂，岂不美哉。

队长安排两个办事牢靠的中年男子，推着车子回村推饭、推水去了，我们继续各干各的活计。山上的地瓜地块很零散，有的在山前，有的在山顶，有的在山西，有的在山东，还有的在山后，且地块也不大。觉得不一会儿工夫就挪了好几个地方，心里想：大队里也不知道是按什么分的，连成片多么省心、省劲，又不是什么好地，好几个生产队都感到别扭。

看太阳已经晌午过了，我们小孩子的肚子，也饿得开始抗议起来，回村推饭的还没有来。山前下面就是一条土大路，是我们寺头石河南北八个村庄，到宫家坡村东临九路的必经之路。

这条路对我们小孩子来说并不陌生，去宫家坡大门市部买东西，到公路上看汽车，也不知走过了多少遭。

午饭终于来了，队长下令收工，只见山下的大路边，停着两辆手推车。一辆粪篓里盛满了大大小小的包袱，一辆装满了高低、粗细不等的暖壶，缝隙里还塞满了玉米裤子和干草。

社员们放下手里的家伙，呼啦啦地来到山下拿饭取水。有几个社员嫌他俩来晚了，惹得两个社员不乐意了：俺俩在胡同里吃喝等了好久，就是有些老娘们儿紧着送不出来，上家里去看看，有没烙出饼来的，也有没炒出菜来的，俺俩有什么办法，要不明天你们去。

出地瓜的地方离家两三里路，来来回回地耽误很长时间，吃饭喝水还非得在山上不可。

看看吃饭的社员，满山坡上都是。随便找块平整的石头，把菜碗放上，一家人或三口或五口地围坐在一起，边吃边谈，倒成了一道亮丽的风景。社员们吃的饭真是五花八门，条件稍好的，有烙饼就炒茄子、扁豆、煎狗杠子鱼等，一般的是玉米煎饼就炒菜或辣疙瘩、花椒叶子咸菜。贫穷一些的家庭，怕被人笑话，稍微远离一些，吃玉米窝窝头就随便盐渍的各种咸菜。有些户在送饭的时候急乎乎的，竟然把筷子忘了包上，正到处折荆条当筷子用。

一个生产队的社员，有的是近邻，在一块儿干活互帮互助这是美德。你可以吃我的，我也可以吃你的，我给你碗里弄上点，你给我碗里倒一些，这是司空见惯的，村里人就是这么淳朴、实在。

我们小孩子头一回在山上吃饭，觉得很新鲜，总是坐不住。一会儿跑到这家，一会儿跑到那户，惹得队长和家长骂我们："看看你们这些熊孩子，吃饭也没一霎霎老实，和些活猴子似的满垾子胡窜窜。"

各家各户在家里做饭的，都是上了年纪的奶奶或母亲，他们深知在坡里干活的辛苦，都是想方设法把饭菜做得好一点儿，就是没有蔬菜炒，最起码把饭多带一些让家人吃饱。我们小孩子在家吃得少，觉得在山上吃得格外多。

下午，太阳偏西，队里再安排一些社员分地瓜。我们小孩子和几个社员，管着往粪篓里拾。会计管着过磅，称好了，两个社员抬着倒在地上，会计再把写好姓名和斤数的单子放在地瓜堆的顶部，拿个瓜压起来，省得被风吹跑。

分完地瓜，已夕阳西下，社员也就快收工了。夜幕开始降临，趁着蚂蚱眼子，男女老少抓紧找好家伙，去寻找分的瓜堆。好不容易找到，社员有用牛筐抬的，有用架筐挑的，有用麻袋背的，还有用车子推的，弄到早已拾掇好的地方，忙得不亦乐乎，刚等着晚上切瓜干子了。

那时只生产队里有一部切瓜机，谁也借不出来，只是队里做粉皮、干粉时才用，各家各户基本上都有擀刀或者擦子。闲话少叙，还是赶紧干活吧。

天已经完全黑了，各家各户点上保险灯，支好擀刀开始切瓜。趁着还没有摆瓜干的间隙，我站在姐姐旁边，看她怎样切瓜。只见她拿起瓜来，左手指伸开用手掌心摁住瓜，右手握紧擀刀柄前后推拉。姐姐心灵手巧切得飞快，一会儿擀刀下面就攒了一大堆。别小看切地瓜这活儿，看着容易做着难。切瓜时，左手指不能蜷起来，特别圆大的瓜容易滚动，要好好握住，如果不小心很容易切着手。用擦子切瓜，的确是快得多。但看着更是吓人，技术不好和胆小的，还真是不敢轻易尝试。只见他们戴着皮手套，前推后拉，瓜片就接连不断地落到地面，瞬间一小堆。

我们把成堆的瓜片扒到符篮子里，挎到整平的瓜地里，均匀地撒在地里，蹲下身子再把一些摞着的放到空隙处。

深秋的夜风，吹在身上凉飕飕的，不禁使人打个寒战。抬头观看夜空，满天的繁星在快活地眨着眼睛。不远处，县磷肥厂、水泥厂、皮革厂、合金厂、蜡纸厂的日光灯、水银灯发出璀璨的光芒。近处，夜猫子在电线杆顶端"咕喵——咕咕喵——"地鸣叫，听了使人心里瘆得慌。

天已经不早了，但山上到处还是灯火闪闪，人影绰绰。切瓜的声音，孩子打盹被家长打骂的哭闹声，此起彼伏，就像是奏起的交响乐。

社员们陆陆续续切完地瓜，摆完瓜片，伸个懒腰，借着朦胧的夜色，看到到处如雪的劳动成果，心里美滋滋的。等打着保险灯，一步步挨下山来，回到家里吃完晚饭，已经十点多了。

各个生产队的地瓜地亩数，多少不是很均匀，少的需要出五六天，多的可能七八天才完成。离村远的生产队，都要在山上找个合适的地方搭庵屋，每晚安排两个男人值班看瓜和社员的劳动工具，以防有人趁着夜黑风高，到山上偷地瓜扛镢头。

记得有一年，队长也曾安排我和一位社员值过班。刚搭的庵屋用几根棍棒交叉撑起来，用铁丝拧紧，盖上一块宽大的塑料薄膜，用麻绳固定在横梁和下面的石头上，有条件可以再苫上苫子。庵屋的地面上，铺上一层厚厚的山草，一张破破烂烂的席头子放在上面,摊开铺盖两个人在里面睡觉,显得有些拥挤。

在睡觉前，他对我说："咱俩烧地瓜吃吧！"好啊！这正中我心怀。"你去到烟地里找些干烟秸，我去拿地瓜，咱俩烧上堆火，把瓜放进去，三四十分钟就熟了。"柴火抱了一抱，地瓜选了一些仿佛大小的，就划着火柴点燃，熊熊的火燃起来，映着我俩的笑脸，感到暖烘烘的。等火着完了，我们把火炭子摊开，把地瓜一一摆好再埋起来，我俩坐在石头上拉起闲呱来。

拉着拉着，不知不觉三四十分钟过去了，一股烤瓜的香气随风飘来。我们走过去，扒开火灰，用手按了按，地瓜已经软了。拿起一个，拍拍上面的灰，慢慢地剥去烤煳的外皮，轻轻咬一口滚烫的地瓜，感到像栗子一样面，且有点儿甜，真是好吃极了，连着吃了好几个。没想到，夜里在山上看守地瓜，还是很不错的。

队里每晚都要安排人到山上值班，贵在自觉，尽职尽责。两个人最起码出去转转，看看出来的有没有少，没出的有没有被扒才行。听说有个生产队的值班社员，也是每晚烧地瓜吃，吃完了就到庵屋里睡觉去了。生产队长不放心，拿着电棒子上山了，到了庵屋旁边都没觉察。队长看他俩睡得很沉，气得他把挂在庵屋横梁上的保险灯拿下来，还扛着几张镢藏在瓜秧子里去了。

天亮了，上山出瓜的社员陆陆续续地来了，干活时找不着镢了，队长说："找看门的要去！"他们去要镢，还差点儿打起来。队长指着值班的鼻子骂起来："昨晚你这俩熊这个，来就烧地瓜吃，吃就吃吧，吃完了就困觉，也不看看地里的瓜少了没有，叫你们来干什么的，俩死猪似的！队里的保险灯和社员的镢都被人偷去，咋没把你俩偷走了，昨晚的工分白搭，一分不给，还要赔偿保险灯和镢头。"两个人一听，呆若木鸡，站在那里哑口无言了。社员们听到队长的训话，再看看他俩雕塑般的造型和表情，都忍不住哈哈大笑起来。

在地里摆好的瓜干，经过风吹日晒，不几天就都翘翘起来。如果有时间都会去把瓜干翻过来，让它干得快一些，好装入麻袋收藏好。

在大忙季节里，庄户人家就怕遇上连阴雨。记得有一年，山上、石河滩的砂石上到处摆满了瓜干，夜里突然下起雨来，各家各户男女老少齐上阵，带着保险灯、电棒子，装瓜干的家什，急三火四地跑去拾瓜干。好歹拾完装入麻袋，肩挑、人背、车推，跌跌撞撞回到家，每个人都淋成了落汤鸡。

拾回家的瓜干半干不湿的，没有地方晾，只好倒在屋子的当门里，等雨过天晴再推出去晾晒。因长时间的捂闷，那年的瓜干质量就不行，有的长了黑毛，有的烂掉了，喂猪都不爱吃，看了真叫人心疼。

出完了山上的，紧接着出麦茬瓜。麦茬瓜的秧子不能用手薅，必须用镰刀割，因为这些瓜用来留瓜种，容不得破损。麦茬瓜长得比较匀称，外皮光滑，出的时候要小心翼翼，轻拿轻放。装车子的时候，要先在粪篓里垫上一些干草，防止磨破皮。推到场院角落的瓜井旁，就等着下瓜了。

出了的瓜，生产队也要留下一部分，等到冬天队里开粉房做粉皮和粉条，以增加队里收入，也是很好的举措。

四

那时期，生产队里都有瓜井，户里也有自己掏的，也有两家轧伙挖的。在山区一般都找个合适的土崖往里挖，像一条隧道，弓形的洞口，等里面的深度差不多了，再分别向两边挖耳洞，可以盛几千斤地瓜。平原地区挖直井，一般挖到五六米深，再向一侧挖个大洞。要是两户，就挖两个洞，冬天可以把买的蔬菜放进去，既保鲜又不容易腐烂，两家拿的时候也很方便。挖的井筒子粗细要合适，还要在两侧对称地挖上梯磴，便于上下井。记得我和哥哥、弟弟利用空余时间，就在家里的天井里挖了一口，全靠镢刨锨铲，用猪毛绳拴着筐，一筐筐硬把土拔上来的，那时我们才十几岁。为了不让雨水灌进井里去，必须把井口用石头砌好，并且高出地面。

下瓜前，必须把破了的、磨破了皮的选出来，防备烂的把好的污染了。下瓜时，井口留一人用绳子把盛满地瓜的篮子慢慢地放下去，井里那个人在下面把瓜一一放好。

下好瓜和拿瓜后把井口盖好，管理得当，能用好多年。

晒在山上的瓜秧干得差不多了，赶紧安排劳力挑到场院里，除队里留下部分喂牲口外，其余的分到各户，用磨棍翻来覆去地砸碎，用筛箩箩好喂猪。

现在的地瓜品种多，黄瓤的、红瓤的、紫瓤的，应有尽有，想吃了随便买来或烤或熬或煮解解馋。那时候，可以说我们是吃着地瓜长大的，特别是在山区里，成了主食。什么煮地瓜、熬地瓜、烧地瓜、炒地瓜，还有用瓜糊子摊的煎饼和瓜面蒸的窝窝头，煮的地瓜干黑乎乎的。上顿吃，下顿吃，甚至天天吃，有时真是难以下咽。长时间吃地瓜做的食物，据说对胃不好，时常泛酸，落下了胃病。有些人提起地瓜，说是一辈子不吃也不想它，早就够够的了。

日子过得真快，不知不觉立冬了，生产队里的农活也少了些，队长召开社员会商议冬季的活计。俗话说"兵马未动，粮草先行"，安排两个上了年纪的男人，用铡刀铡一铡耕牛和毛驴吃的玉米秸、豆秸、谷秸等。耕牛也劳累了大半年，趁着山上还有干草，每天派耕地的去放牛（星期六、星期天，我也放过），不能让它们跌了膘。再就是赶紧推豆子去换些麻糁（过了年上黄烟用），还得安排几个劳力去淄博或者临朐拉氨水，池子里已经空空的了。现在还要趁着公社、大队没有安排出夫的事，希望各户抓紧把栏里的粪出出来，没有人手的队里安排人帮着出，大家商量商量是到栏里看车数，还是出了粪再量方量。反正粪的多少都写在栏门板上，定下来反正都一样。咱队里每年这个时候都干副业，多多少少能挣点儿，政府鼓励生产队里搞多种经营，但是不允许私人干的。

尧洼村里六个生产队几乎都搞副业，记得我们第二生产队蒸过饧面饽饽。我们小孩子有时候就去观看，因为父亲是做饧面饽饽的行家里手，曾在那里干过。蒸熟了，掀开锅盖，瞬间那溢着饽饽香的热气就满了屋子。看着那白生生的高桩饽饽，馋得我们口水直流，父亲有时先赊上几个给我们吃。

等馇馇凉透了，还要用硫黄熏一熏，以增加馇馇的白度和香气。出去卖馇馇的社员把它们一层层地摆好，放进蒲墩子里。他们有时用扁担挑着，有时用木车子推着，走街串巷叫卖。那一声声"馇面馇馇"的吆喝传遍全庄，小孩子禁不住诱惑，总会缠着母亲拿小麦去换几个解解馋。有时家里来了客人，才舍得去换一斤二斤的。在那贫穷的年代，能吃上个香喷喷馇白面馇馇，是相当奢侈的。

队里还开过粉坊。首先把地瓜洗净，用切瓜机切成片，放进一个长方形的木制箱里，再用一个像打墼用的杵头样的剁刀剁碎。然后把碎瓜用一个铁舀子，挖到一个特别大的瓷盆里，两三个人抬到作坊的一个大木撑子上，套上毛驴子拉磨。毛驴子的眼睛用一块布遮着，不紧不慢地转圈，一个社员坐在凳子上往磨眼里添瓜。

磨完了糊子刷好磨，就有好几个人，拿来一块白布单，挂在一个吊着的木架子上，装满糊子开始过滤，那哗哗的乳白色的汁子，流进一个大水瓮里。放在瓮沿上的压床上，使劲揉压那个白布团，一直压到压不出汁水来，剩余的就是地瓜渣，攒多了生产队再分给各户喂猪。

等瓮里的汁水沉淀得差不多了，用舀子撇去上面的水分，泼到下水道里，就顺着淌进粉坊外面的一个水泥池子里（泔水），社员喂猪可以免费去挑。

至于粉皮、粉条是怎么用淀粉做的，没有亲眼见过，想必也是很复杂的。有些调皮的小孩子星期六、星期天到场院里玩耍，看到绳子上、高粱帘子上晾晒的粉条、粉皮，有时会偷偷地把半干不湿的粉皮揭走几张，到安全的地方享用。

"常在河边走，哪能不湿鞋"，有时被看场院的老头儿看见，总是取下耕牛鞭去撵，追不上就破口大骂一番。当然也有被逮住的时候，总会招来一顿打骂，甚至告到学校，被老师批评教育一顿。

队里也开过豆腐房，卖豆腐的带着刀子、梆子、杆子秤，用扁担挑着去卖，敲响的豆腐梆子声音，很有节奏，社员听到，就会用瓢端着豆子来换。做豆腐过滤出来的渣，有时队里分到各户一碗半碗的，掺上萝卜丝炒着吃，那时候缺盐少油的，就觉得不怎么好吃，噎得难受。

记得 70 年代末，队里还炸过油条。就为卖油条，还买了一辆自行车，可以骑着到远一点儿的村里卖。炸油条的有四五个社员，每天炸好几袋子面，炸好的油条晾在帘子上，看着金黄，闻着喷香。

有一次，队长找到我，让我去场院屋里看着油条，让炸油条的回家吃饭，省得没人看守招来老鼠偷吃。我痛痛快快地答应了，来到屋里坐在破椅子上，时刻观察、听着老鼠的动静。看着满地的油条也馋得很，我竟老实得没敢拿个吃。心里想，队长让我来，是对我的信任，不能随便拿集体的东西。到后来，我也没吃亏，队长吃了饭来到屋里，临走给我用纸捻子捆上了四五个，让我带回家，说是看油条应得的报酬。队长对我的信任和照顾，到现在我还没忘记。

出去卖油条的有好几个社员，天不亮就去装在篓子里，有独自一人的，有俩人一推一拉的。那时卖油条不下货，没有客人来，不出门走亲戚，谁会舍得买来吃？那时妇女生了孩子，邻居、亲戚、朋友才称上一斤二斤地送去，表示祝贺。记得有两个刚刚初中毕业的异级伙伴（十三四岁）一拉一去卖油条，人家看着是两个小孩子，就褒贬卖的油条，好像是那黑狗屎（可能炸油条的油反复使用，炸出来发黑了），一天下来也没卖几斤，双脚磨起了水泡，第二天说什么也不去卖了。

麻椇买来了，放进场院屋的仓库里；喂牲口的草料也铡完毕，堆到棚子里；氨水拉来了，抽到氨水池里密封盖严锁好；各户栏里的土粪也弄到了栏坎子外面，等开春砸碎往地里推了。

记得 70 年代，我们冶源公社在一些大队对土地进行整方。扛经纬仪的、扛标杆的、撒灰线的、定点的、砸橛子的、刨土的、推车的，一派鼓足干劲、力争上游的场面。

还在南河石河滩北边，高高的土崖上刨土、运土，垫沟、垫河滩。工地上，指挥部的高音喇叭，不住地播放革命歌曲，播报新闻报道组采写的新闻、消息，还有先进人物的事迹，以鼓舞干劲。

工地上，还到处插满了鲜艳的红旗，每一个大队的红旗上，有的写着"××大队突击队"，有的写着"××大队民兵连"等字样，展开了激烈的劳动竞赛。有很多男劳力推着"泰山车"还一路小跑。那干劲儿、那场面，看了让人感到震撼和敬佩。

毛主席说："水利是农业的命脉。"要想地里多打粮食，摆脱贫困的面貌，让老百姓过上好日子，就得想方设法兴修水利。70 年代，临朐县九山公社劳动人民，在张彦士、王杰等领导干部的坚强带领下，克服难以想象的困难，在那样极其恶劣的环境中，在生活那样艰难困苦的情况下，自带饭食，风餐露宿，日夜奋战，靠着勤劳的双手、坚定的信心和无穷的智慧，用了六年的时间，建成了亚洲第一坝——淌水崖水库，这不能不说是九山劳动人民创造的奇迹。现在，淌水崖水库纪念馆，成了党员干部、学生及各行各业的教育基地。淌水崖水库，是一座永远不朽的精神丰碑！

"高峡出平湖，风光无限美。"凡是去淌水崖水库参观旅游的人，不管是俯视还是仰望那巍峨壮观的大坝，心中总会发出由衷的赞叹，无不对九山人民自力更生、艰苦奋斗的精神所感动，自然而然会受到一次心灵的洗礼。

嵩山水库和灌区建设，前前后后修了好几期，调动了好几个县市众多公社的几万民工。在地质复杂、施工难度大的困境下，群策群力，攻克难关，终于建设成功。东西主干渠的建设，也是困难重重，既要打隧道，又要架渡槽，放炮开石料、砸石子、砌干渠等完全靠人工作业。东西干渠曲曲弯弯，全长50多公里，加上各公社、大队砌的支渠达到250多公里。这一伟大的工程，被誉为"山东的红旗渠"。

1977年春，冶源公社抽调各大队社员，利用一年时间，在琴口村东建成圆形蓄水池一座。直径大约110米，深度12米，容水量11.4万立方米，解决了山区浇灌难的问题。"群英池"犹如一颗镶嵌在深山中的璀璨明珠，吸引诸多的游客到此观光旅游。

白塔水库建于70年代末，是冶源公社从各大队调集生产队社员、知识青年修建的。它位于临九路冶源公社白塔桥村东，弥河支流寺头石河下游，是一座以防洪为主，结合农业灌溉、水产养殖等综合利用的小型水库。

离家远的民工吃在工地，住在白塔桥村。我曾经和伙伴在清库底、筑坝时去拉过几天车子，亲身感受到了出夫的辛苦。工地上人山人海，车水马龙，熙熙攘攘，有的社员穿着靴子，在刺骨的冰水里挖鹅卵石，有的用木车子推，我们五六个人，拖着一根粗长的大麻绳，把挂钩挂在车子上，硬生生地往高而陡的坝顶上拉，稍不留神，就会人仰马翻。一天下来，双手磨起血泡，有的知识青年累得哭起来。

为了赶工期，打夜班也是常有的事。那时没有电，就用大型的柴油机发电，电灯亮起来，照得工地一片通明。寒冬的夜里，气温骤降，社员们干着劳动强度这么高的活儿，有时都热得身上出汗，额头冒着热气。可停了工，感到浑身又湿又冷，冻得两腿打战，还上牙打下牙。

冬天出夫，天寒地冻，加上风餐露宿，社员穿得都不暖和，有多少社员的双手冻得像气蛤蟆，还有的裂满了芝麻粒似的血口，两脚也有的冻得青一块紫一块的，真像猫咬似的疼痛。

出夫的民工，不管男女老少，吃饭一律是定量。大队伙房里一般是早饭做玉米糊涂，两个窝窝头，就辣疙瘩咸菜。中午大队伙房工作人员把饭菜送到工地上，还是玉米窝窝头，每人最多三个，萝卜片炒肉或者萝卜丝炒虾酱。晚上每人一个大白面卷子，还是肉片炒萝卜或虾酱，除了这些没有其他的蔬菜。看着手里的大卷子，社员都叫"小孩儿枕头和大棉鞋"，我们觉得还真是形象。

有些饭量大的社员根本吃不饱，就拿着缸子再去舀糊涂喝，填饱肚子，有时都引起大队干部的不满，没吃饱的社员干着干着就没劲儿了，甚至晕倒在工地上，看着令人同情。唉！那时能吃上个大白卷子，也感到心满意足。我有时舍不得全吃了，留下小半块儿带回家给娘和弟弟吃。

水库建成后，还要修干渠，长长的战线拉开，每个大队分一大段。社员们有在山上抢锤打炮眼开石头的，有用铁夹子抬石头的，有用车子推的，有和水泥灰的，有搬石头供灰的，还有管着垒砌的。工地上，时时传来隆隆的炮声、叮叮当当砸石头的声音，一派热火朝天、斗志昂扬的场面。过不了二三十天，那又深又宽、弯弯曲曲顺着山势走向的主干渠，在各个大队社员的奋战下顺利接合。

各个大队为了使生产队的农田得到灌溉，增加农作物产量，都想方设法在弥河、石河沿岸或有水源的地方大搞水利设施。建设了许许多多的扬水站（有二、三级的），架设了数不清的渡槽和水渠。远远看去，就像一条条巨龙，伸展着长长的身子，张开巨口在饮水、吐水。

水利设施的配套建设，确确实实解决了大旱时浇灌农田的问题，粮食产量大幅提高。

清楚地记得宋庄大队里还有山林，在那里干活的人员估计也有百八十口，都是从各生产队里抽调的。领导班子有队长、副队长，还有会计、出纳、保管、记工员。林业队一般分成三个组，有果园组，负责果树的嫁接、修剪、打药等；桑蚕组，负责桑树嫁接、砍桑、采桑、养蚕的指导和桑园的管理；生产组，果园里有活儿去果园干，桑园里有活儿去桑园干。

山林里还养着两群羊，山上那群是山羊，河滩里那群是绵羊，总共也有一百多只。

等山上、河滩的苹果成熟了，全体山林成员都要集中精力摘苹果（品种大部分是大、小国光，还有红香蕉、青香蕉、金帅、秋花皮等），分好等级后装到棉槐筐里，大队里再派拖拉机一车车拉走卖掉。等级外的，大队里就贱卖给二十个生产队（五分钱一斤），社员便用车子装着麻袋推到场院里，再按人口分到各户。

林业队里卖的苹果、蚕茧、羊、羊毛、山上的树木等款项都要全部上交大队。

大队里还开着石灰窑等副业，所有收入一并交大队。

　　辛辛苦苦干一年，社员翘首以盼生产队年终分配。各生产队在一年生产间，会不定期地分几次张榜公布各户挣的工分，有差错的，要及时到记工员或会计那里对账。晚上，生产队在场院屋里，召开社员大会，男女老少齐聚一堂，叽叽喳喳，非常热闹。首先是生产队长讲话，简单总结一年来生产队和社员所做的工作。随后会计公布分配方案，社员们畅所欲言，各抒己见。

　　那时，由于受多种因素和条件的制约，农作物产量普遍都不高，加上家家户户人口多（多的十几口，最少的五六口），社员的粮食常常不足，解决温饱问题都有困难。

　　日复一日，年复一年，春、夏、秋、冬，就这样周而复始地更替着。二十多年的生产队"大呼隆、吃大锅饭"的生活，用老百姓的话说："一言难尽，苦不堪言。"

　　我们60后出生的人，虽然正处于学生时代，没有和30后、40后、50后一样受多大的累，吃多大的苦，但没少干队里和家里的农活，亲身感受到了农民劳动的艰辛和生活的艰难。当然，也感谢生产队时期，对我们劳动和意志的磨炼，加深了对农业、农村、农民的认识，增强了对劳动人民的热爱之情，为后来的工作和生活奠定了良好的基础。

　　生产队的组织形式、劳动生产制度、工分制度、分配制度，从1958年成立人民公社开始，一直持续到1983年的公社改乡、镇，大队改为村民委员会，全面实行家庭联产承包责任制后，才彻底宣告结束。

　　"悠悠岁月，欲说当年好困惑。"岁月流经了半个多世纪，有些往事已经一去不复返了，但生产队的生活，仍然令我们记忆犹新，在心中打下深深的烙印，成为永永远远挥之不去的记忆。

土　地

我们无论身在何方，是远在天涯海角，还是近在咫尺，对于生于斯、长于斯的家乡来说，只要忆起或踏上这熟悉的土地，心里都会感到无比的亲切和温暖。

我的家乡尧洼村，属沂蒙山区，坐落于沂山脚下。西邻临九路，北依海浮山，南毗寺头石河，东靠巨洋湖。这里山清水秀，风景优美，物产丰富，被称为临朐的"鱼米之乡"，这都源于这里的土地特别肥沃，我深爱着家乡的这片热土。

这土地，是一种土层深厚、性能好、肥力高，非常适合植物生长的沃土，是大自然赋予我村得天独厚的宝藏。

我通过采访村里的一些老人了解到，1958年秋，冶源人民公社成立。尧洼村属宋庄大队。大队共有二十个生产队，尧洼村有六个生产队。1983年冬初，宋庄大队撤销，恢复了自然村，成立村"两委"。对于生于农村、长于农村、工作于农村的我来说，还是略知一些田地的名称、远近及渊源的。村内及郊野，地势平坦，一览无余。原围子墙之东门上方有一石匾额，题写"砥平"二字，足以形容尧洼村地貌。

尧洼村周围田野均是优质土壤，适于农耕，种植五谷杂粮皆宜。据《尧洼村志》记载，全面抗日战争爆发前夕（1937年），村里计有可耕地900亩，好地占95%，人口300人左右。河滩地、南岭、鱼山子、西老山（龙宝山）、西山（小山）、李家山崖、养老庵等处的瘠薄地仅占5%。

由于修建冶源水库，冶源公社的红新、高老庄、石河店、界首等村庄需要移民，尧洼村成了接收村，石河店诸多村民投亲靠友住进来很多户。水库建成后，尧洼村还划出大量的肥田。东门往东仅留有90米，南至尹家河沟东口，北至五岔沟村的南北直路，南北取一直线，直线以东的土地，全部划给了石河店村，总计约300亩。石河以南的土地，包括南山小山子（李家山崖除外）、石河以北的"西河地"，河南沟口以东，瘆人沟以西的地块全部划给了界首村，总面积超过100亩。后来，冶源公社又划给尧洼村少许调剂地，有北九亩、葫芦头沟上头、鱼山子后坡、北涝场、大林西南八亩（后又给了界首村）这些地块，零零散散，土壤都不行，大旱了也浇不上水，到头来，收成寥寥无几，甚至颗粒无收。

1983年，宋庄大队解体，当时全村有土地667亩，农业人口954人，人均占有土地0.7亩。村委留一大部分土地作为"承包地"种植经济作物。人均口粮田只有0.28亩。至2008年，全村有279户，农业人口1020人，土地590亩，每人分口粮田0.4亩，其余为承包地。

我深爱着家乡的这片土地，因为民以食为天，她是万物生长的摇篮，养育着祖祖辈辈的家乡人，是一幅绚丽多彩的迷人画卷。

这里更是冶源镇的大粮仓，生产队时期，盛产玉米、谷子、小麦、大豆、高粱、地瓜、黄烟、棉花、红麻等粮食作物和经济作物。到了麦收时节，一个生产队交的公粮也得好几万斤。宋庄大队交公粮在冶源公社乃至全县也首屈一指，要是每个生产队用木车子推，排起队来可谓前不见头、后不见尾，那也是很壮观的景象。

一年四季，面朝黄土背朝天的农民，过着日出而作、日落而息的生活，他们起早贪黑，不辞辛苦地劳作，也有吃不饱、穿不暖的时候。党的十一届三中全会，给老百姓吃了一颗定心丸。

现在，一望无际的庄稼一片片绿油油，一座座果园连成片，有苹果园、樱桃园、桃园、葡萄园等，真是"春来鸟语花香，秋至硕果累累"。老百姓学用农业科技，八仙过海，各显神通。衣食住行发生了翻天覆地的变化，日子越过越红火，脸上洋溢着欣喜的笑容。

家乡的土地啊！用她不朽的灵魂孕育着生命，孕育着收获、欣喜和富足。这片土地上，也孕育了家乡人淳朴善良的美德，热情大方的气度，宽厚待人的胸怀，勤劳能干的品质。

村里房屋一排排整齐划一，大街宽阔，小街整洁，村民劳作之余，在文化广场上载歌载舞，休闲娱乐，一派歌舞升平、和谐有序的景象。

美丽乡村建设如火如荼，厕所改造，道路拓宽，水利设施等都已竣工使用。房里的摆设都是新型现代化的，应有尽有。

看着这日新月异的巨变，谁不为之自豪和骄傲，谁不感恩社会主义的优越性，谁不感谢共产党的英明领导，谁不热爱养育我们的脚下的这片土地！

注：有关数据借鉴于《尧洼村志·疆域土地》一节，特此感谢！

农　民

　　农民，是指长期在农村从事农业生产劳动的人。耕者有其田，农民就需要有耕作的土地，这是不容置疑的。但从中国历史上不难看出，农民真正拥有土地自主权，还是改革开放后的家庭联产承包责任制后。我们许许多多的人，生于农村，长于农村，生活于农村，对农业、农村、农民大都比较了解，且有着解不开的情结。大家都知道，民以食为天，从亘古到如今，哪个人不吃饭就能生存？又有哪个人能离开土地和农民？

　　农民和土地，是一个有机组合体，是难以割舍的。庄稼人与土地打交道，形成了和谐的亲密关系，有着水乳交融的情感。他们在广袤的土地上，用辛勤的汗水土里刨食，获取应有的五谷杂粮和报酬，深知土地是农民的命根子，离开了土地，就意味着离开了赖以生存的基础。

　　春夏秋冬，寒来暑往，庄稼人头戴斗笠，带着农具，早出晚归，面朝黄土背朝天，过着日出而作、日落而息，默默无闻，与世无争，节衣缩食的生活。特别是在中华人民共和国成立前，大量的土地掌握在地主、土豪的手里，农民几乎没有或只有少量的土地，且深受地主的剥削和压迫，农民生活在水深火热之中。生产队时期，社员辛辛苦苦干一年，有时还吃不饱、穿不暖，这是我亲身经历过的，庄稼人多么希望能拥有一片属于自己的土地啊！

20世纪80年代初期，改革开放的春风同样席卷广大农村。公社、生产大队、生产队相继退出历史舞台。农村实行联产承包责任制，农民在种地方面终于有了自主权。刚刚分地到户的时候，诸多农民还有些不太适应，显得手足无措。但随着时间的推移，老百姓还真是尝到了单干的甜头，调动了广大农民的劳动积极性。地里想种什么就种什么，想什么时候上坡就什么时候去干，没人去管，自己说了算，倒是特别自由，农产品产量、质量大幅提高，农民的脸上露出了欣慰的笑容。

20世纪80年代末至90年代，农民要按照政策交"三提五统"，"三提"是指"公积金、公益金、管理费"，"五统"是指"五项统筹"，包括教育附加费、计划生育费、优抚费、民兵训练费、修建乡村道路等民办公助事业费。单是这些还不要紧，但那时农民出义务工也相当多。各乡镇下来任务，各村民委员会就再按农业人口数分到户里。农民就推着车子，带上工具去修公路、建桥梁。山区还有好多流域需要治理，村民或三家或五户合作，到山上修环山路、挖排水沟、垒堰墙、推土垫荒坡、整梯田、挖树穴、栽树苗，等等。如果这些义务工不出完，或者没按时完成，村干部就在高音喇叭里点名，村民只好请人帮忙或交钱买义务工。这"三提五统"和诸多的义务工，是国家的法律规定，理所当然必须完成的，但也确确实实加重了农民的负担。

村提留和农业税，使农民种田积极性大打折扣。遇上特殊年景，种地基本上是赔本的。每个人农业税和义务工合起来大都是交几百元，人口多的户，甚至一年光上交就得近千元，而地里的收入却寥寥无几。也就是说，农民种田一年，留下够家人和禽畜吃的，卖去多余的粮食，反而不够缴纳农业税和义务工的钱，还要倒贴几百元。村里就有了"打白条"的现象，要是交不上，村里的大喇叭，整天没好气地大喊大叫，有时村、乡（镇）干部"登门造访"，甚至搬走电视、抬走家具顶账。勤劳朴实、老实巴交的农民，真的是入不敷出，苦不堪言啊！

收取"三提五统"、农业税在农村持续了将近二十年的时间，农民种地的积极性明显下降，出现了新的危机。这个时期，有部分年轻人觉得在家靠种地，甚至都难以解决温饱问题，便相约离开农村，告别亲人，走出大山，开始走南闯北，去城市或者国外打工、卖苦力，成了名副其实的打工仔、打工妹。辛辛苦苦干几年，也的确能够挣到一部分钱，除了帮家里上缴农业税之外，多多少少还能有点儿结余，觉得比在家里种地合算。但又有谁能体会到他们在外打拼的艰辛和遭遇的磨难？

到了21世纪初期，国家逐步减免、取消了农业税。农民种地，不但不缴纳任何费用，而且还享受国家的有关粮食种植、良种、黄烟栽植、购买农机具等补贴。农民确确实实看到国家对"三农"的重视，感受到党和国家对"三农"的关心和给予的温暖。国家的这一惠民政策，充分说明了改革开放以来，国家经济和科学的飞速发展和进步，这恐怕是几千年来对于以土地为生的农民来说，是绝无仅有的。

但是，新的问题又出现了，农民依靠种粮食、栽果树、搞养殖、建大棚等挣钱养家，但因为农资价格暴涨，农产品不值钱，甚至滞销，只能够解决基本的温饱问题，不能够彻底摆脱贫困。

农民算了一笔账，就拿一亩地的小麦和玉米来说，收入最多也就一两千元，除去耕地、种子、肥料、播种、农药、浇灌、收割的费用和人工地投入，弄好了剩余几百元钱。就是现在种苹果、葡萄、樱桃、桃子、杏子等果树，或者侍弄西瓜、蔬菜、养殖大棚，投入多、风险大，整天忙得不可开交，一旦遇上特殊情况，便血本无归，农民欲哭无泪，严重挫伤了积极性。

听很多农民说："只靠种这么一二亩地，既发不了家，也致不了富，好歹解决了温饱，一年的正常开支，起码也要三万五万元的，至少也得一两万元。年龄老了，外出打工没人要，有时间只能在附近干点儿建筑活儿。稍微年龄小的，撇家舍业出去打工，一天也能挣个百八十元的，多的时候能挣一二百元，算算账干一年，总比种地强得多。"

现在村里的农民还有个大愁，就是孩子大了说个媳妇成了老大难。数算一下，一个千把口人的村庄里，光棍子都成排成连了，这是不争的社会现实。女方要的彩礼太重，开口最少的就是三万五万元，多的十万八万元，还要买楼、买车。要是没有钱，婚事就告吹。有的农民东借西凑好歹给儿子娶上媳妇，七老八十了还得到处挣钱还债，买楼买车还有很多贷款的，难怪对于土里刨食的农民来说真是拉不完的饥荒、还不完的账，要了农民爹娘的命。

年轻人不愿在村里种地，又有大量的农民，带着老婆孩子外出打工、上学去了，很多山村只剩下留守老人和儿童，人烟稀少，显得冷冷清清，大量的土地没人耕种，也逐渐荒芜了，这样下去，很快出现许多无人村，这是非常令人担忧的。就是有些土地肥沃的平原农村里，也是只有一些实在出不去的农民和老年人，在好歹地种地维持着。上等的土地无人承包，就是白送给人家种，甚至都没有愿意种的。实难想象再下去几年，还有谁再去种地，现在的年轻人又有几个会种地。

农民苦，农民累，一年四季，像一头头默默无闻的老黄牛，在庄稼地里风里来雨里去，累痛了腰，累驼了背。一身的泥土，黢黑的皮肤，满脸深深的皱纹，布满老茧的粗糙双手……他们就是到都市里打工，也时常被有些城市人鄙视、讽刺、挖苦，有时还拖欠工资，还被骂作"乡巴佬、山杠子、土包子、庄户老土"等。在社会主义国家里，在共产党的领导之下，只有职业分工的不同，没有高低贵贱之分。往上推几辈，哪个人不是农民的后代，哪个人不是吃农民种的粮食长大的？大家可以摸着自己的心窝子思一思、想一想，吃的、穿的、住的、用的哪一样能离开农民？农民也是人，农民也需要尊严，农民也需要被重视和关怀，农民也同样为国家做出了巨大的贡献。

现在，国家对"三农"越来越重视，一项项惠农政策进一步落地生根。美丽乡村建设如火如荼，农民的日子也发生了翻天覆地的变化，但与城市相比还有一定差距，要想尽快实现小康和伟大的中国梦，还要加强对"三农"的投入和倾斜，使广大的农民真正老有所养、老有所医、老有所乐、老有所安。

童年的鞭炮

一进腊月门儿，年味就渐渐浓起来，鞭炮声也随之零零散散地响起来。大街小巷小孩子们唱着动听的童谣："新年到，新年到，闺女要新袄，小子要鞭炮……"看着他们拿着燃香，捂着耳朵点放鞭炮的情景，就不禁想起自己的童年往事来。

20 世纪六七十年代，农村经济十分落后，生活比较贫困，生产队里没多少钱给社员分红。一年到头，活儿没少干，累没少受，倒欠生产队里钱。老百姓手里没钱，买菜、割肉、买鱼、买饼干、裁布做衣服等，哪样都需要钱。好多老人愁得慌，说："过年如过关……"

我们小孩子哪管这些，放了寒假，天天扳着指头数算还有几天过年，但越数算觉得过得越慢……好歹熬到腊月二十四，这一天是冶源大集，我们可忘不了（那时一年只赶这一次集）。每年这天，我们总缠着父母要几角钱，赶集买梦寐以求的鞭炮。爹娘看我们一年来很听话很能干，也会痛痛快快地从一块包着钱的手绢里，拿出块儿八角的毛票，给我和弟弟。父母的格外开恩，我和弟弟非常高兴，恨不得马上飞到冶源集去买鞭炮。

吃了早饭，我和弟弟去约最要好的小伙伴。到他家一看，他倚在门框上哭着，还时不时地从指头缝里偷看他爹和我俩。明白了，原来他是装的。他爹正掐着腰训他呢："让你推碾你头晕，叫你推磨你掉磨棍，你看人家的孩子，多听话，多能干，向爹娘要钱也好要。你还向我要钱买鞭炮，我给你三耳巴子两鞋底……"

我们七八个好朋友，手里攥着钱，怀着无比高兴的心情，跟着一些大人，有说有笑地走在去冶源集的路上。去赶集的人可真多，条条路上都是人，就像一支支部队在行军，好不壮观。走着走着，有隐隐的鞭炮声传来，我们加快步伐，用不了多时，就到了老龙湾铸剑池西头的大崖头。

我们看到铸剑池的西坡、南坡，已是人山人海了。一辆辆拖拉机的车斗里，盛着一箱箱鞭炮，上面还盖着黑乎乎的破被子。卖鞭炮的三人一伙，五人一簇，都黑不溜秋的，正忙得不亦乐乎。只见卖鞭炮的人，一个个歪戴着帽子，满脸乌黑，站在噼噼啪啪的鞭炮底下，嘴里吆喝得一个比一个声音高，恐怕别人听不见。"南来的北往的，听听咱这不响的……看吧，听吧，又点上啦！"挑鞭炮的人也不示弱，只见他们手里擎着长长的竹竿，挑着或长或短的鞭炮，上下左右地摆动，如果他们的鞭炮声响亮，快慢适中，没有落头子或者没有不响的，卖鞭炮的会一蹦三尺高，看他们张牙舞爪的样子，实在滑稽。紧接着，"呼隆"一声，买鞭炮的人就一拥而上，这个五支那个三支争着买起来。反之，他们就垂头丧气，引起看热闹的一阵哄笑和吹口哨的声音。有时，点上一支燃得太快或者太慢的，把他们急得干脆抖搂到地下，引得小孩子跑上去一抢而光。还有的小朋友很勇敢，捂着耳朵，在噼里啪啦响的鞭炮下抢捡落头子，甚至有的鞭炮在身旁或脊梁上爆炸，也毫不在乎，卖鞭炮的赶都赶不走。我们是又羡慕又害怕，但从不敢捡拾和疯抢。

卖爆竹、两响的那里也很热闹。看吧，只见他们一手抱着一盘爆竹，一手点上拿在手里，火花"哧哧"地窜着，也不急于放在地上。我们心里为他们着急担心，万一在手里响了，还不把手炸飞了……"轰"的一声巨响，地上的尘土和纸屑四处飞扬，我们甚至感觉地动山摇似的，但他们的手安然无恙，只是黑乎乎的。卖两响的也不少，有粗的有细的，一扎十个。他们都用一只像当年卖冰棍儿的木箱子盛着，放在自行车后座上。卖一扎，拿一扎，生怕飞了似的……他们也毫不示弱，一手轻轻地捏着两响中间，一手用汽油火机点燃，"砰——啪——"接连两响，在地上和半空中炸响，人群又是一阵骚乱……我们小孩子夹在人群里，没有急于买喜欢的鞭炮，先看看热闹，感觉真是过瘾。

老龙湾畔的鞭炮声接连不断，湛蓝的天空，早已被乳白色的烟雾所笼罩。浓浓的火药味，直往鼻子里钻。地上花花绿绿的鞭皮落得厚厚的，一阵寒风吹来，刮得到处都是。这时的老龙湾畔，仿佛不是买卖的鞭市了，倒成了相互较量鞭炮质量的竞技场，真是热闹非凡。

天不早了，赶集的人似乎没减少。我们都买上了各自喜欢的鞭炮准备回家，但心里总有些恋恋不舍。看看人流，仍人头攒动，熙熙攘攘。那噼噼啪啪的鞭炮声，在老龙湾畔久久回荡。

放鞭炮很有趣，我们常常把买来的成挂的鞭炮拆开，装在口袋里，拿出来一个一个地燃放。由于鞭炮少，燃放时我们倍感珍惜，也总想玩出点儿花样和新意。有时，我们把点燃的鞭炮，扔到村中大湾里的厚冰上，察看能否将冰炸开；有时，把鞭炮插入雪堆，欣赏雪炸四溅的情景；有时，我们把鞭炮偷偷扔入拉呱的娘们儿堆里，笑看她们受到惊吓的样子；有时，找个酒瓶子，把鞭炮按在瓶嘴上，把瓶子炸个稀巴烂；有时，还炸狗屎人粪，点燃时遇到急信子，跑不迭还会溅一身，惹得我们差点儿笑破肚皮。还有一个小伙伴好逞能，别人夸他大胆，他就把鞭和爆竹放在手心里放，经常炸得乌黑，我们问他疼不疼，他就会嘿嘿地把嘴一撇说："不疼，就是有点儿麻。"最潇洒的，算是一手用指甲盖掐住鞭信子，一手点燃，等快要响的一刹那，扔向空中炸响，那需要有一定的勇气和胆量。

为了过足放鞭炮的瘾，我们还常常去没有小孩子的家里，捡拾没响的鞭炮。在除夕夜和大年初一凌晨拜年之际，我们会拿着电棒子，约上小伙伴，到人家院里去拾鞭炮。有信子的就接着点上，没信子的就剥开鞭皮，把所卷的黑火药倒在石头上点着，火药"哧"的一声，打着旋升起一股烟雾，好像神话故事里的一样有趣，有时离得近了，会把眉毛头发燃着。

童年的故事，就这样充满情趣，令人念念不忘。

时间如梭，光阴荏苒，不知不觉，天真烂漫的童年一去不再复返。但童年的鞭炮，仿佛就在昨天。让我们感受到了以往生活的贫困、艰辛和无奈，但体味更多的则是对美好生活的无限憧憬。

新年的脚步，悄悄向我们走来，鞭炮又渐渐在广袤的农村大地响起来，年味渐渐浓了，我们又将迎来崭新的 2017。

第三辑 乡愁村恋

家乡的红高粱

"身边的那片田野啊，手边的枣花香，高粱熟来红满天，九儿我送你去远方……"

每当听到韩红那高亢嘹亮的歌声、荡气回肠的旋律，总使我浮想联翩，情不自禁地忆起家乡的红高粱。

我的家乡坐落于骈邑大地的冶源镇。20世纪六七十年代，我们这里被称为冶源公社的"北大仓"，周围是一望无际的肥沃土地。村北七八里远是风景优美的海浮山、老龙湾，村东一里许，就是浩渺的冶源水库，村南是蜿蜒曲折的寺头石河，村西是临九路和西老山。在周围的山岭薄地上，在一望无垠的小平原上，特别是在烟波浩渺的水库岸畔，每年都要种植大面积抗旱耐涝的红高粱。

清明后，在温和的春风吹拂中，在贵如油的春雨滋润下，在布谷鸟婉转的鸣叫声里，各生产队在已经春耕过的土地上，播种粒粒饱满的红高粱。不久，一片片或种或栽的鲜嫩娇小的高粱苗子，便犹如雨后春笋，齐刷刷地在泥土中成长起来了，争先恐后地拔节舒叶，把家乡的原野染得郁郁葱葱，异常壮观，养人眼目。

进入夏天，雨水丰沛，气温渐高，高粱生长迅猛，在静静的夜晚，走近高粱地，仿佛能听到拔节的美妙声音……转眼之间，高粱已长得有两米多高，并编织成无边无际的青纱帐。红高粱的长相，有点像河边的芦苇，但比芦苇高大粗壮。修竹似的茎秆，被宝剑似的叶子包裹着往上生长，头顶上三角形的穗包，很有意思，就像婴儿的襁褓，一棵棵、一行行、一片片，犹如密密的竹林，成了家乡一道亮丽的风景。如果遇上多旱少雨天气，许多植物被烈日炙烤，晒得低头耷拉脑，唯有那片片红高粱倔强地挺直腰杆，根须深深地扎入泥土，脚踏实地地摇曳着青绿色的穗头，绿叶在风中相互摩挲，发出沙沙的声响，此起彼伏，绵延不绝。红高粱的生命力极强，那淡红色的根须，只要扎进泥土，吸足水分，就会神态自若地茁壮生长。以顽强的生命力，展示着生命的绿色。家乡的红高粱，种满了梯田、山坡、沟渠、河边、库畔，像无数的哨兵，笔直地向前伸延，保卫着美丽的家园。

盛夏天的高粱，鹰爪似的根须扎得更多、更深，牢牢地扒住周围的泥土，防止暴风骤雨的侵袭。最有趣的是高粱抽穗扬花的季节，茂密的高粱地成了我们小伙伴的乐园。每天下午放学后，或星期六、星期天，我们相约在高粱地里拔猪草、扑蚂蚱、捉迷藏。最好玩的是八路军游击队打小鬼子的游戏，我们分好队，到水库边的柳树上折下柳枝，编成草帽，戴在头上，用镰刀割下高粱秸，装扮成游击队员和小鬼子，端着"枪"，与敌人在青纱帐里周旋。晃动的红高粱，哗啦哗啦的叶子响，暴露了敌人的目标，很快被我们一一消灭、俘虏，青纱帐里，传来我们胜利的欢呼。我们还高声地唱起来："我们都是神枪手，每一颗子弹消灭一个敌人……"我们的衣服上、头上，落满了黄黄的高粱粉，玩累了，我们就找高粱地里的野茄子、屎果子，解渴解馋。当然，最受我们欢迎的还是高粱秸头顶上不结高粱的一种乌穗，发现了，就把高粱慢慢扳倒，用手掰下来，小心翼翼地扒开，露出一只只像香烟的乌穗，吃起来有一种清香的味道，我们常常把嘴唇吃得乌黑。有时还学大人的样子叼在嘴上，惟妙惟肖地装作吸烟的样子，真是滑稽无比，其乐无穷。渴了，我们会寻找一种有好几个枝杈的高粱，这样的高粱秸很甜，可以当甘蔗吃，我们称"吃甜末秸"。我们在高粱地里玩疯了、耍野了，不知有多少个中午和黄昏，竟忘记了回家，是母亲站在村口或堤岸上的一声声呼唤，才将我们拽出茂密的高粱地……看到我们打得很少的猪草，回家少不了又是用红高粱箸帚疙瘩，把屁股一顿好揍。

秋天，秋高气爽，天蓝云白，红高粱的籽粒逐渐饱满，一片丰收在望的景象。这时正是高粱林最瑰丽、最壮观的季节。那漫山遍野深红、粉红的高粱穗子，像无数支燃烧的火把，织成烈焰腾空的火海。像灿烂的朝霞，如血的夕阳，映红了天空。株株挺拔的高粱秸也涂上一层红斑，风中摇曳着万般的柔情。高粱那沉甸甸的穗头，有的朝下弯下来，好像向养育他的大地深深地鞠躬，有的像饱蘸浓墨，挥毫书写感恩大地的诗行。

我最喜欢在这高粱红时，沿着田间的小路，顶着皎洁的月亮，嗅着高粱的香气，到冶源水库里去捞鱼。因这时，村里好多大胆的人趁着夜色，到水库里水深的地方用炸药炸鱼，炮一响，大大小小的鱼，便浮上水面，白花花的一大片，我们就跳进水里捞起来。如果被隐藏在高粱地里的水库管理人员逮住，那就麻烦了，会把他们押上停靠在隐秘处的小船，驶向水库管理局。有时，我们放了炮，不急于下水捞鱼，都要好好观察一下，或者等一等，没有危险了，才扑通扑通跳进水里去。有时，他们听到炮响，便驾驶摩托艇开过来，围着下水捞鱼的兜起圈子，我们全然不顾，只顾奋力逃命，捡起地上的衣服，光着腚钻进茂密的青纱帐藏起来，还经常被高粱叶子划出道道血口。白天的水库岸畔，是很好的去处，大片大片的红高粱，倒映在澄清的水面，蓝天、白云、渔舟、水鸟汇成极其壮丽的景观，使人心旷神怡，流连忘返。玩水的小孩子，不怕水凉，在里面游泳、扎猛子，尽情地享受碧水之沐浴。

生产队长看到坡野里的高粱日渐成熟，便找上几个责任心强的人分片照看，以防麻雀子糟蹋。因这时也是保护高粱穗不受鸟类侵害的关键。麻雀子最喜欢啄食红高粱，它们看到片片的红高粱，早已馋得不行，便从树林里欢叫着，一群一群地飞到穗头上，贪婪地狠啄起来。它们落在穗头上，像荡秋千似的荡来晃去，还时不时地喳喳鸣叫，叫得人心烦意乱。如果照看红高粱的人一时照顾不到，那些贪吃的麻雀子，便把红高粱啄得遍体鳞伤，地下落满了一层高粱粒。照看高粱的社员，都要事先准备好好多的谷子秸，打扮成稻草人，头上甚至还戴上一顶破苇笠，绑在高高的竹竿上，插在地里，吓唬来啄食的麻雀子，麻雀子生性胆小，一看到地里有"人"，就吓得飞走了。别说，开始时还挺管用，可时间稍长了，它们就像摸到了规律，知道高粱地里没人，是吓唬它们的，就又大胆地飞过来啄食。照看高粱的社员，为了保证圆满地完成队长交给的看护任务，也真可谓绞尽脑汁。一招不行，再想别的办法，有的买来鞭炮吓唬，有的拿来铜锣敲打，有的用竹竿绑上红旗挥舞、吆喝。鞭炮声、锣鼓声、吆喝声，此起彼伏，煞是热闹。吓得正在啄食的麻雀子纷纷逃离到远处的广播电线上，喳喳地乱叫，搞不清怎么一回事。特别是各生产队看护高粱的男女老少那南腔北调的"哨好——哨好——"的吆喝声，在坡野里回响，听到后，总觉得妙趣横生、回味无穷啊！

又是一年秋风凉，大雁南飞排成行，金秋时节农事多，收了玉米割高粱。霜降前后，高粱熟了，远远看去，坡野里处处被染成红色的了，美不胜收，赏心悦目，真是"高粱熟了红满天，香飘四野醉心田"。沿着乡间的机耕路行走，只看到收割高粱的社员，兴高采烈地纷至沓来，亲亲的土地上，奏起人欢与鸟叫、高粱与镰刀的交响……

割高粱的社员，一字排开，他们一手轻轻地扶住高粱秸，另一手握紧锃亮的镰刀，麻利地把一棵棵高粱割倒。不一会儿，他们的身后，就躺倒了大片大片的红高粱。紧接着一些妇女、老人把割倒的高粱穗子用镰刀割下来扔成堆，再用柔韧的高粱秸捆起来。收割完毕，社员们便用木推车子和扁担运送到生产队的场院里晾晒。顿时，运送红高粱的队伍在或宽或窄的乡村路上疾走，真是车水马龙，洪流滚滚，煞是壮观。

被割倒的高粱秸，水分较多，不需要马上清运。等到风吹日晒后半干时，生产队就会安排老人、小学生到地里扒高粱叶子。有经验的老人，把我们扒好的高粱秸一道道捆结实，只等地排车和壮劳力来运到场院里。

晾晒在场院里的红高粱，在金秋艳阳的照晒下，十天半月的就很干了。那时没有脱粒机，完全靠人工干，社员们从家里扛来锄头，斜放在地上，一手拿住高粱的秆，一手抓着高粱穗子，在锄刃上来回拖拉，很快便弄完一堆。宽敞的场院里，传来社员们劳动的欢声笑语和高粱在锄刃上来回拖拉的哧哧声。等把高粱脱完粒，他们的双手，也就麻木了。我想，丰收的果实里，凝聚着劳动人民多少辛勤的汗水啊！

收获归仓后，生产队便把大部分上好的卖给临朐酒厂。那时的串香白酒，可是用红高粱做主要原料的，喝起来，酒香浓郁，回味悠长，深受大众的青睐。用家乡红高粱酿造的白酒，曾使多少在外漂泊的游子梦回家园，曾使多少人因思乡、思亲而醉倒在他乡……

剩下的红高粱，生产队会按挣工分的多少分给各户。家家户户把分到的高粱穗子，插到墙缝里或捆起来挂在房檐下再晒一晒。有空时，拿下来脱好粒，上碾碾了，做高粱米饭或者蒸窝窝头。如果天气不好或收拾得晚了，高粱就会招虫子，很是可惜。我们的童年就是吃红高粱长大的，鲜红的血液里应该也流淌着红高粱的营养吧？现在生活条件好了，虽很少吃到高粱饭了，但难以忘记红高粱对我们的养育之恩。

红高粱，在我们家乡叫"秫秫"。它用途广泛，深受老百姓的喜欢、钟爱。高粱米可以做饭充饥，可以用来酿酒、做药引子。秫秸还是上好的建筑材料，农村盖房离不开它。可以编成帘子间房子，抹上泥或者糊上纸，冬暖夏凉。做地瓜粉皮多的生产队，需要大批的秫秸做粉皮帘用。还可以绑成系烟用的烟杆子，钉成蒸干粮用的箅子。顶部的细长梃秆，用尼龙线钉成摊煎饼、包水饺用的锅盖子，还可以钉成端菜用的传盘。最有趣的是，把细短的，在中间用针线穿起来，像一挂小鞭炮，拴根小棒，给小孩子玩，逗得小孩子嘎嘎地笑个不停。剩下不好的只能用来烧火做饭了。高粱穗苗子家家户户用得着，梃秆长的，绑成笤帚，短的，做成炊帚，红红亮亮的，看上去还很好看。一时用不了的，逢年过节当作礼物送给亲朋好友，或者赶集出售，能得一部分收入。可见，普普通通的红高粱，竟有这么多的用途，难怪老百姓这么喜欢种植，对它念念不忘。

晒好、捆好的秫秸，生产队除留下一部分用外，其余的就运到集市上卖掉。20世纪六七十年代，冶源大集上，每到这个季节，买卖秫秸的地方"北阁子外头"，早已人山人海。高高低低的秫秸一大捆一大捆地立在地上，讨价还价的声音，不绝于耳。那时的秫秸才八九分钱一斤，但卖的人嫌贱，买的人还嫌贵，始终难以成交。听说还有这么个笑话，父子两人卖秫秸，一时无人问津，父亲对儿子说："你先在这里看着，我去买点别的东西，要是有人问你，秫秸多少钱一斤，你就说八分钱……"这时走来一人，看好了他卖的秫秸，就问多少钱一斤。"俺爹说来，少了八分不卖。"那人说："我给你一毛卖不卖？""不卖，少了八分就是不卖！"那人哭笑不得地离去。父亲回来听说后，嘴里娘娘地骂起来："你这个傻瓜！"还用一根秫秸，把他狠狠地揍了一顿。

近些年来，在家乡的原野上，已很少见到有种植红高粱的了。偶尔见到，也是在地边地沿，零零星星的，可以数得清棵数。我近几年走遍了家乡的好多地方，想拍摄一些红高粱图片，留作纪念珍藏，但总是令人遗憾。即使碰到有成片的，可看那秫秫头黑不溜秋的、轻飘飘地摇摆在飒飒的秋风里，真令人扫兴。

在家乡这片美丽富饶的土地上，生长了千百年的红高粱，早已在我的心里扎下了根。心想，她曾养育过多少勤劳朴实的家乡人，蕴藏着多少淳朴的亲情、激情和乡情，曾经发生过多少扣人心弦的故事。她将永远镌刻在我们的心上，无论走到哪里，始终牢记红高粱那份对大地的执着、热烈及坚强、朴实的特点。

家乡的红高粱，我愿永永远远为你唱赞歌，是你留给我们深情的回忆和浓浓的眷恋。

花椒红了

大美东镇沂山腹地的临朐县冶源镇，有个米山溜，十几个村庄的山坡上、梯田上，到处都有花椒树的身影。每到立秋时节，那满山的花椒渐渐由青变红，那一片片或浓或淡的红霞，在蓝天白云下，在绿树浓荫之中，装点着丰收在望的山野，格外迷人亮丽。

花椒树对我们来说，是很熟悉的一种普通的经济植物，粗粗细细的枝条上生长着许多扁扁的尖刺，使人望而生畏。花椒，在我们这里一般叫麻椒，是人们熟知的调味品之一。春天，它那红里透黄的嫩芽，是天然的绿色菜肴。掐下来，可以加上香椿芽、小春葱、芫荽、鸡精、酱油、香醋、香油等拌成小咸菜，或者煎鸡蛋，就着煎饼吃，增加食欲，满口留香。盛夏季节，果实长为绿豆大小的球体，表面分布着颗粒状的突起。种子没长硬之前的花椒，颜色青青的，可掐些带叶子的来，用开水烫了，凉透，扔到咸菜缸里或者坛子里腌好，随吃随拿。再有就是用蒜臼子加上嫩香椿叶子捣细碎，加工成麻古酱，吃起来也是别有一番风味，深受大众的喜爱。

我在米山溜任教二十多年，好几个同事家都有花椒树，闲暇之余，目睹和亲自参与过掐花椒，感受到此活的辛苦和劳累。每到花椒红熟的季节，村里的男女老少便携带荆条篮子，木钩子、梯机子等工具，到各自的地盘掐花椒。掐花椒是有讲究的，听有经验的椒农说："花椒不能用剪子铰，如果用剪子铰了，下年就干结些散椒子，甚至颗粒无收。"没想到，掐花椒还有这么多学问。掐花椒这种活儿，看着轻松，但真干起来，还真不是想象的那么简单。掐花椒需要认真、专心，需要耐住性子，急性子是干不好的，因为花椒树上，满枝都是刺，一不小心，就会被刺伤，需要用指甲小心翼翼地慢慢、轻轻地掐。低矮一些的树，还是比较容易掐的，高大的就需要借助梯机子和木钩子。掐花椒时，山民都要把篮子挂在树上，一手扶好稳住枝条，一手去掐，掐一朵，放一朵，如果手里多了，很容易被刺扎着。掐花椒时，尽管人人都很小心，但时时都能听到"哎哟，哎哟"的喊叫声。用不了几天工夫，手指肚就扎满了密密麻麻的黑眼儿，黝黑黝黑的，手指头麻沙沙的，又痛又胀，好多天都缓不过来，用肥皂也很难洗去上面的麻椒油。

掐花椒是没有捷径可走的，既不能用镰刀削、剪子铰，也不能用斧子把大枝子砍下来。只有按照一定次序去掐，才能把树上的花椒掐干净。

每年的立秋过后，故乡山上的花椒就渐渐红熟了。只要走进大山的怀抱，就会嗅到花椒那奇异的芳香。远远望去，山野里成熟的花椒树，一棵棵、一行行，也有的零零星星，依托在山坡的石堰边、梯田中，好像层层递进的绯红云霞，映红山里人的脸颊，煞是惹人喜爱。

掐花椒要抓住有利时机，不能过早，因这时成色不足，也不能太晚，太晚了就会自行掉落。花椒树少的户，自己家人用不了几天就掐完了，多的户，就需要雇人干了，不然，满树的果实就白费了。为了收获劳动果实，在外打工的人，大部分都会想方设法抽时间回家掐花椒。这时的山野格外热闹，到处都是掐花椒的人，绯红的树影里，时时现出他们的身影，传来他们的欢声笑语……小孩子们跟着大人掐不了多少就受不了了，一会儿喊疼，一会儿喊热、叫渴，气得大人嚷起来："快滚到柿子树底下凉快去！"他们趁大人不注意，早不知跑哪里野去了。

掐花椒、晒花椒必须时刻注意天气预报，选择连续好几天无阴雨的大好晴天，因此时正是晒花椒的好天气。一个上午，鲜红的花椒粒子都被晒得裂开了张张小嘴，含着一个个黑亮的种子。这不免使我想起了一个谜语："一物生得怪，红孩儿抱黑孩。红孩儿喜得笑，黑孩儿往下掉。"用不了几天，公路旁、天井里、房厦上的花椒就晒干了。晒出的花椒颜色好、质量高、香味浓，深受客商的青睐，准能换取大把大把的钞票，山民也一定高兴得眉开眼笑。此时的山野、村庄处处飘溢着花椒的浓浓芳香，令人心醉。若是碰上阴雨天，山民的心里就火急火燎的，掐来的花椒晒个半干不湿或淋了雨，就会发霉变黑，质量受到严重影响，客商就会压低价格甚至拒收，到手的钱打了水漂，辛苦一年的山民欲哭无泪。

山民把晒干的花椒用一根小木棍轻轻敲打，再用簸箕把小枝、微棒、绿叶、红皮、黑种分离出来，把椒叶、椒皮、椒种分别装入蛇皮袋中收藏好，只等客商临门收购。

花椒树，根植于故乡的山野，那么平凡，那么不引人注意，更长不成参天大树，但它的全身都是宝。

我乐意在硕果累累的秋季里，投身到大山的怀抱。喜欢故地重游，看看多彩的山野，待收的庄稼，品尝甜美的果实，聆听山泉的淙淙欢歌，和故乡的父老乡亲拉拉家常、叙叙旧，再次感受一下掐花椒的乐趣，体会一下劳动的辛苦，收获的甜蜜。

　　站在故乡的大山之巅，欣赏着山野的无限美景，畅想着美好的未来，令人心旷神怡。但愿故乡人的日子，如同满山的花椒树一样，红红火火。

煎 饼

山东煎饼卷大葱，数我们临朐最有名。

俗话说，一方水土养一方人，煎饼，养育了祖祖辈辈勤劳淳朴的家乡人。

家乡的煎饼，不逊于沂山弥水的神奇，不敢说巧夺天工，可也形形色色，花样繁多。在广袤的农村里，老太太、媳妇那一双双粗糙得长满老茧的手，竟是如此的灵巧，犹如神奇的魔术师，在饭屋的鏊子窝里，摊出黄灿灿、赛圆月、软似缎、纸一般薄的煎饼。吃起来清香、甘甜、可口，回味悠长，家乡人都是吃着它长大的。

记得三四十年前，煎饼是我们家乡农村的传统家常主食，一日三餐几乎离不开它。无论是赶集、上坡、求学还是旅游，都是用一块包袱皮包起来，往肩上一背，或扎在腰间，随吃随拿，很是方便。有没有菜肴，倒不在乎，在那个年代，反正能吃饱就不错了。生产队时期，为了不耽误生产队的活儿，每天天不亮，姑娘媳妇们便点上煤油灯，在老饭屋里支上鏊子准备摊煎饼。摊煎饼前先到柴火垛上抱上足够的麦穰或者麦茬，坐在圆圆的蒲团上，把鏊子烧热，滴上点儿大豆油，等冒烟了，用油搭拉子把鏊子擦几遍，顿时鏊子油光闪亮。这样，鏊子不容易粘，摊熟的煎饼好往下揭。摊煎饼是个技术活，烧鏊子必须烧均匀，不能光烧中间，否则摊出的煎饼中间容易煳，四周还不熟。摊煎饼熟练的、麻利的，饭屋里就很少有烟，说明鏊子底下的火没灭。等鏊子烧均匀了，拿起长把葫芦勺子舀上一小勺，倒在烧热的鏊子中间，"哧啦"一声，升腾起浓浓白白的热气，饭屋里顿时烟雾缭绕，朦朦胧胧了。便马上拿起抢耙子把糊子抢匀，还抢不到鏊子窝里去，紧接着用挑耙子挑均匀。等熟了，再用挑耙子把煎饼的边缘一粘，边缘马上就翘起来了，麻利地揭了下来放到竹匾里。我结婚后，经常看妻子摊煎饼，她心灵手巧，摊得一手好煎饼，一气呵成。看着她娴熟的动作，一招一式，一张一弛，心里美滋滋的……一两个小时后，天刚刚亮，一两盆糊子就摊完了，一张张金黄的煎饼在竹匾里摞得层层叠叠，等一一叠好，还耽误不了生产队里的活计。

那时候，很多农村姑娘从十几岁就开始跟母亲学习摊煎饼，要是不学或者摊不好，就会被认为将来不会过日子。不会摊煎饼就找不到好婆家，即使找到了婆家，在婆家也要挨骂受气。听说有一个小伙子，家庭一般，长相平常，人家给他介绍了个俊俏苗条的姑娘，但就是不会摊煎饼，对象告吹，这个姑娘成了老大闺女才好歹嫁出去，可见会摊煎饼对那时的女人来说是多么重要啊！

凡是五谷杂粮几乎都可以制作成煎饼，家乡的煎饼有很多种类，有小麦煎饼、玉米煎饼、小米煎饼、高粱煎饼、地瓜干煎饼等。如今生活条件好了，天天吃面食，都有些腻了，想吃煎饼了，偶尔也自己摊一些调剂调剂。现在，有些摊煎饼专业户，想方设法摊制高档礼品的煎饼批发、零售，有的还供不应求。这类煎饼一般采用优质小米、黄豆等，配以适量的芝麻、核桃、花生、大枣、胡萝卜、柿子、山楂、板栗等多种原料，采用传统手工工艺精制而成。这样做出来的煎饼，营养丰富，吃起来有的醇香、酥脆，有的绵软、筋道，并且便于存放和携带。煎饼还含有蛋白质、脂肪、碳水化合物、胡萝卜素、维生素等，老少皆宜。家乡人牙口好，吃惯了煎饼，有的喜欢吃甜的，有的喜欢吃酸的，永远吃不俗、吃不够。有时出去旅游，我都会带上一包，捎上一瓶矿泉水，拔上几棵自家栽的翠绿的葱，卷上香椿芽咸菜、咸鸭蛋什么的，既方便又好吃。煎饼的吃法很多，不管是就菜吃还是卷菜吃，都已经成了家乡的民俗风情，一种饮食文化。

现在家乡的煎饼已走进了大城市，走进了各级饭店宾馆，甚至还漂洋过海，深受老外的青睐……家乡人走亲戚，访朋友，到城市儿女家，或者在外的游子回家，总少不了带上自家摊的各种煎饼，这已经成了家乡人的一种习惯，可见人们对养育自己成长的煎饼感情有多深。

我也是吃家乡的煎饼长大的农村孩子，对养育自己长大的煎饼有着浓浓的情感。我曾写了一首歌词《沂蒙的煎饼》，在网络上发表，抒发了沂蒙人对煎饼的钟爱。

俺的那个家乡是沂蒙
姑娘媳妇都会摊煎饼
摊的那个煎饼赛红日
那是沂蒙人火热的情

俺的那个家乡是沂蒙
姑娘媳妇都会摊煎饼
摊的那个煎饼赛圆月

那是沂蒙人纯洁的心灵

俺的那个家乡是沂蒙
老百姓都喜欢吃煎饼
她曾养育了沂蒙人
人人对她有着深深的情

俺的那个家乡是沂蒙
最喜欢吃煎饼卷大葱
想起当年抗战援前线
谱写了壮美的沂蒙颂

俺的那个家乡是沂蒙
俺最钟情家乡的煎饼
鏊子是团炽热的田野
时时牵动游子归乡的梦

　　煎饼已与家乡人结下了割舍不断的情愫，无论走到哪里，只要吃到家乡的煎饼，就会勾起在外游子的乡音、乡情、乡思、乡愁、乡恋……

甜甜的地瓜浓浓的情

进入冬季，我们家乡临朐的各集市上，烤地瓜卖得就渐渐多了起来。那香甜的味道，飘溢到四面八方，十分诱人，不免勾起赶集人的"馋虫"来，总要买几个刚出炉的热地瓜尝尝。

如今，我们临朐山区种植地瓜的少了好多，平原地区更是少之又少。集市上出售的已经没有往年的白瓤品种，大多是黄、红、紫色的。想吃了，就买点来烤、煎、炸、熬、煮解解馋。现在，生活条件好了，买些生地瓜或者烤地瓜，算是改善生活，但无论什么吃法，就觉得没有 20 世纪六七十年代那时的香甜滋味。

深深记得生产队时，无论山区还是平原地区，到处都是地瓜地。每到秋天，收完五谷杂粮，就开始忙着出地瓜，山上的地瓜地，一片连一片，就像铺满了绿色的地毯。因地瓜亩数太多，每个生产队能刨十几天，有时秋霜把薯叶都打蔫了，只剩下藤蔓。刨地瓜很辛苦，要男女老少齐上阵。老年人用双手箍瓜秧，或者用镰刀割。因瓜秧东拉西扯，互相牵连，很难箍，只好用力拖拽，实在拖拽不动了，就像滚雪球一样向前滚，一会儿就滚起一个球状的"秧蛋子"，把它抱到山坡上摊好晒着。等晒干了，挑到场院里垛起来，等冬季用来喂驴喂牛。年轻力壮的大姑娘小伙子，每人一垄，举起雪亮的镢头刨地瓜。刨地瓜也是有学问的，要先刨瓜垄的两边，再从底部用镢头把瓜勾出来，且很少有破损的。要是外行，从中间刨，几乎没一个囫囵的，那就影响质量了。要是让生产队长看到，非挨顿熊不可。刨出的地瓜，外皮红彤彤的，非常鲜艳。刨出的地瓜要轻拿轻放，每两垄或三垄放在一起，用不了多时，一行行的地瓜就抛在身后了，煞是好看。

我们小学生，正好放了秋假，也闲不着。队长就让我们拾瓜，上面有土的就弄去，还要分成大小两堆，我们都弯着腰分等级，看着地瓜外表长得像样子的、光滑的，我们就用手擦擦土，放进嘴里喀嚓喀嚓地吃起来。让生产队长看到了，气得骂我们："谁要再吃，今天没有工作的分！"我们都吓得把地瓜扔到身边的草丛里，或者用土埋起来。

地瓜捡完了，后面有些人开始分地瓜了。会计眼戴老花镜，端着算盘子，拿着账本子，噼里啪啦地看哪家该分多少。有的人往粪篓里拾瓜、过磅，倒成一堆一堆的，会计在纸上写了户主的名字放到地瓜堆上，再在上面压上一个地瓜。恐怕字条被风刮跑，户主就不容易找到了。

傍晚，太阳落山了，生产队长吹响了收工的哨子。分瓜的也快分完了，社员们休息片刻，会计伸长脖子大声喊道："今天分的瓜，是按人口分的，各家各户自己找名字吧，可不要拿差了！"夜幕降临，家家户户都点上保险灯，用架筐挑或者用胶轮车推，把地瓜运到各自的地盘，准备趁着夜色切瓜干。

母亲是一个普通的家庭妇女，个子不高，但心灵手巧，是干农活的行家里手。父亲在外地教书，很少回家。就是学校放了假，也整天在公社或县里开会，全家的重担都压在娘的身上。我们姐弟四个都还上学，切瓜干的活儿自然是娘干。切瓜的工具不是很多，有的户用擦刀，有的户用擦子，最先进的是手摇式切瓜机。这种工具，两个人干比较快，一人往瓜斗里放瓜，一人摇机子。如果摇得太快，放瓜的人也必须快，但一会儿就累得气喘吁吁。所以，要快慢适中。

俺娘在擦刀上左手握瓜，右手切瓜，咔嚓咔嚓切瓜的声音，很有节奏感，听着仿佛是奏响的绝妙音乐。像切瓜干这种活，要讲究技巧，握瓜的手，一定要握牢，不然瓜一滚，就会把手切伤，鲜血直流。好多人切的时候，都戴上皮手套，这样就不会切到手了。切瓜的刀具，间距要调整好，不然，切出的瓜干厚的厚、薄的薄。太薄了，干后容易碎；太厚了，就不容易晒干……娘切得好快，一会儿，身边的瓜干就堆成了小山，我们姐弟就扒到篮子里去，均匀地倒在地上再一一摆好。摆瓜干也不轻快，蹲在地上，一会儿就腰痛腿酸，有时干脆坐在地上往前挪，摆的瓜干不能有摞着的，不然就不一块儿干。要是分的地瓜多，有时一直干到夜半三更。我和弟弟有时摆着摆着就睡着了，娘就让我俩到麻袋上盖上塑料薄膜睡一会儿……无月的夜晚，夜空星光灿烂，流萤飞舞。山上灯火点点，人影绰绰，不时传来说话声，甚至打骂孩子偷懒睡觉的哭号声……我们终于完成任务了，站起来向四周看看，摆好的瓜干雪白一片，就像今夜下了一场中雪。

瓜干摆好后，如果赶上好天气，经过风吹日晒，需要一周左右，就焦干了。不管什么时候，需马上带着篮子、麻袋等工具拾瓜干。如果天气不好，或者下雨，瓜干半干半湿，就是半夜，也要全家出动点上保险灯，推着车子，到山上急三火四拾起来运回家晾着，不然就会全烂掉，劳动成果就付诸东流。

生产队分的地瓜，除一部分切成瓜干，剩余的部分，还要精心挑选没受到伤害的，放到事先挖好的瓜井里贮藏。这样可以长时间保鲜，更不容易腐烂，随吃随拿，一直吃到来年。

记得那时的地瓜品种叫"济南红"，产量不是很高，但淀粉含量却不低，出粉率高。不管是煮着吃还是烧着吃，都很面很面的，略带一些甜味。特别是中间部分粉白粉白的，吃起来那味道就像煮熟的毛板栗，很当饭的。秋冬时的主食，主要还是地瓜，有煮地瓜、熬地瓜、地瓜干煎饼等。放在瓜井里的地瓜，经过长时间的贮藏，淀粉逐渐转化为糖分，煮着吃烧着吃特别软和，入嘴即化，甘甜如蜜，很容易消化。有时煮的时间稍长一些，就会熬出黏稠的糖汁，我们都叫"地瓜油"，喝一口赛过蜂蜜，人人喜欢喝。

最好吃的当数烧地瓜。俺娘每次摊完煎饼，总是让哥下井拿出些大的地瓜，把鏊子掀起来，把灰火用烧火棍向两边分开，再把地瓜一一摆好。然后再在上面扣上一个大瓦盆，用分开的灰火把盆子埋起来，慢慢烘烤……等到炭火已熄，尚有余温之时，扒开灰烬，掀开瓦盆，一股浓浓的地瓜香甜气味扑鼻而来。看着躺在暖鏊窝里的烧地瓜，娘就一个个地拾到瓦盆里，端到屋里让我们全家人分享。剥开软软的瓜皮，露出白白的瓜瓤，冒着热热的暖气。轻轻咬上一口，绵绵软软，甘甜如蜜。这在当年，是纯天然绿色食品，现在很难吃出那时的感觉了。

坡里的地瓜刨完后，大队就开始给生产队分配出夫任务了。修大寨田呀，修嵩山水库呀，整方呀，建琴口群英池呀……我们小学生在家也有事可做，最有趣的就是拦地瓜了。所谓的拦地瓜，就是在刨完的地瓜地里，再刨一遍，因为地里有落漏的。刨瓜时，社员刨得仔细的，落漏就少；粗心的，落漏就多。那时的地瓜根长得很长，有的根能扎到很远的地方，我们就叫它"飞瓜根"。我们每天放了学，或者星期六下午、星期天就约上好朋友，扛着镢，挎着篮子，到山上去拦地瓜。拦地瓜很辛苦，有时刨一大片地，也刨不出一个。有时刨一会儿，就刨好几个。如果发现了"飞根"就高兴得无以言表，像挖到了珍宝一样。必须趴到土坑里，小心翼翼地用手扒开周围的土，找到飞根，还爱怜地用手捋了又捋，生怕它真飞了似的。再爬起来使劲抡起镢头，把瓜刨出来，要是没有破损，自然高兴无比。如果被刨破了，那心里就像剜掉自己身上的一块肉。我们干得累了，就在松软的地里玩摔跤的游戏，或者躺在地上，看那蓝蓝的天、飘动的云和飞翔的鸟。歇够了玩够了，天也不早了，我们就把拦的地瓜进行一番精心打扮。小的放到篮子底，大的放在上面，看看自己的"杰作"，心里美滋滋的。回到家，娘看到拦的地瓜这么多，这么大，一定会夸奖一番的……拿着我们的"杰作"，我们便高高兴兴地排着队，唱着《打靶归来》的歌往家走。

现如今，我们的生活好得没法说，衣食住行发生了翻天覆地的巨变。应当怀着一颗感恩的心，不忘过去的贫困岁月，不忘地瓜为养育我们做出的巨大贡献。珍惜今天的幸福日子，朝着小康之路，为实现幸福中国梦阔步前进。

无论未来的生活多么富足，我们总不要忘记家乡甜甜的地瓜，是她养育了我们勤劳、淳朴、豪爽的沂蒙人，我们理应对她充满浓浓的情感。

春暖花开忆榆钱

"东家妞，西家娃，采回了榆钱儿过家家，一串串，一把把，童年时我也采过它，那时采回了榆钱，不是贪图那玩耍，妈妈要做饭，让我去采它，榆钱饭，榆钱饭，尝一口永远不忘它……"

程琳的那首老歌《采榆钱》，勾起了我童年的回忆。

每到春暖花开的季节，就首先想到家乡的榆树，因为它留给我们太多的故事和感动。

童年的记忆里，广大农村的房前屋后和一些园子里，大部分都栽种着榆树。在那缺衣少食的贫穷年代，榆树可谓"功不可没"。因为它的叶子、榆钱甚至树皮都帮人们度过饥荒，挽救过不少人的生命。村民更对它"刮目相看，情有独钟"，有着难以割舍的情感。

"阳春三月麦苗鲜，童子携筐摘榆钱。"每到这个季节，粗壮的榆树上，就像长满了一棒棒沉甸甸翠绿欲滴的玉棍儿。微风吹来，满树的柔枝都颤巍巍地动弹，似乎承受不了如此的重负。围着村庄转转，所有的榆树就像碧玉装扮成似的，不禁使人产生爱慕之心。

我家天井里，有一棵水桶般粗的老榆树，园子里也有好几棵。母亲说："你会爬树，趁着榆钱不老不嫩，先到园子里捋吧，省得被人家捋了……"我和弟弟挎着竹筐，带上猪毛绳还有够榆钱的木钩子，不一会儿就到了俺家的树园子。我把绳子系在竹筐上，再把另一头扎在腰间，脱下鞋子，让弟弟蹲在地上，踩在他的肩膀上，让他慢慢站起。因他年龄小，使出再大的劲儿也站不起来，还差点儿摔下来，没办法，干脆自己往上爬吧。双手抱着大树，两脚夹着树干，哧溜哧溜往上爬，爬到半树腰，让弟弟把钩子挂在竹筐上，再一鼓作气爬到树杈上。这时，只感到双脚已抽了筋，坐在树丫上，休息了片刻，就开始捋起榆钱来。满树的榆钱可真厚，一串串的，我顺手捋下一串，顾不上是否干净，塞在嘴里大口大口地吃着，顿感脆脆的、甜甜的，滑滑的，真是好吃极了。等篮子满得差不多盛不下的时候，也就吃饱了。

榆树下的弟弟，看我在树上边捋边吃，馋得他仰着脸，让我给他折下一枝扔下去。我说："好的，你等着。"因这时的榆树枝比较柔韧，折了好一会儿才好歹折断，扔下去，弟弟恣意地吃起来……不知什么时候，树下来了好几个小伙伴，央求我给他们扔些下去。我想，反正娘看不到，我家的榆钱又这么多，给他们吃点算不了什么。（其实，就是娘在这里，也会乐意我这么做，因为娘很善良、慈爱。）我把离我近的折下来扔下去，他们就争抢起来。近处的捋完了，远处的够不着，我就用钩子使劲勾过来，把榆钱捋干净，用不了半晌，就捋满了竹筐，双手也被榆钱染绿了，还有点儿麻胀的感觉，在树上行动不得劲儿，确实不是个好滋味。

从树上解下竹筐，用绳子慢慢放下去，让弟弟接住，轻轻地放到地上，再像小花猫似的从树上退下来，看到自己捋满的榆钱，心里美滋滋的。回家的路上，看到很多榆树上爬满了捋榆钱的大人孩子。男女老少的嬉笑声，家禽家畜的欢叫声，此起彼伏，喧嚣了生机勃勃的春天。

娘看我和弟弟捋来了满满一竹筐榆钱，高兴得眉开眼笑，说："和你弟弟出去耍一会儿吧。"我说："还是帮您择榆钱吧！"

"好，今晌午我给你们做榆钱饭吃。"我和弟弟高兴得拍手叫好。

娘先用簸箕簸去掺在榆钱里面的杂质，我和弟弟坐在木板凳上，仔细地择起榆钱来，因捋榆钱时，可能捋上一些带小枝的，如果择不干净，做出的榆钱饭就不好吃。满满的一竹筐榆钱，我们费了一个多钟头才择完。

娘把择好的榆钱，留下一部分，分给一些没有榆钱的邻居，把剩下的用井水淘洗干净，放到高粱秸箅子上控干水分，准备蒸榆钱窝窝头。

洗好的榆钱已控干了水，娘就端来搪瓷盆，用葫芦瓢挖来玉米面，把榆钱倒进去，再撒上适量的食盐，用两手不住地上下左右搅拌翻转，直到均匀为止。

开始做窝窝头了，只见娘把和好的玉米面榆钱团在双手里，瞬间一个窝头就做好了，底部的中心还有一个拇指深的小洞。看到娘干活的麻利劲儿，我和弟弟产生了无比敬佩之情。

娘把大铁锅里添上水，让我先烧着火。我到柴火垛上撕了一把麦穰，用火柴点燃了，弟弟就使劲拉风箱，我就用双手捧起碎柴屑扬到炉膛里。"咕——嗒——咕——嗒——"的风箱声，水在锅里的哧啦声，不绝于耳。红红的火苗映红我和弟弟的笑脸。水快开了，饭屋里开始弥漫热气了。娘把大箅子放到锅上，铺上笼布，把窝窝头一个个摆好，就像一个个列兵那样整齐，看上去非常壮观。娘盖上锅盖，让我和弟弟歇歇去，她自己烧火。过了二十多分钟，饭屋里飘出了诱人的香味。娘说："行了，再焐一焐我就掀锅。"不到一袋烟的工夫，娘就掀锅了，顿时饭屋里热气腾腾，香气满溢了。

看着娘放在锅盖上黄绿相间的榆钱窝窝头，我和弟弟早就馋涎欲滴了，连忙伸手各抓起一个窝窝头，放到鼻尖嗅一嗅，清香扑鼻，塞进嘴里嚼一嚼，清爽爽、甜津津、滑腻腻的。在那个贫穷的年代，榆钱饭就是绝对的美味了。

榆钱的吃法很多，可以生吃、熬粥、烙饼、烙煎饼、包水饺、煎炸、包菜包、做酱等。无论怎样吃都清香爽口，口感极佳，回味无穷。

现在，农村里的榆树已经不是很多了，新村规划时，闲园子归了公，各种树木大部分杀伐了，再加上人们盖房时，图个吉利或者美好愿望，大都用榆树做大梁，寓意是有"余粮"，"榆钱"当然也就是希望有"余钱"。

尽管榆树已逐渐淡出人们的视线，但我对它的情感永远不变。如果我是歌唱家，我会永远为它唱赞歌；如果我是美术家，我会永远描画它；如果我是文学家，我会永远抒写它。

哦，在那春暖花开的季节里，沉甸甸挂在枝头，绿里带黄的榆钱，那令人回味无穷的榆钱饭，你已扎根在我的心灵深处，无论将来生活多么富足，总也忘不了对我们的养育之恩，你也永远是我们记忆里最美的乡愁。

初春荠菜鲜

刚刚初春，天气还比较寒冷，但田野里的小麦，已经渐渐返青。还偶尔看到有些妇女、孩童挎着小篮子或手提方便袋，拿着小镰刀在麦田里剜荠菜。这不由得让我想起读过的"阳春三月三，荠菜赛仙丹。土融麦根动，荠菜连田肥""春在溪头荠菜花"等优美的古诗句。可见野荠菜是一种很让人钟情的美味。

我也是很喜欢吃野菜的，小时候没少吃，每当看到嫩生生的野菜，就有一种亲切感。在那贫穷的年代，它可是救过不少人的命，我们应对它怀着一颗感恩敬仰之心。

我也喜欢挖野菜，找一个好天气，约上妻子，趁着暖阳，带上方便袋和剜菜的工具，到自家的麦田里挖野菜去。因我的麦田里没打药，剜着放心。

走出村庄，春天的气息迎面扑来，感到特别惬意。湛蓝的天空，返青的麦苗，渐显鹅黄的柔柳，分外迷人眼球……走进春天的画卷里，感受春天的美好，与其说是挖野菜，不如说是踏青游玩，真是一举两得啊！

荠菜属十字花科，一年或多年生草本植物。它的名字也好多，又名护生草、地菜、地米菜、菱闸菜等，喜欢生长于田野、路边、庭院等。荠菜的营养价值很高，食用方法多种多样，也具有很高的药用价值，具有和脾、利水、止血、明目的功效，常用于治疗产后出血、痢疾、水肿、肠炎、胃溃疡、感冒发热、目赤肿疼等症。吃荠菜，真是既养生又保健，还饱了口福。

荠菜有一个特点，很耐严寒。隆冬季节，它默默地生长。小雪拔白菜的时候，就能发现它们的身影。这时荠菜的叶片呈紫红色，据说，这种颜色的营养和药用价值最高。春天一到，它就会渐渐返青。那羽状嫩绿的齿叶，平平地贴着地面。那或黄或白的小碎花，在春风的吹拂下迎风舞蹈，煞是惹人爱怜。我家麦田里的荠菜很厚，贴地皮一层。我和妻子争先恐后忙着先剜稍大点儿的，抖掉泥土，露出或黄或白的壮根。细细地端详，发现荠菜有的长相不大一样，但叶缘都是齿状的，有的叶背及茎上披一层细细的绒毛，有的没有。不一会儿，我俩每人就剜了满满一袋子麦田无公害绿色野味。

我和妻子把挖回来的荠菜，用手轻轻地抖去泥土，再一棵棵地摘去干巴叶子，清除夹杂在里面的杂菜，费了好长时间才择完。妻子用清水一遍遍地淘洗干净，顿时"旧貌换新颜"。看着翠生生、鲜嫩嫩的荠菜，我和妻子心里喜不自禁。

荠菜的吃法很多，包水饺、烙煎饼、烙塌饼、凉拌、蘸酱、炒鸡蛋等，都是绝妙的美味，吃后口齿留香，回味无穷。总是吃不俗、吃不够，相信城市、乡村的人，大概没有能拒绝这乡村野味的吧！

当然，我最喜欢吃的还是荠菜水饺、烙煎饼了。

用荠菜包饺子，先将荠菜切碎，把新鲜的当腰猪肉连同刚刚发出绿芽的萎葱和姜剁碎，倒上少许酱油，拌成五颜六色的馅儿，包成雪白的饺子下锅。等沸水煮上五六个滚，也就熟透了。用笊篱轻轻地捞在盘、碗里，那柔软晶亮的饺子皮，衬出翠绿而又朦胧的内馅儿，轻轻咬一口，柔韧中透着清香，蘸着蒜泥或醋，一口一个，转眼间就能吃掉一两盘。真是应了那句古诗："阳春三月三，荠菜赛神仙"。

用荠菜烙煎饼，也是人人喜欢吃的一种美食。调馅儿和包水饺差不多，馅儿调好后，把圆圆的煎饼铺在桌子上，用勺子挖上馅儿，均匀地撒在煎饼上对折，再把两边的"耳朵"对折，一个个弄好后摞好，放到锅盖上，就开始烧炉鏊或者电饼铛。等烧热了，再倒上少许食用油，把煎饼放进去慢慢烙，这面烙得差不多了，就趁软和赶紧再对折，再烙另一面。等到金黄的烙花均匀的时候，菜煎饼也就熟了。那满饭屋的香气，直往鼻孔里钻，甚至引得大街上的行人直喊："谁家烙的荠菜煎饼这么香，馋死俺啦……"荠菜煎饼烙好了，一个个油汪汪的，吃起来酥脆可口，奇香无比。我一连能吃四五个，妻子嗔怪说："我在这里烙，还供不上你吃呢。"我说："谁叫你烙得这么香。"

荠菜这种随处可见，也不起眼的乡间野菜，早已登上了大雅之堂。每到春天，高级宾馆、普通饭店，饭桌上是必不可少的。端上洗好的荠菜，一碟甜面酱，人人爱吃，一棵不剩。可见食客对它的钟情程度。

这些年，农村有些妇女一到春天，就到田野里剜荠菜，到城市或乡村集市上出售，很受消费者的青睐，人们都会多多少少买一些尝尝鲜，用不了多时，一蛇皮袋子的荠菜就卖光了。这些妇女也从中得到一部分收入，恣（方言，舒服、自在、高兴）得喜笑颜开的。

初春里，看着田间地头那一棵棵茁壮成长的翠绿的荠菜，品尝着自己亲自挖来的劳动成果，享受大自然无污染的馈赠，心中不免对荠菜充满深深的爱恋和浓浓的情愫。

野韭飘香

寒冷的冬季，在暖暖的温馨客厅里，一家人或要好的朋友相聚，围坐在餐桌旁，能吃上一顿野韭花酱蘸热豆腐，那味道、那气氛是何等的美好。

最难忘的就是家乡的舌尖上的美味——野韭花酱。

秋天，家乡的山野，到处都生长着碧绿的野韭。每到这个季节，总会自然而然地勾起乡亲们的采撷欲。我和妻子也不例外，总要到附近的宋庄河南山上，薅一些野韭花。这些野韭，有的含苞待放，有的绽开雪白的碎花。淡淡的清香，引来无数的小蜜蜂嗡嗡嘤嘤，花蝴蝶翩翩起舞。野韭一棵棵、一簇簇站在山坡、沟谷、树林、荆棘丛和杂草丛中。没有谁来管理照料它们，种子落在哪里，就在哪里生根、发芽、开花、结实。一年年、一代代在这山野里繁衍生息，没有彷徨，没有抱怨，怎能不使人产生敬佩之情？

20世纪六七十年代，农村家家户户缺衣少食，就更甭说鱼、肉、蛋、油、菜了。秋天，是农村人最盼望的季节，因这时的山野，到处都有野韭的身影，也正是生长最旺盛的时候。男女老少也开始忙碌起来，趁下雨天，生产队里没法下地干活，便成群结队拎着篮子，奔向山野薅韭花。因野韭花生长得比较瘦，又加上生长在杂草荆棘丛中，难免拔上野草，带上泥土。也不知是老天爷特别恩赐、怜悯，还是大山的慷慨、眷顾、馈赠，那时的野韭特别稠密。用不了一上午，就能薅满满一篮子。看着嫩生生、白花花的野韭，心里甭提多高兴了。

　　回到家里，我和弟弟就择野韭，把掺杂在里面的草叶、黄叶、烂叶、泥土、老韭花秆子等一一挑选出来。干这种活计不能太急，要耐住性子，不然就择不干净。一篮子野韭，我和弟弟择了好长时间才干完。俺娘把我俩择干净的野韭，掐到大大的瓦盆里，洗了好几次才洗干净。捞出来放到箅子上，控干水分后，再用菜刀切碎，只等到碾上碾碎成酱泥。

　　那时的碾子是繁忙的，白天黑夜吱扭吱扭转个不停，还要挨号，因为几乎家家都碾野韭。碾砣子、碾盘上被韭花的汁水都染绿了，村庄里到处飘溢着淡淡的韭花香。好歹挨着了，娘把野韭倒到碾盘上，撒上粗食盐，我和弟弟抱着碾棍使劲推，娘就用炊帚往上扫，碾砣子往前滚，韭花被沉重的碾砣子碾轧，发出吱吱的响声，韭花越碾越稀，不住地往下淌，娘就不停地往上扫。用不了多时，韭花就被碾得又细又黏，还沾满了碾砣子，娘就用抢锅刀子轻轻刮下来。扫成一摊，再用炊帚和勺子弄到搪瓷盆里，那醇香的韭花香味，直钻我们的鼻孔，顿感馋涎欲滴，恨不得马上卷煎饼吃上几个。

　　碾好的韭花酱要盛到坛子里，封好口发酵后味道更香醇。如果掺上煮熟了的嫩茄子、扁豆、豆角等，那更是色、香、味俱佳。吃的时候，挖上一小碟，就煎饼吃，卷煎饼吃，比现在的大鱼大肉都过瘾。上了年纪的老人，干了一天活，都喜欢晚上烫上一锡壶"串香酒"，就着野韭花酱，喝两盅解解乏，看他们细品慢嚼的表情，内心一定被幸福满足充溢着，现在的人是体会不到的。特别是到了冬季，韭花酱在坛子里经过发酵、积淀，变得更加翠绿浓香。如果割来一块热豆腐，蘸韭花酱吃，那滋味可美得无以言表。现在的家乡人吃火锅时，还喜欢加上一点野韭花酱，风味独特，总使人啧啧称赞，难以忘怀。

野韭的吃法很多，清明以后，野韭就发芽了，又嫩又鲜，薅来包水饺、烙菜饼、煎鸡蛋、爆炒虾仁、放汤里等，比起种植的味道可谓天壤之别。因为野韭无任何污染，是纯天然绿色食品，野味十足，翠绿鲜香，包你胃口大开，回味无穷。

别小看野韭，它可浑身都是宝，经查资料得知，野韭富含钙、磷、铁、蛋白质及多种维生素等。中医用得也不少，因野韭具有温中下气、补肾益阳、健胃提神、调整脏腑、理气降逆、暖胃除湿、散血行瘀和解毒等功效。民间也有偏方，用野韭、鲫鱼熬汤，不但味道鲜美，而且对食欲不振、烦热、尿频有显著疗效。

野韭，家乡临朐的各座山上到处都是，它远离喧嚣和尘埃，隐居山野，没人给它浇水、施肥、除虫，任其自生自灭。几度风雨，几度春秋，与花草树木为伴，和风霜雨雪抗争，默无声息地根植于瘠薄的黄土地，装点着美丽的山野，岁岁年年，花开花落，不图耀人眼目，不求灿烂辉煌，只为生命的延续轮回，真是"野火烧不尽，春风吹又生"。

吃遍美味的家乡游子，忆起故乡的野韭醇香，是否勾起你的淡淡乡愁？

百丈崖上枣子红

百丈崖下的泉庄村，是冶源镇的枣树基地，是名副其实的小枣之乡。

前些天坐校车去黄山接送学生，看到百丈崖下山坡上的枣子已开始发红了，有几辆收枣子的车停在路边，还有买卖枣子的人和挑选枣子的妇女在说说笑笑，一箱箱挑选好的枣子摞成了小山，几个中年男子正有序地往车上装箱，一派繁忙的景象。

九月，正是枣子成熟的季节，近期天气比较晴朗，气温较高，枣子熟得很快。我决定抽时间再次游览泉庄的百丈崖，饱览醉人的大好秋光。

来到百丈崖下，已听到人声鼎沸，路边已撑起红色的帐篷，枣农们在紧张地忙碌着。选枣的、过磅的、装箱的、装车的、记账的，忙得不亦乐乎，可见买卖兴隆。走近，泉庄村的果品经纪人潘好江一眼认出了我，并热情地和我握手，他说："冯老师，您又来采风了，我代表俺村的老少爷们儿欢迎您、感谢您，多亏了您拍照写文章宣传，这不，今年咱村的枣子又是一个丰收年，来了不少客户，您功不可没，还希望您加强宣传力度，使更多的人了解泉庄，欢迎他们来采摘、品尝、购买咱村的甜枣，使咱村的枣子走向全国……"听到老潘的真诚话语，我内心感到很欣慰，真没想到，我的几篇拙稿，竟起到了宣传作用。我说："这要感谢我们的临朐微信平台的编辑苏洋老师，如果没有他这个伯乐，我的稿子也不会发表。"老潘说："是的！是的！您来得正是时候，不耽误您的时间，您快到山上去拍照吧，可好看了，人们在园里正忙着摘枣子呢……"

顺着蜿蜒的山路攀登，路边的草丛里停着一辆辆电动三轮车、摩托车，有的里面已经装满了摘好的枣子，有的空着。漫山遍野都能听到枣农说话的声音，他们的身影，时时在树荫里闪现。此时的山野，鸟鸣人欢，非常热闹。放眼望去，满目的枣子有的红彤彤的，有的翠生生的，还有的黄红相间，棵棵树上的枣子密如繁星，压弯枝头，有的用木棍撑着，有的用绳子连着，好像一不小心会立刻被压断似的，有的枝条甚至垂落于地上、草丛里，在艳阳的照耀下，熠熠生辉，光彩夺目。在百丈崖顶部，遇到几个摘枣子的乡亲，他们有的胳膊上挎着小竹篮，有的脖颈上挂着布兜，一手扶着枣树枝，一手麻利地摘着枣子，不一会儿就摘满篮子、兜子，倒在山石上的蛇皮袋里，摘满了就或背或扛地运到山下去。他们一边摘一边拉着呱，优哉游哉。我们彼此交谈起来，甚是融洽，我不断向他们询问枣树的栽植面积、管理技术、销路、价格等，他们一五一十地向我做了介绍。看到他们高兴的脸庞，可以推断他们对收入一定比较满意。

泉庄村的乡亲待人热情、实诚，非常好客。每到一处拍照，只要园子里有人，我总要走进去和他们交谈一番，他们也总忘不了让我品尝他们园里的枣子，并对我说："你自己随便摘着吃，这枣子又脆又甜，营养丰富，要有方便袋子，你就摘满带回去叫家里人也尝尝……"听到他们发自内心的话语，我心里非常感动，多么淳朴、善良的乡亲。

摘枣子这种活计费心劳神，因为满山的枣树，有的长在山坡上，有的长在悬崖畔，有的长在棘子窝里，还有的树比较高大，需要借助梯子去摘。枣子有个特点，不是一起成熟的，向阳处熟得早，背阴处熟得晚。一棵树需要多天上来下去好多次才能摘完。枣子不能摘得太早，需要见红时才能摘，当然全红了就更好。摘早了，枣子还比较青，客商会找人挑出来扔掉，那就可惜了，更卖不上好价钱……

置身于枣树荫下，观满园的累累果实，看枣农摘枣子，倾心交谈，虚心向他们学习请教，品尝分享他们甜美的劳动果实，心中倍感满足愉悦。

九月，走进红枣飘香的泉庄山野，那耀眼的枣子，煞是惹人喜爱，那浓浓的枣香，沁人心脾。枝头的小鸟啁啾着，清澈的溪流歌唱着，忙碌的枣农欢笑着，来往的车辆穿梭着，交织成美妙动听的交响曲。我的身心仿佛被枣花蜜浸泡过一样，惊喜、惊奇、惊叹，陶醉于一起了。耳畔静听拂过枣林的秋风，娓娓不绝的絮语，鼻孔里溢满枣香，真有妙不可言的气息。

百丈崖下的泉庄村，被满山的红霞环绕围裹，一树树的小灯笼在山腰滚动、起伏、招展。多彩的沟谷、山坡、梯田上，错落的枣树、柿树、山楂树点缀青山。东面弥水清清，碧波荡漾，绵山隐隐，村庄座座，草木叠翠，十分美丽壮观。下午的太阳，在枣林中斜射，满树的枣子，一簇簇，一层层，缀满枝头，树树小枣带雨红，似红帐般漫天盖地。峻秀的山峰逶迤，迷离的远谷中，碧草如烟，枣林浩荡……远远望去，有客户竟把收购点搬到了半山腰的山路边、柿树旁，为枣农的运输提供了方便。我看到好多人在那里忙碌着，便走过去，拍了几张照片。果品经纪人冯学录老远看到我便跟我热情地打招呼，让我品尝他们的枣子，并把一张明信片递到我手里，让我一并给他发到平台上做宣传……看到他们的劳动果实，听到他们的欢声笑语，我也不免融入其中，满心欢喜。

天已经不早了，我恋恋不舍地走下山来，来到百丈崖下，看到人们还在忙着。停靠在百丈崖路边的各种车辆的车牌显示着它们来自不同的地域。老潘见我下山来，赶忙给我捧上了满满一方便袋枣子，非让我捎着不可，我拗不过他，只好顺从。这时有些游人有说有笑地从山路上走下来，手里提着大包小包枣子，坐上停靠在路边的小轿车缓缓远去。是啊！他们走进枣乡，拂去了尘埃，避开了喧嚣，聚集到这犹如江南的泉庄，带着共同愿望，爬山、采摘、品尝、休闲，说着各自的方言，兴致勃勃地谈论着有关百丈崖灵山秀水枣丰美的共同话题。

夕阳西下的泉庄村，浸在迷幻的暮色之中，显得异常美丽。真是："泉庄小枣九月红，千树万枝挂灯笼，映得山水放异彩，枣乡果农笑盈盈……"

方瓜情结

霜降以后，坡野里、棚架上、房顶上的方瓜、吊瓜成熟了。一个个黄澄澄、红彤彤的，静静地躺在已经干枯的藤蔓上，耐心地等待着人们前去收获。

方瓜、吊瓜是人们普遍喜食的一种瓜类。既能做菜，又能当粮，是我的最爱。在青黄不接的年代，它曾养育过无数的人，被称为"救命瓜"。所以，人们理所当然对它有着悠悠的、割舍不断的情愫。

方瓜、吊瓜极其普通，可全身都是宝。

它很好种植和管理，抗旱耐涝，生命力顽强。无论在田间、地头、堰根、墙边还是院里、院外，随处都能见到它们的身影。只要播下种子，它就会生根、发芽、开花、结果。

它对土壤、水分、肥料、光照、气候等要求不高，却很能结果。一棵瓜秧少则结七八个，多则二十几个，大小、形状不一，甜绵各异。长的、短的，直的、弯的，粗的、细的挂满棚架，躺遍草丛，睡满房顶。

方瓜、吊瓜不但味美，且营养丰富，深受大众的喜爱。据有关资料介绍，它的药用价值还很高。含有大量的维生素，具有清肠、解毒、减肥、美容等功效。

俗话说："清明前后，种瓜点豆。"每到这个季节，我总会在家门口或者庭院里种上些方瓜、吊瓜。春雨沙沙,暖风习习,不几天,嫩芽顶着瓜种皮破土而出,很快就长出几片绿绿的叶子。自己家栽不了,邻舍百家就会你剜几棵、我挪几墩地去栽。

立夏之后,雨水多起来,气温也较高。方瓜苗硕大的叶片旁,长出许许多多的瓜藤蔓儿。它们青龙一般顺着事先搭好的竹竿或棚架,蓬蓬勃勃、蒸蒸日上地攀爬。它们在房顶上、瓜架上盘曲扭结,腾云驾雾,织成绿色的凉棚和一张张巨型的绿网。

暑假期间,绿色便封严了整个房顶和棚架。那一朵朵金喇叭似的花朵,衬在片片密不透风的绿叶当中,耀眼夺目,好一派生机勃勃的景象。引来无数的小蜜蜂,嗡嗡嘤嘤地唱起欢歌,给美丽的庭院带来无限的生机和温馨。此情此景,或走进屋里,或坐在棚下,喝茶、吃饭、聊天,感到凉爽惬意。

下班回到家里,喜欢看看方瓜、吊瓜的长势。旱了浇浇水,有草了,拔一拔,缺肥了,施施粪。在我的精心管理下,它们竞相成长。时间过得好快,不知不觉,叶片下已偷偷地坐下了黛青或翠绿的小瓜,挂满了棚架,躺满了房顶。着实惹人爱怜,使人欢喜快乐。

清楚地记得,20世纪六七十年代,农村里家家户户都缺衣少食。各生产队,都会划出一部分有土崖的地块,种植方瓜、南瓜、吊瓜,以便拖蔓攀爬,并专门找上了年纪且有经验的社员管理。到了快成熟的时候,还要搭上庵屋找责任心强的社员看守,以防有人偷窃。

等霜降过后,各种瓜基本都老了,叶片、藤蔓也渐渐干枯。那长长的土崖上,躺满了密密麻麻的瓜,红彤彤的,一眼望不到头。看到那各种姿态、各种形状的瓜,社员们高兴得眉开眼笑。心里想:“可有瓜吃了,一定又甜又绵!”

生产队长一声令下——摘瓜！

男女老少齐上阵，摘的摘，抱的抱，担挑、车推，不到一下午时间，就全摘完运到了生产队的场院里。堆成了道道瓜岭，座座瓜山。

生产队长大声喊："分瓜！"

会计就拿来算盘、记账本等或按人头或按劳动工分分瓜。分瓜的人要听从队长和会计的安排。按瓜的大小、老嫩合理搭配，不然社员有意见。瓜分好了，一堆堆的，满场院里都是，甚是壮观。每堆上都压着一张粉红色的小字条，写着各个户主的名字，社员就或推或挑地运回家去。

在那贫穷的年代，家家户户就用分到的瓜和其他粮食掺和着吃，这才勉强填饱肚子。

方瓜、吊瓜是好东西。现在生活好了，年轻人好多不喜欢吃它。在那个温饱都难解决的年代，它可是家家户户的"救命粮"。

我们不能忘本啊！

方瓜、吊瓜的吃法很多，老百姓会做出许多花样来。找到不大像样的大肚细脖的嫩瓜，可以切成块儿炒着吃，也可以烙菜饼、包水饺、蒸菜包，吃起来很绵软、略甜、清香。

我最钟情的还是馇方瓜豆末子。把嫩瓜切成条状，捋来嫩榆树叶子揉烂，和瓜、豆面一块儿放进锅里慢慢熬煮。开锅后，一股浓浓的香气便飘满厨房。

开饭了，切上一小碟辣疙瘩咸菜条，拌上小青葱、芫荽、香油、酱油、醋等，舀上豆末子，撕上一块干巴煎饼泡上，就着咸菜，滑溜溜的，吃起来那个顺口甜香就甭提了，能连续吃好几碗，撑个肚儿圆。

妻子见我这么能吃，总是说："你个方瓜、吊瓜肚子，豆末子神。"

　　嫩瓜还可以切成片，放到箅子或锅盖上晾干，以备春节食用，这可是贫穷年代招待客人的好菜。春节前好多户把方瓜干泡好，切成块状，打上几个鸡蛋搅上面糊，用猪油炸黄，充当炸猪肉。炖上山药或地蛋，客人直夸好吃（现在没有这样做的了）。

　　老瓜就更好吃了，或蒸或熬都可以。老瓜的外皮红彤彤的，样子看着也顺眼。老瓜长得时间长，有点艮，不好切。最好用刀剁开，那橘红的瓜肉鲜亮鲜亮的，耀人眼目。想吃蒸的，就剁成大块，放到箅子上用猛火蒸。瓜很好熟，十几分钟的时间，就差不多了。掀开锅盖，用一根筷子戳一戳就验证了。

　　蒸好的瓜，冒着热气端上桌，又红又亮，好吃又好看，能增加人的食欲。趁热吃又甜又绵，连下面的老皮都别有一番风味。熬粥喝也是一道美食，按家中人的喜好，用五谷杂粮熬出来，五颜六色，营养丰富，很易消化。天天喝上一顿，心里舒坦，不觉厌烦。

　　方瓜子、吊瓜子，可是贫穷年代的一种美食。记得母亲每次做方瓜饭，都会把瓜子扒出来剔除瓜瓤，把淘洗干净的瓜子晾晒在锅盖上。

　　等攒多了，就会在冬天生上煤炭炉子时，用铁锅慢慢炒黄熟给我们吃。刚炒好的瓜子吃起来又香又酥，感觉比现在的葵花子都强百倍。因为没有任何添加剂，原汁原味，且营养丰富。

　　山里种瓜的多，有的人家炒好瓜子，装在塑料袋子里扎紧，过年时用来招待客人，人人爱吃。

　　种瓜多的户，短时间吃不完，就煮熟了掺在粮食里，磨成糊子用来摊煎饼。摊出的煎饼金灿灿的，又好看又好吃。听"连翘"老师说，也可以煮透、攥细，掺在发面里蒸馒头，蒸熟的馒头金黄金黄的，可漂亮了，吃起来又暄腾又香甜，使人胃口大开。

的确如此，我就经常看到，有村民推着掺有方瓜的粮食去机磨磨糊子，也有好多户用来蒸馒头的。可见，人们对饮食的改革创新还是比较强的。

农村人总喜欢在自己的房前、院落、果园等空闲的地方栽种上几棵方瓜、吊瓜、南瓜什么的，这倒成了乡村里一道亮丽的风景线。走在大街小巷，有时无意中看到，有的瓜卧在房顶上，有的耷拉在门口，还有的挂在墙头上，让人产生爱慕之心。俗话说得好："种瓜得瓜，种豆得豆。"

今年我种的方瓜、吊瓜结得可不少，摘了好几十个。自己吃不了，愿吃的或者没种的，就送给他们几个尝尝，自己的心里也乐滋滋的。

现在，农村生活条件优越了，吃瓜的人反而少了不少，方瓜、吊瓜倒成了城里人青睐的食品。据说有些客户专门到山村收购，拉到大城市去卖，或运到食品加工厂进行深加工，还供不应求呢。

到饭店宾馆吃饭时，有时还端上用方瓜、吊瓜做的饭菜，总被食客们吃得精光，还一个劲儿地夸赞："太好吃了，简直是美味！"

别小看极其普通的方瓜、吊瓜，默默地生长在家乡的山野、果园、庭院中，可它见证着家乡的变迁，总也不会走出人们的视线。它那无私奉献的情怀值得我们永远去珍爱、钟情、留恋、敬畏。

故乡的沿河路

我的故乡临朐县冶源街道，地处国家 AAAAA 级沂山风景区北麓，境内群山连绵，河流纵横，有"鲁中水乡，北国江南"之美誉，这里人杰地灵，风景秀丽，文化底蕴丰厚，是山东省千里民俗旅游线上的一颗璀璨明珠，是闻名中外的旅游胜地。特别是近几年新修的沿河路，一步一景，形成了一道亮丽的风景线，处处是网红打卡地，更是让人们奔走相告，心驰神往，牵动着天南海北的游子归乡的梦。

故乡村前这条九曲十八弯的石河，因发源于临朐县寺头镇，人们习惯叫寺头石河。石河两岸，一年四季各有特点，春天，桃红柳绿，莺歌燕舞；夏天，草木葱茏，遮天蔽日；秋天，硕果盈枝，五谷飘香；冬天，白雪皑皑，冰封河道。沿着河岸游赏，展现在眼前的是一幅连绵不断的画卷。

石河两岸悬崖峭壁，怪石嶙峋，风光旖旎，属玄武岩地貌，是一道独特的自然景观。就是没修沿河路之前，也时常吸引着或远或近的人们来观光旅游，那原汁原味的生态和鬼斧神工的奇观，总会使游客叹为观止。

交通的不便，制约了各项事业的发展。今年春天，人们做梦也没有想到，政府投巨资，在不破坏自然景观的前提下，用了几个月的时间，大型机械日夜奋战，已经沿石河南岸打通了宽阔的道路，筑路大军遇高坡铲平，碰沟谷就架桥或砌涵洞。还在著名的景观"石龙头"对面建起了一座"拜龙亭"。道路拓通、压实，很快又铺上了柏油。后续工作紧锣密鼓地铺设路沿石，栽植花草树木，在沿河路旁的房屋、墙壁上绘壁画，公路画线，安装太阳能路灯等，很快，七彩石河展现在人们的面前，不禁使人心花怒放。

老百姓看在眼里，喜在心头。石河变化这么大，不管白天夜晚，天天吸引着诸多的男女老少前来散步、赏景、唱歌、跳舞，放飞自我，个个欢欣鼓舞，笑逐颜开，一致夸赞政府为沿河两岸老百姓干实事、做好事，感谢共产党的英明领导，努力打造美丽乡村，处处风景如画。

我家虽离石河近在咫尺，但因为工作的原因，很久没有抽出时间到石河逛逛了。前些日子，下了几场雨，听说发水了，我便带上相机，来到了久违的石河。可不是嘛，来到一看，果然名不虚传，真是旧貌换新颜。崭新的柏油路西头，已与上游的白塔水库连接，东北与下游的冶源水库（巨洋湖）贯通。

沿河路的修筑成功，解决了诸多沿河村民的出行难问题，减轻了临九路的交通压力。无论开车、骑车或者徒步，顺着沿河路行驶就可以欣赏到美丽的自然风光和人文景观。到了打卡地，都要掏出手机拍照、录像，有的甚至带来无人机拍摄，迅速发到朋友圈、微信、抖音、快手等平台，很快传播到大江南北、长城内外。在外的游子看到家乡的变化翻天覆地，很多人不畏路途遥远，回到故乡走一走、看一看，心中倍感亲切、欣慰，有的还为家乡的建设献言献策。

沿着石河路漫游，真是一路风景一路歌，山山水水都是画。上游的白塔水库打造得非常美，水库虽不大，但水质清澈，倒映着座座青山。橡胶坝水流潺潺，浪花飞溅，形成几十米宽的瀑布，蔚为壮观。急流顺着山势呼啸着滚滚北去。"明月塘"荷塘连缀，像极了颗颗珍珠，里面养殖着鱼、鳖、虾、蟹。每到盛夏，荷叶圆圆，碧绿如伞，各色的荷花竞相开放，飘溢着淡雅的芳馨。花骨朵上时常停着飞倦了的红红绿绿的蜻蜓。连金黄的小蜜蜂、彩色的蝴蝶也在花朵上翩翩起舞，且嗡嗡嘤嘤地唱着恋歌。一身乌黑羽毛、拖着剪刀的小燕子，也成群结队地在荷塘上空叽叽喳喳地飞来飞去，加入到荷花节的盛会。赏荷的游客天天爆满，车辆都无处停放，当游客看到硕大的荷叶间那鲜艳无比的各色花骨朵、荷花、小莲蓬时，时时能听到发自内心的惊叫声，手中的手机、相机拍录不停，欢声笑语不绝于耳。

"明月塘"南是淄界村，是冶源街道最南部的一个小山村，村庄依山傍水，风景秀丽，如今建设成了美丽村庄，真是"金山银山，不如绿水青山"。村东打造成了人们休闲娱乐的好去处。绿竹成林，绿树成荫，草坪鲜花，百鸟争鸣，小桥流水，鹅鸭嬉戏。凉亭、观景台、文化广场等设施齐全，每天的游客络绎不绝，流连忘返。

沿河路中游风光最令人震撼，它就处于我的故乡尧洼村南这一段，此处东西长有三四千米。据有关资料记载，寺头石河尧洼段有大汶口、龙山文化遗迹、遗物。1984年12月被定为县级文物保护单位，在我们村南立着一块做工精美的大理石石碑，上面镌刻着四个遒劲有力的鲜红大字："尧洼遗址"。石碑伫立在这片古老而神奇的土地上，一梦千年，仿佛是穿越了五千年文化的时空隧道，尽览远古文化的风流。

九曲十八弯的石河，到这里河道突然变得狭窄，河床落差也很大。两岸岩石由于岁月的磨砺，犹如斧剁刀削，层峦叠嶂，险峻巍峨。这些石头，姿态各异，形态万千，有的像巨大的屏风、采茶的背篓，有的如历尽沧桑的老者，有的酷似雄狮蹲坐怒目而吼，还有的像两人在面对面窃窃私语，观之使人产生敬畏仰慕之情。悬崖的石缝中，遍生野草、野果、中草药、荆棘、藤萝、臭椿、野榆等，那浓浓的绿意，把石河装扮得更加壮观。著名的八景有大龙湾、小龙湾、蝼蛄鼻子、石瓮、石房屋、宝葫芦山、郭老崖、石龙头等，它们都有着美丽而动人的传说。有人曾赋诗曰："大小龙湾紧相连，石房屋处密林掩。蝼蛄鼻子拱石瓮，郭老崖上不老松。宝葫芦山稳南岸，石龙抬头吐云烟。"这样的河道，真可谓："神工鬼斧，巧夺天工。"它迂回曲折，蜿蜒东流，最后汇入迷人的弥河——冶源水库。有人说："这里的水虽没有漓江水的静、清、绿，山没有桂林山的奇、秀、险，但却有江南之风韵。"

　　石河下游是石河店村，两面临水，也是石河、弥河的交汇处。相隔不远，新修建了两座中桥，如彩虹般横跨两岸，真是天堑变通途，使交通更加便利。村前水中芦苇片片，水禽鸣欢，渔船来往，满载而归。两岸杨柳依依，垂钓者众多。灰墙红瓦的平房、幢幢楼房倒映在水中，美不胜收，胜似江南鱼米之乡。

　　巨洋湖西岸和水库大坝北侧，是冶源街道的肥沃良田，这里是万亩优质葡萄基地，每到葡萄收获的季节，大坝西头的交易市场人来车往，非常繁忙，热闹非凡。沿河路东，巨洋湖畔，修建了国家湿地公园，为保护水源，围起了栅栏网，在这里可以尽情地仰望气势雄伟的大坝，观望远处的"情人岛""芙蓉岛"，看鸟飞鱼跃、烟波浩渺、渔舟唱晚。望青山着黛、云卷云舒，听波涛拍岸，享湖光山色，忘却一切劳苦愁烦。

　　如果在晚上，路灯次第亮起来，走在沿河路上环顾四周，远山轮廓朦朦胧胧，万家灯火。近处人影绰绰，树影婆娑，夜色撩人，给家乡的石河蒙上了神秘的面纱，欣赏着如梦似幻的夜景，过往的故事，仿佛就发生在昨天，令人回忆，令人难忘。

　　故乡的沿河路就像父亲厚实的臂膀，石河就像母亲温暖的怀抱，无论走到哪里，你永远是我们的惦念、牵挂和深切的眷恋。我愿跟随流水的脚步，轻轻地，轻轻地走在岁月的河边，让奔驰的情思、无限的遐想，随着河水悠悠飘逸，随着河水延伸流淌……

　　故乡的沿河路，连着在外游子的款款深情，连着对未来更加美好生活的期盼。我深深地爱着你，你是故乡人心中永远唱不完的赞歌！

第四辑　家乡揽胜

故乡的老石屋

看过电视连续剧《沂蒙》的人，大概对剧中的老石屋有些印象。现在，在我们沂蒙山区的冶源镇回头村，还能随处见到一些错落有致的老石屋，故乡的老石屋，是我梦牵魂萦的家园。

无论走到哪里，人们总也忘不了故乡的老石屋。虽然故乡经济条件好了，有的到镇上买了房或盖了房，可老石屋却舍不得扒掉，倒成了山村里一道独特的风景。以前的泥土路，现已变成了水泥路，交通便利了，每年吸引不少的游客来看山村独特的美景。我在这里生活工作十几年，是养育我的第二故乡，对老石屋的情愫像封存已久的芳醇老窖，越来越悠长。

盖石屋可不容易，山村里的地势高低不平，随便找个山坡，就地取材，刨去上面的薄石土层，就露出一层层的青石，用铁撬把石头撬起来，大的就用八磅锤砸开，再一块块地搬到旁边摞起来。遇到特大的青石，那就麻烦了，非找人打炮眼不可。取完石头，也就差不多有个比较方正的地基了。再把高低不平的地方拾掇拾掇。完毕，就找个盖房有经验的师傅测量、定点、画线，准备盖房。条件稍好点儿的人家，就找上些邻居、亲戚来帮忙，用不了几天，三四间房子就完工了。如果没条件，只有自力更生，今天垒一点儿，明天垒一点儿，甚至经年累月的，直到自己上去下来非常困难了，才找村里的人帮忙盖起来。

看着一座座各具特色的石头房子，上年纪的老人，大都感慨万千，不堪回首。这些故事为这些老石屋的历史平添了几分厚重，越发使人不能释怀。

村里的老石屋大部分盖得比较精致，石头与石头之间、层与层之间，横平竖直，当然也有差一点儿的，但都各有特点。垒砌得或方或圆、或长或短、或高或低的院墙上，到了秋天搭上金黄的玉米棒子，挂上一串串火红的辣椒，或者新摘的柿子，那可是美不胜收。老石屋很耐住，冬暖夏凉，走进去就给人一种亲切温馨的感觉。屋里虽没有摆上高档的家具和电器，却收拾得干净整洁。我在故乡任教，在老石屋里给学生上课、读书、备课、批改作业的那段时光，也是令我久久不能忘怀的。

时间如梭，光阴荏苒。几十年的时间，山村的变化可真大。水泥硬化的山路直通县城。栽上梧桐树，引来金凤凰。城市里的有识之士来投资，在山坡建了凉亭、别墅，还栽了好多绿化树、果树等，和老石屋形成了鲜明的对比。尽管年轻人走出大山，到城市去生活工作了，但留在村里的老年人就像生活在世外桃源。

山村里的老石屋，就像一个个饱经风霜的老人，他们见证了历史的沧桑和翻天覆地的巨变。有些老石屋的墙壁经岁月的侵蚀有些斑驳了，还有的房顶长出了野草或者小树，更有的已经露顶见天了，显得苍老而荒凉。

每次回到第二故乡，我总要到村子里看看那些老石屋，它就像久别的老友，它已经成了我心中的一道永恒的定影。故乡的老石屋，你让我永远不能释怀。故乡的老石屋，看着你，想着你，梦着你，在远方漂泊的游子倍感亲切，你时时牵动着我们归乡的梦。

石河恋歌

每当看到孩子们光着屁股，在河里捞鱼摸虾、游泳嬉戏的情景，我就被深深地吸引着、感动着，情不自禁地想起家乡村前那条能捉鱼、捞虾、摸蟹，清澈见底的石河，想起天真烂漫的童年，想起在那里度过的美好时光。

好几年没有到家乡的石河走走看看了，前些日子，下了几场大雨，听说发水了，我便带上相机，来到了久违的石河。

家乡的石河，九曲十八弯，叫寺头石河，是因发源于寺头镇，到我们这里这一段，河道变得狭窄，河床落差也很大。由于岁月的磨砺，两岸悬崖峭壁，怪石嶙峋。悬崖的石缝中，遍生荆棘、臭椿、野榆等，给石河平添了一道独特的风景。这样的河道，神工鬼斧，巧夺天工，它迂回曲折，蜿蜒东流，最后汇入迷人的巨洋湖。

站在石河畔，欣赏着石河美景，我陷入了沉思。前些年，由于经济利益的驱使，河道两岸，大量的养殖小区和屠宰场排污严重，倾倒垃圾，使清澈的河水变色、变臭，加上修公路、垫地基，人们恣意采砂、取石，致使石河深坑遍布，严重破坏了生态环境与自然景观，人们很少来石河。

幸好，政府下定决心，取缔了沿河两岸的养殖区和屠宰场，还在沿河路口设立醒目的宣传标语，增强全民的环保意识，石河终于逐渐恢复了昔日的容颜。

　　回想起20世纪六七十年代，我还是个小孩子，每到夏天，石河便成了人们的绝佳去处，更是我们小伙伴欢乐的天堂。那时的河床上铺满了光滑干净的鹅卵石和细细的河沙，根本不见一棵荒草。真可谓碧水蓝天，渴了趴下喝几口，赛过今天的矿泉水……下地劳作的社员们，干了一天的活儿，跳进去洗一洗，洗去身上的泥土，洗去一天的疲劳，顿感凉爽惬意。俊媳妇俏姑娘则挽着裤管光着脚丫，在岸畔的石头上坐着洗衣，时时传出她们朗朗的说笑声。洗完衣服，就晾晒在被水冲刷得非常干净的鹅卵石上。趁干衣服的间隙，她们也毫不顾忌地脱下外衣洗起澡、打起水仗来。水声、笑声、嬉闹声引得男子汉们看傻了眼。我们小孩子脱得赤裸裸的，像一只只小鸭子在水里钻上钻下藏猫猫，有时还搬起水底的大石头玩，觉得比在地面上轻快多了。有时摸两块小石头在水里敲，听一听什么声音。有时分成两队打水仗，只见水花四溅，只好冒着"枪林弹雨"勇往直前，直到把敌人打败。最刺激最惊险的绝活儿，就是爬到高耸峭立的、近十米的悬崖上，手捏着鼻子，一个接一个像炮弹一样往下跳，顿时，水面上咕噜咕噜泛起米八高的浪花，我们又一个个从各个地方露出小脑袋来，像小鸭子似的甩着头上的水……

　　如果游累了，我们就到岸边的沙滩上一顺躺下来，再用滚烫的沙子把自己埋起来，感到热了，再跳到水里去，反反复复，来来往往，才恋恋不舍地回家去。母亲看到打的刚刚盖起篮底的猪草，少不了又把我们骂一顿，甚至还用笤帚疙瘩进行教训。埋怨我们光顾下河，不好好打猪草，罚我们当晚不许吃饭。最难忘的是有一年夏天的下午，我们在学校午睡。热得实在难受，办公室里又没有一个老师。几个调皮的同学建议去石河下河，班长不敢管，大部分同学都去了。一到河边，就迫不及待地脱光衣服，像一群久不下水的鸭子，一猛子扎进水去。同学们有的仰泳，有的蛙泳，有的蝶泳，还有的爬上悬崖跳包子，使出了各自的看家本领。正玩得忘乎所以，不知谁喊了一声："老师来了！"可把我们吓坏了，抬头一看，果不其然，老师正弯着腰收拾我们的衣服呢，我们一个个像霜打的茄子——蔫了。我们没穿衣服，光着腚这可怎么回去？一个同学说："我们到树园子里摘些梧桐叶子来，捂着屁股往回走不就行了吗？"还有个同学说："咱不如弄些河泥抹在身上，抹成裤衩和背心的样子！"好，说干就干，有的摘梧桐叶，有的抹河泥，一会儿就打扮好了。可没一个愿意打头的，上课的时间快到了，再不回去的话儿，挨老师批就更狠了。一个要强的同学说："我打头，你们跟着。"就这样，一队长长的光腚队伍，捂着不光彩的地方，低着头慢慢地向学校走去。到了村大街上，正在凉快的社员看到我们这个样子，都笑得前仰后合。到了学校门口，老师把衣服还给我们，让我们穿上，到办公室挨了一下午批评教育，晚上回家又被爹娘狠揍了一顿。

　　秋天，是在小石河里捉鱼摸蟹的大好季节，因这时的鱼虾蟹特别肥。此时的石河水已不那么深了，从家里拿来长长的小渔网，小心翼翼地撒到水里，做上记号。到岸上等上半个或者一个小时，看到网大部分地方动了再去取网，包你满载而归。果不其然，走进水里一看，网上已经挂满了密密麻麻的各种小鱼。反复几次，鱼兜里就盛不下了，拿到家里，把小鱼清洗干净，撒上细盐，用猪油炸酥了，就着煎饼吃可是一道绝妙的美味。现在回想起来，真是回味无穷啊！

　　童年的故事，仿佛就发生在昨天，令人回忆，令人难忘。家乡的石河，我心中的河，我要时时地想念你，时时地赞美你，你永远是我的惦念和牵挂，你是我们心中生生世世唱不尽的恋歌！

百丈崖上枣花香

百丈崖下一村庄，依山傍水好地方。不是江南赛江南，麦黄时节枣花香。

端午假期第一天，正好轮到我在校值班。值到下午五点多，抬头看了看天，天气还可以，决定趁机会到冶源镇的枣树基地泉庄山上赏枣花、拍枣树去。

骑着车子，沿着冶石路直奔泉庄。临近村庄，那浓郁的枣花香直往鼻孔里钻，小蜜蜂嗡嗡地歌唱震动耳鼓，我不免加快了速度。噢！原来村口路旁的大树下，搭着帐篷，摆着一排排白色的蜂箱，养蜂人戴着防护罩，正在蜜蜂的轻歌曼舞中忙碌着，我分明看到养蜂人嘴角那甜蜜的微笑。

把车子停在百丈崖下的山路旁，我决定先沿着北面的环山路看看再说。真是"不看不知道，一看惊一跳"。村前村后、庄东村西、山梁、沟谷、梯田、路边，满眼里除了枣树还是枣树。那一片片枣树园，有的插着篱笆，有的垒着石头墙，还有的干脆用花椒树围起来。那弯弯的山间小路也很难辨认，被茂密碧绿的野草所覆盖，处处生机盎然，美景无限。

环山路旁，停着一辆辆电动三轮车、摩托车。可能是果农在枣树园里劳作，偶尔从枣树林里传来他们说话的声音，还有剪枝的咔嚓声，喷洒农药的吱吱声。有的果农时尚得很，上坡还捎着收音机，有的喜欢听吕剧，有的喜欢听京剧，还有个正播放着经典老歌，那悠扬的旋律在枣园里荡漾，我也被深深地感染，随着哼唱起来，心中倍感清爽愉悦。

漫山遍野的枣树，正是枣花盛开的季节，明亮的叶子绿得那么可爱，那么养眼，那绿里透黄的串串枣花，像一粒粒小米粒，像一片片小雪花，像一颗颗小星星，洒满绿树，黄绿分明，煞是惹人喜爱。如果说大自然中姹紫嫣红的各色花朵，是摩登靓丽有气质的都市女郎，那泉庄的枣花就是山野清纯质朴的小家碧玉。一朵朵、一串串小小的枣花，虽然不太起眼，但等到深秋季节，却结出满山遍树又红又脆、又香又甜，可口的枣儿，枣花真称得上花之隐者啊！你看那金黄的小蜜蜂、土蜂、老油蜂、大马蜂、七星瓢虫甚至苍蝇都穿梭其间，上下左右嗡嗡地闹着、舞着，和枣花嬉戏，好不热闹……丰收的果实也有它们的功劳啊！

边走边欣赏着这泉庄山野的美景。忽然，听到附近有动静，循着声音望去，见一果农正握着锄在枣园里除草。我便停下与他攀谈起来。我说："大哥，咱村这么多枣树，上哪儿弄的枣树栽子，村里有多少户玩枣树的，大约有多少亩，好管理吗，枣子的价格怎样，销路如何，收入可观吗？"大哥笑呵呵地说："你这位老师一连问了我这么多，我还真有点记不住，那我就跟你唠唠！俗话说得好：'靠山吃山，靠水吃水。'我们村既靠山又近水，枣树苗子不用买，是用这山上的野酸枣树嫁接的，以前这山上到处都是酸枣树，没什么大用处，只能割来插园子。每年这里都是栽点黄烟、地瓜，种点谷子、高粱、大豆、玉米等五谷杂粮，靠老天吃饭，产量不高，到头来还缺衣少食。前些年，看到辛寨镇有的村把山上的酸枣树嫁接成小枣树，收入还可以，我们就去学习取经，才有了这满山的枣树。我们村能有接近一半的村民有枣树园，多少亩数我倒没个准数，也有三五百亩吧。枣树比较好管理，就是打几遍杀虫药、杀菌药，也用不着上一些肥料，到时拔拔草、灭灭荒就行。枣树也很耐旱，几乎不用浇水。不是有句话说'旱枣涝栗子'嘛，如果秋天枣子正长，赶上连阴雨，那就糟了，树上的枣子就会裂纹、脓灌、招来嗡嗡的苍蝇，全烂掉了，满山上到处都是酒糟味，一年的辛苦打了水漂。要是赶上好天气，这里的枣子产量高、无虫眼、品质好。因为这里有独特的小气候，又通风、又朝阳，土质也很适合枣树的生长，所以枣子格外漂亮，又红又艳，既光滑、甜脆又营养丰富，纯天然绿色食品，深受客商的青睐。等枣子红熟的时候，客商就在百丈崖下的公路边收购，买的卖的，挑选等级的，像赶集似的，好热闹……我们庄里的老婆孩子带着摘枣的家伙，齐上阵，上山一颗颗摘下来，小心翼翼地装在蛇皮袋子里，有的农户用三轮车拉，有的农户肩扛、人背下山来卖，价格还可以，贵的时候，两块五六一斤，便宜时也有一块四五，像我这样的户，光枣子收入也有一两万，多的户达四五万……"听大哥滔滔不绝地述说，看他的表情，心里一定乐开了花。临走，大哥对我说："老师，秋天枣子熟时你再来吧，保你有拍不完的风景，这庄前庄后、山上、山沟、百丈崖那里，到处都通红通红的，可好看了。你来时找我，我请你吃枣子。""好，谢谢大哥，我一定会再来的！"

顺着龙盘似的环山路走下山，不觉又到了百丈崖脚下，看看太阳还高高地、艳艳地照射着山野，决定重登百丈崖，领略一下夏季的风光。

通往百丈崖处，没修环山路，因这里太陡峭，只有一条布满碎石的蜿蜒小路通向山顶。看样子，甚至连个小推车都很难上去。因着去年冬天，攀爬游览过百丈崖，这次觉得稍微容易点儿了。但因天气的炎热，汗水还是浸湿了我的衣服。越往上爬，山路越难攀爬，一块块巨石狼牙锯齿地横亘路中。走走停停，看看拍拍，快到山顶时，就看不清路的痕迹了。东拐西拐，好不容易穿过山顶的松树林，爬到了山顶。

站在山顶围墙的一块大石头上，顿感视野开阔，眼前一亮。向远处瞭望，群山连绵，千山一碧，村庄座座，电塔林立，沂山歪头崮也隐约可见。稍近处，公路蜿蜒，弥水悠悠，红瓦绿树，麦田金黄，巨洋浩渺，水鸟翻飞，渔舟点点，仿佛江南美景。夏季的百丈崖，生机勃勃，草木丰茂，到处青翠欲滴，山花烂漫。草丛和密林里时时传出野鸡的鸣叫，成群的喜鹊在枣树园的上空盘旋，并喳喳地叫着，好像欢迎我的到来。

站累了，坐在柔软的草地上，低头往百丈崖北边俯视，那根植在层层梯田里、石头窝里、巨石缝里数不清的一株株枣树，在西斜的阳光照耀下闪着醉人的光彩，浅绿色的叶子浓密如云，几乎遮住了枣树粗黑的枝干。那金黄的密密的枣花，在微风的吹拂下，一股甜甜的、沁人心脾的馨香便飘溢过来，那怡人的甜蜜直往我的心里钻。

看到百丈崖周围数不清的枣树，看到那满树的金黄小花，它是那样微不足道，却又那么执着地生长、开放。没有奢华，没有虚荣，只要结出甜美的果实就已足够……"一方水土养一方人"，百丈崖下的泉庄人，就像这百丈崖上的枣树一样，把求索的根，深深地、默默地植入他们眷恋的土地，脚踏实地用勤劳、智慧和汗水浇灌生命之花，必将结出丰硕的甜美果实。

欣赏着满目的美景，遐想着美好的未来，忽然，从枣树园里传来脍炙人口的歌曲《在希望的田野上》，我也大声随着唱起来："我们的家乡，在希望的田野上……"

衷心祝愿百丈崖下泉庄村的发展，像满山的枣树一样越来越茁壮，未来的美好生活，像满树的枣花、枣子一样香醇甜美。

梧桐花开气自芳

最美人间四月天，这话一点儿也不假。

走在村野，不知不觉，如雪的杏花、娇艳的桃花次第凋落了。但那不太引人注意的梧桐花，在疏密不一的枝条上，却又默默地绽开紫红的笑脸。浓稠的花，装扮了村庄、田野，馥郁的芬芳，沁人心脾。

抬头仰望，蓝天白云下，那一棵棵高大的梧桐树上，一串串紫色风铃般的梧桐花，衬在新绿渐荫、粉墙红瓦之中，犹如朵朵飘浮的紫色云霞，如梦似幻，给村庄、山野增添了更加亮丽的风景。

梧桐花虽高高在上，也没有艳丽诱人的色彩，但它那甜甜的花蕊、极具诱惑力的香气，却引来成千上万的小蜜蜂，嗡嗡嘤嘤地唱响了绵绵恋歌。我对它也情有独钟，每到这个季节，喜欢看艳阳下梧桐花不断变化的颜色，喜欢摘下一串，轻轻吮吸花蕊中晶莹清甜的蜜汁，那清香的滋味，令人心醉。

我喜欢默默绽放的梧桐花，它虽长在高高的枝头，却从不"目空一切"，而且有一种向往苍穹的神力。难怪，那四处招展的枝丫，高大粗壮的肢体，祥云般的紫花，硕大的叶片，会引来远方的凤凰来栖，为它留下动听而又美丽的神话。

满目紫色的梧桐花，深深吸引我的思绪，激发我的灵感。

我真想把你高歌的枝头摄进镜头，写成篇章，把你动人的故事谱成雅歌。多想摘下朵朵紫花，编成花环，轻轻地戴在貌美如花的爱人颈项。好想做一个心梦，浪漫的紫色蔓延美丽的梦境……

那一棵棵的梧桐树，就像一个个身穿紫色裙的妙龄少女，亭亭玉立，满身盈香。那些小喇叭状的花朵，宛如一个个小精灵，心里似乎藏着一丝丝忧郁，诉说着动人的凄美故事。

暖暖的春风里，成串的紫花，在高高的枝头上迎风舞蹈，衣袂飘飘，影影绰绰，大度超然，仿佛奏响悦耳的铃声，从遥远的天际飘来，震荡我的耳鼓，悠悠地敲动我那颗眷慕的心。那曼妙的舞姿，宛如仙女下凡，使人怦然心动，爱恋无限。紫云般的梧桐花，不管近看还是远观，处处装点着广袤的农村、原野，分外妖娆。

梧桐树伫立在乡野，星罗棋布，数不胜数。它悄然无语，盛开在灿烂的、最美的人间四月天，驿动着春天的美韵。徜徉在梧桐花开的地方，自己的身心，被紫色的祥云围裹、熏染，有一种超然脱俗的舒服与惬意，遐想中便有美丽的紫色梦溢满心胸。

从亘古到如今，有多少人在梧桐花开的季节尽情放歌；有多少情窦初开的少男少女，在梧桐花开的树下相拥相依诉说情话；又有多少人在梧桐花雨里产生忧郁，忍受孤独……"此情无计可消除，才下眉头，却上心头"，聚散两依依，离别的路口，是否早已埋下了重逢？

哦，梧桐的花语里，是否也有久别后的邂逅……

我喜欢独自一人，走近或高或低、或粗或细的梧桐树，轻轻吟诵古今传诵的梧桐诗，感受诗人当时的心境和情怀："无

言独上西楼，月如钩，寂寞梧桐深院锁清秋。""情寄家乡水，
花开梧桐树，百鸟争鸣时，只待凤来栖。""红减山冈绿满溪，
梧桐花开正当时，玲珑一朵一金卮，过了清明才过雨，输于妩
媚不输诗，凤凰今夜宿苍枝。""凤凰鸣矣，于彼高冈。梧桐
生矣，于彼朝阳"……这些脍炙人口的诗，曾打动多少文人墨
客的心，又有多少人与之结下了不解之缘。

俗话说"家有梧桐树，引来金凤凰"。在广大的农村，家
家户户喜欢在房前屋后、大街小巷、闲园子里、山坡、沟谷、
路旁等栽植梧桐树，因梧桐树好栽植，成活率高，生长速度快，
高大笔直，且价格较高。在贫穷的年代，家里要是有几棵又粗
又高又直的梧桐树，那是很令人羡慕眼红的，可以卖掉，买一
些粮食和其他生活用品，渡过难关。用它制作的家具，花纹美，
分量轻，还不容易变形，深受人们的青睐。现在生活条件越来
越好，天天都是好日子。栽上梧桐树，虽没引来金凤凰，但岁
月中，我领悟到了梧桐的高尚和圣洁，看到了老百姓对美好生
活的追求和向往。

在这最美的人间四月天，我喜欢走出家门，漫步在暮春的
夜晚，静静地用心倾听梧桐花开的声音，体验一下这岁月静好
的感觉，品味一下梧桐花开的美好。轻轻嗅着弥漫在月色中桐
花的缕缕幽芳，金黄的圆月下，月色溶溶，树影婆娑，夜鸟啼鸣，
颇有意境，令人遐想……

梧桐花开气自芳，乡村山野好风光。紫气东来无限美，处
处彩霞溢清香。

紫荆花开

六月满山野荆开，犹如紫霞降下来。蜂歌蝶舞丛中戏，浪漫花海醉心怀。

进入六月，烈日当空，天气炎热，也正是漫山遍野山荆花盛开的季节。每当这个时候，我只要有闲暇时间，总要冒着酷暑，到附近的山上去赏荆花。

周日的下午，在家闲得无聊，决定再次登临河南山。因路途很近，骑车绕小路很快就来到山脚下。顺着陡峭蜿蜒的山路攀爬，电动车终于爬不动了。把车子停在山路旁，那淡淡的花香已飘然而至，加快脚步走向布满山荆的大山。

啊！山路旁，荆花夹道，山坡上、悬崖畔、沟谷里、槐树林中，目力所及全是荆花夹杂着绿树野草，汇成了一望无垠的花海。那些淡白色、淡紫色、淡蓝色的小花，一串串，一丛丛，挂满枝头，形成了一道亮丽的风景。看到这童话般的山野情趣，心中不免大吃一惊，令我兴奋不已。今年的荆花似乎比往年还要旺盛，还要迷人。

荆花虽不大显眼，但浓密的花朵聚拢在一起，就会成为奇观，撼人心魄。看看吧！整个花朵只有米粒般大小，虽没有牡丹的雍容华贵，可它们成串成穗，漫山遍野；荆花颜色不怎么鲜艳，也没有月季、芍药的美丽多姿，可它们争先恐后，挨挨挤挤，把夏日的山野渲染得无比绚烂；荆花也没有桂花的香飘十里远，但淡淡的香气，总会引来无数的蜂蝶穿梭其间，给壮丽的山野增添无穷的乐趣，氤氲成醉人的仙境。

攀爬到高高的山顶，迎着略带凉意的夏风，俯视眼前的山荆花海，呼吸着荆花飘来的淡淡香气，微合双目，感觉沁人心脾，心旷神怡，不免浮想联翩……瞬间，这漫山遍野的荆花，突然变成了法国普罗斯旺一望无际的迷人的蓝色薰衣草。一会儿，又变成了荷兰阿姆斯特丹高贵迷人的紫色郁金香，无数的游人徜徉其间，尽享迷梦般的浪漫……

山荆，家乡人一般都叫作荆棵，也有的叫荆疙瘩。它野生野长在山野，自生自灭，无人管理。但它那柔中有刚、顽强生长的精神，令人折服。无论土壤怎样的贫瘠，总能扎根于山崖、石缝、沟谷、河畔、山路等处，不招摇、不卖弄，任凭风吹雨打，历经严寒酷暑，总是默默无闻，把大山装扮得分外妖娆。

20 世纪六七十年代，农村里家家户户少柴缺粮，不等山荆花开，已被老百姓割掉或刨去晒干做饭用了。在深山老林里的，大队还要封山，严禁放牧和割伐。

山荆全身都是宝，荆花花期很长，据说能开一两个月，每年吸引很多外省养蜂的来我们沂蒙山区放蜂，把帐篷支在大树下，蜂箱摆在山路旁，蜂农们忙碌的身影，在树荫里时隐时现，甜美的笑声，在山谷回响。蜂蜜产量很高，质量上乘，没有丝毫的污染，收入非常丰厚。我曾采访过放蜂的中年夫妇，他们满意地告诉我："这里的荆花特别多，就我们来说格外地心仪。因为这里远离城市，山荆漫山遍野，且没有污染，质量很有保障，我们产的荆花蜜，晶莹剔透，又香又甜，营养丰富，虽然价格比别的要稍贵一些，但还供不应求呢。"

　　荆条是编筐篓的上等材料，等到秋天，荆条变老了，用镰刀割下来，去掉枝叶，捆起来放到河水里，用石头压好，淹个十天半月的，用它编成柴火篓子、粪篓、架筐、扁筐、果筐、符篮子等家什，既结实又美观，农村里家家户户用得着，使个十年八年不成问题。上好的荆疙瘩，被有眼光的人挖去，精心雕刻成根雕，成了一件件艺术品，深受客商的青睐，还有人挖来制成盆景出售，收入也不错。荆叶、荆根、荆种均是中药材，可预防、治疗多种疾病。

　　现在，生活条件日新月异，家乡人对野生植物资源都有了保护意识，很少有人割荆条编筐篓了，再也没人用荆棵烧火做饭了……山上，到处是郁郁葱葱的山荆，枝条上也缀满了串串紫色蓝色的荆花，显现出无限生机。无论走进大山的任何地方，都能被眼前的花海所吸引、所迷恋，也真令人感慨万千，没想到，家乡夏天的山野，荆花竟开得如此热烈，把平平常常的大山装扮得如此壮丽。

　　独自一人，置身于漫山遍野的荆花丛中，我从内心觉得非常浪漫。没有喧嚣，没有羁绊，可以自由自在地饱览这诱人的花海，独享这美好的静谧和视觉盛宴，不负这大好时光。

　　久旱不雨，暴晒在烈日下的山荆，有的有点蔫，但树林中和背阴处的就显得叶绿花艳。我渴盼天降甘霖，给漫山遍野的山荆来一场酣畅淋漓的沐浴。

　　漫山遍野的山荆花，开得正艳、正浓，如云似霞……何惧暴风，何畏骤雨，一团团、一簇簇，烂漫天涯。

山乡秋醉

一场秋雨一场寒，树叶斑斓果更艳，真是天凉好个秋，忙里偷闲山乡游。时令的驱使，再次骑车，到我的第二故乡米山溜游览一番，饱览那里醉人的秋光。

故乡的米山溜，我对此有着很深的情感。二十多年的教学生涯，与之结下了不解之缘。我不但熟悉那里的每个村庄，还了解山村的风土人情。特别是深秋的山乡风光，经"临朐""大美临朐"等微信平台的大力宣传，名不见经传的小山乡，逐渐有了知名度，吸引大量的游人前去观光旅游。凡到此地游玩的人，无不被大美的风光所迷醉。所以每到这个季节，国家峪、燕子崖、李家庄、回头、琴口山庄等村就热闹起来。山路旁停着一辆辆小轿车、摩托车等交通工具。山上、村里，时时看到游人的身影，传来他们的欢声笑语。

深秋，是一年中最迷人，最令人向往、留恋的，也是最充满诗情画意的。她时时萦绕在我的脑际，时时牵动着我归乡的梦。

秋高气爽，蓝天白云，阳光灿烂，心情愉悦，仿佛听到山乡在向我轻轻地召唤……说走就走，骑着摩托车，从家中出发，驰骋在冶米路上。嘀！一条平整、刚刚修复不久的柏油山路，不免使我加快了车速。道路两旁的树木也换上了五颜六色的迷彩"秋装"。秋的色彩，遮不住满山挂满枝头的火红柿子和山楂的光彩，挡不住山村里五谷杂粮诱人的清香，山乡丽景迷人眼，美果飘香怡心胸……过王河、经米山、二郎庙，不禁放慢车速，在秋香的弥漫中缓行，欣赏这沿途绝美的景致。

到了湾头河和李家庄交界处的大崖头时，看到那满山的柿子树和山楂树，挂满了红彤彤的果实，着实令人心动，恨不得摘下几个品尝品尝，便迫不及待地把车停在山路旁，提着摄影架，背上照相机，走进那红云深处。

弯弯的山路旁，没膝的野草上挂满了晶莹的露珠，不一会儿就打湿了鞋子和裤管。八九点钟的秋阳，照射在露珠上，映出一颗颗闪烁的小太阳。山坡上、崖畔上的野菊花，开得正艳，到处金灿灿的，像铺上了巨大的地毯，如镶上了耀眼的金边，那淡雅的芬芳，溢满山野，沁人心脾。走着走着，偶尔还从草丛里惊出只野兔，一下蹿出老远，飞出几只野鸡，呱呱地鸣叫着飞入密林。伫立于半山腰，仰望高低起伏、错落有致、层峦叠嶂的青山，苍松翠柏间，掺杂着火红的柿子树、山楂树、火炬树，金黄的钻天杨，结满酸枣的棘子棵和红黄相间的不知名的花花草草，还有收获不久，没被割倒的玉米秸。俯视，山村的彩树红瓦若隐若现。弯弯的山路，层层的梯田，犹如悠长的裙带，把大山紧紧环抱。

我信步来到密密匝匝的柿子林、山楂园，被眼前的景象所诱惑、陶醉。那高大粗壮的百年老柿树，直插蔚蓝的天空，伸展着苍劲的枝干，护佑着它所爱恋的田园。它们对大山无所求，有的根植于田间、地头，有的伫立于梯田、山坡，还有的扎根在堰墙根、沟谷、石缝中。树树虬枝上那一嘟噜、一串串的累累果实，压弯了枝头。喳喳叫的喜鹊，有的在柿树的上空飞翔，有的在枝头站立，有的从巢穴里露出脑袋来，还有的在尽情地啄食甘甜如蜜的烘柿子。从树下经过，不小心踩上掉落于地上的柿子，还和耷拉下来的柿子撞个满怀，不由得使我大吃一惊。还有那一眼望不到边的山楂树，玛瑙似的果子，密密麻麻，犹如繁星，在艳阳的照耀下，闪着光彩。绿里透黄的叶片，衬着红艳艳的果实，不禁使我心生爱恋之情。相机的快门按动，拍下一幅幅清晰、艳丽的图片。"山楂树之恋""柿子树之恋"由此诞生，怎能不使我信心倍增，满心愉悦？远望山野，色彩斑斓，如梦似幻。山中腾起的红云帐幕和蓝天白云相接共融，真是美不胜收，多像山乡待嫁的、婀娜多姿的俏丽新娘……

山一程，水一程，画里踏歌山乡行。行走在我挚爱的这片故土，看到的是山民忙碌的身影，听到的是他们欢乐的笑声，嗅到的是秋粮、秋果特有的气息。父老乡亲家的房顶上、石墙头上、家里、门外，那一树树、一柱柱、一堆堆的玉米棒槌，搭起了一座座"金楼"。摊晒在路边的玉米上，有小孩子坐在里面嬉戏玩耍。家家户户的院里院外，堆着小山似的山楂、柿子、玉米、方瓜、吊瓜等，普普通通的农家小院显得拥挤起来，又是一个丰收的年景啊！山里人还喜欢在院里院外栽植柿子树，只要你走进村里，就会看到好多农户那探到墙外来的红柿子，平添了一道亮丽的风景，把古朴的山村装扮得别有韵致。真是："户户栽上柿子树，事事如意有福禄。家和人旺财源广，山村巨变奔小康。"

徜徉在深秋的山乡，远离各处景点的人山人海和喧嚣，尽情享受别样的山乡秋色、美景，大有宁静致远的心境。

山乡的深秋，是丰富多彩的，是令人陶醉眷恋的。这里有劳动的快乐，付出了辛劳，收获了喜悦和甜蜜，还有对美好生活的憧憬和期盼。我衷心祝愿曾养育我成长的第二个故乡，在未来的建设发展中，如满山遍野的柿子、山楂那样，红红火火，轰轰烈烈，也必将变得越来越美好。

山村秋意浓

　　国庆节期间，在外地工作的同学回老家探亲，非让我给他当向导，去冶源镇的琴口山庄游玩一番。我拗不过他，便放下手头的事情，乘坐上他的轿车，沿着新铺不久的山间柏油路，向目的地进发。

　　轿车在九曲十八弯的山路上驰旋，山村的深秋景色格外的迷人。透过车窗，山路两边的山坡、沟谷处处流光溢彩，那是火红的柿子和山楂，十里山乡涌动着如霞的云。连绵不绝的画卷在我们眼前闪现，真是"车行山路间，人在画中游"。

　　一路奔驰一路画，不知不觉来到了琴口山庄的群英池。池的四周已停满了小轿车、电动车、摩托车，还有一大溜山地车。没想到来此观光旅游的人还真不少，平时静寂的山庄，这时变得热闹起来。

　　老同学把车停在一户村民的家门口，我们便顺着村西的环山路，爬上了高高的西山顶。举目望，这才发现，不知何时在连绵起伏的群山中，架起了高压线铁塔，给美丽的山村又增添了一道亮丽的风景。看到在这样高这样陡的山中竖塔架线，心中不免对建设者发出由衷的赞叹。

　　琴口山庄因海拔较高，营造了独特的小气候。山中还有一些村民在忙着掰玉米、割豆子、拾棉花、摘芸豆。地堰上、山坡上横七竖八地躺着像熟睡了的胖孩子似的吊瓜和方瓜。一个个熟得红彤彤的，真是喜煞个人。要是摘来蒸着吃或者熬着喝，一定甘甜惬意。

湛蓝的天空，白云飘飘。深山中层层梯田里的山楂树、柿子树果实累累，红浪滚滚，如霞似丹，煞是惹人爱怜，等待着山民赶快采摘。阵阵香风吹来，顿感神清气爽，心旷神怡，仿佛置身于仙境一般。

朱谷丹崖，泼红嵌黛，层林尽染。游客徜徉迷醉在这山庄的红云帐幕里，时时露出粉红的笑脸，显出漂亮的衣衫，飘出他们的欢声笑语……相机、手机的咔嚓声中，拍摄出一幅幅令人满意的图片。

下得山来，我们围着村子转了一圈。收获的玉米棒子，有的摊晒在家门口或院子里，有的挂在了树上，有的搭在木头柱子上，还有的放到平屋上。街道旁，摞着一垛垛系好的黄烟，准备装入烘烟屋。听村民说，这里烘的黄烟品质好、产量高、味道香醇，专供"中华"名牌烟厂，收入可观。好多村民的家门口或者院子里栽着柿子树，把山庄衬托得更有魅力，充满着诗情画意。远远看去，整个山村笼罩在黄澄澄、沉甸甸的丰收氛围里。看到如此美的景象，我不禁随口编了几句顺口溜："山庄粮果大丰收，家家户户搭金楼。勤劳人家庆有余，小康生活乐悠悠。"

转到北山根，踏着弯弯曲曲的石板小径，爬到陡峭的悬崖上面。举目南望，群英池和南坡尽收眼底。圆圆的池子，像一颗璀璨的明珠，镶嵌在彩树浓荫之中。清澈的池水，倒映着依依垂柳。南坡上的树木、果实、野草、庄稼地、野菊花等五彩缤纷，湖光山色，交相辉映，一派江南风光。中午的艳阳，照耀着或黄或红的树叶，逆光看去，映出强烈的透视感，拍出的照片，闪烁着五彩斑斓的光环。

山坡上，不知谁家新盖了漂亮的楼房。在这样依山傍水的美好环境里生活，真是神仙般的日子。

环视整个山庄，碧水蓝天，白云悠悠，铁塔电网，山野红黄，瓜果飘香，秋意浓浓，怎不使人陶醉其中，流连忘返！

柿子树之恋

在我任教过的山村，每到深秋季节，沟、坡、堰、梁、田间地头、房前屋后，许许多多形态各异的柿子树上，都挂满了火红的柿子。远远看去，层林尽染，秋意盎然，好一片迷人的亮丽风景。

柿子没有桃李的鲜艳诱人，也没有苹果、葡萄的芳香甜美，更称不上是上等的水果，但山里人却非常钟爱它。在那贫穷的年代，柿树被称为"救命树"，柿子被称为"救命果"。听说一外地要饭的到该村，看到这么多的柿子树，便把自己的女儿留下，嫁给了一位老实巴交的农民，换了一筐子柿饼，恋恋不舍地回家养家糊口去了。现在，山民对它的情愫更深更强烈，每到柿子成熟的季节，柿子树成了在外游子和家乡联系的媒介。柿树枝上停着喳喳欢叫的喜鹊，那大大的鸟巢，是它们的幸福家园。蓝天上，白云悠悠，北雁南飞，回归故里……难怪故乡的老人都会说："柿子熟了，喜鹊叫了，大雁飞了，向我们报告大好的消息，远离家乡的孩子们该要回家跟我们团聚了。"

山野的玉米、高粱、大豆、谷子等秋庄稼收获以后，播种的小麦也已发芽。秋雨绵绵，秋风瑟瑟，寒霜来袭。野草开始枯黄，树叶也逐渐飘落。唯有那柿子树上的红柿子，悬挂枝头，那么惹人爱怜。那虬枝的灰黑色树影在瓦蓝瓦蓝的晴空中凌空高蹈。

美艳如火的"红灯笼"，仿佛吟诵着一首风雨同行的绵绵情诗。

　　这时，山民又开始忙碌起来，便肩扛云梯，挑着筐篓或推着胶轮车，高高兴兴地来到柿子树下准备摘柿子。矮的树，柿子好摘，漂亮的山嫂们头扎丝巾，胳膊上挽着篮子，一会儿就摘完一棵。红红的柿子映红她们的笑脸，琅琅的笑声在山谷回荡。遇上又高又粗的百年老树，就必须搭上云梯，爬到树丫上踩稳，壮实的山里汉们一只手用绑着钩子的长竹竿钩住软枝，另一只手把柿子摘下来。树梢上的就用钩子钩住使劲一扭，扭断树枝再慢慢倒到身旁摘下来。这样做必须有胆量有技巧，胆小的只能望柿兴叹了。还有摘柿子的山民，干脆来省劲的，把柿子连果带枝折下来往下扔，下面的人用两根木棍投进蛇皮袋里撑好，仰头接住扔下的柿子，两个人必须密切配合，不然，不是接偏了，把柿子摔碎，就是扔到人身上。可见，摘柿子也不是个轻快活儿啊！

　　摘下来的柿子，捡拾到筐篓或蛇皮袋里，用扁担挑或用小车运回家中的天井里，连果带枝没受到伤害的，选一些挂到房檐下，等软了的时候，摊柿子煎饼，张张煎饼像一轮轮红红的太阳，看着好看，吃起来香甜。看着一堆堆红得耀眼的柿子，山民眉开眼笑，心里像吃了剥了蝉翼皮似的烘柿酱。我最爱吃的柿子，就是用火烧，在柿树下，点上一堆干柴，等火炭多了、旺了，把柿子埋进去，慢慢地烧熟，只听火堆里发出吱吱的声响，随即飘出香味来，过不了多时，柿子就烧熟了，拨开火堆，红红的柿子已变成黑的了，外面还流出白白的柿子乳，剥去外皮，便露出橘红的瓤，咬一口滚烫的烧柿子，顿感甜甜的黏黏的，略带涩味，汁水顺着嘴角淌下来，特别是那柿籽，嚼起来有一种别样的感觉，更有一番风味，我能连吃四五个，肚子里暖暖的，舒服极了，馋得小狗摇着尾巴，使劲用爪子刨土，望眼欲穿……

　　家家户户这么多的柿子，必须趁硬实时削皮，一旦软了，就削不成了。加工柿饼这种活，看着容易，做起来难。一手握柿，一手握削刀在手里转。不熟练的，削得不干净，也很慢。削得快的，只见长长的薄薄的柿子皮从手心里溜下来，又干净又光滑，一会儿就削一篮子。现在，家家户户都用上了机械化，不但解放了劳动力，降低了劳动强度，而且还提高了工作效率。

　　削好的柿子，要一个个系在细绳上，挂在事先搭好的架子上，柿子架要搭在朝阳、通风、干燥的地方，还要防止雨淋……这时的山村，特别热闹，摘柿子的，运柿子的，削柿子的，挂柿子的，到处传来人们的欢声笑语。

　　那搭在架子上的串串红艳艳的柿子，像挂挂从天而降的珠帘，在金秋暖阳的照耀下，透着迷人的光彩。一阵强劲秋风吹来，珠帘便轻轻地摇晃，颇有一种"沙场秋点兵"的壮美景象。站在山上往下望，真有"千里连缀锦，十里灿明霞"的诗情画意了。每到这个时节，总会吸引一些游客和摄影爱好者、画家来到柿乡游玩采风，拍出、画出精美的幅幅作品，真是乘兴而来，满意而归。看到这样美的场景，我恨不得马上举办一次"柿树之恋"摄影、书画展。

　　柿饼经过阳光的照射，山风的吹拂，寒霜的熏陶，日夜的更替，经过山民的揉、捏、翻、转，逐渐由大变小、由红变暗，满身布满如雪的白霜了。据说，柿子霜治疗咳嗽、口疮有很好的疗效。柿饼那古典的模样，看上去与众不同，吃一口，甘甜如饴，满口生津，味道绝妙，回味无穷。柿饼加工好后，除留一部分待客或送亲朋好友外，其余的保存好只等商人来收购了。柿饼深受城市人和老外的青睐，每年都换不少钞票，收入很可观。

但近几年，山里的年轻人都外出打工了，留守老人爬不了树摘不了柿子了，只能眼巴巴地看着累累果实烂在枝头或任由鸟雀子啄食，实在令人惋惜啊！

又到深秋，又是一年柿子红。我心中总有一股强烈的冲动，总渴盼到故乡看看那熟悉的柿子树，拍摄一些柿树和柿子的照片，以此安慰自己对故乡对柿树的浓浓情感。

故乡的柿子树，还有那像红灯笼似的柿子哟，是你荡涤着我的灵魂，是你永远暖在我的心头，是你时常让我梦回家园，是你令我产生浓浓的爱恋！

冬游百丈崖

临朐沂山风景区有百丈崖，以百丈瀑布飞流直下而闻名遐迩。在冶源镇泉庄村和辛寨镇曾家寨村交界处，也有百丈崖，在当地小有名气，冶石路蜿蜒着从半山腰穿过。

百丈崖对我来说并不陌生，近几年跟校车接送学生经常从此经过，看到它的巍峨险峻，但却从没有攀登过。看着层峦叠嶂、莽莽苍苍、如斧剁刀削般的悬崖，心中不禁产生敬畏仰慕之情。我决定抽时间好好爬到顶峰，感受、领略、欣赏一番。

周日下午，尽管寒风料峭，我还是骑上电动车，一会儿便到了百丈崖山脚下。把车子停在环山路下的地边上，顺着北坡弯弯曲曲的羊肠小道慢慢往上爬。转过一个弯，眼前豁然开朗，好家伙！满目的层层梯田里尽是枣树，一直通到山顶，甚至连石头缝里都是，有的根还裸露在外面，可见枣树的生命力多么旺盛、多么顽强啊！枣叶早已落光，被山风吹得无影无踪。但有的树上，还零零落落地挑着红艳艳的干巴枣，摘下来嚼一嚼，还很甜呢。只可惜，现在来得不是时候，如果在初夏，正是金黄的小枣花开放的季节，成千上万勤劳的小蜜蜂，就会像赶集一样嗡嗡嘤嘤地唱响了山野，放蜂女的脸庞灿若桃花，心里比喝了枣花蜜还甜呢！如果到了秋天，那风景就美不胜收了，漫山遍野的枣子果实累累，红彤彤、亮闪闪的，摘枣子的果农的说笑声在红云帐幕里荡漾。山路上，男女老少像赶集似的从山上挑着、背着鲜枣下来。收购枣子的商贩，把车停在百丈崖下。买卖枣子，挑选等级的人们熙熙攘攘，讨价还价，热闹非凡。听一同事说，他们村的枣农有的收入三四万元，令人羡慕。真没想到，在百丈崖的棘子窝里，经过村民的精心嫁接，不值钱的插园子货变成了摇钱树。

越往上爬，路越难行。一块块磐石有的横亘路中，有的探出去，狼牙锯齿……爬到半山腰，我已累得气喘吁吁，便坐在一块被山风吹得非常干净的石头上歇了一歇，顺便欣赏一下风景。因天气不是很好，有雾气，远处的景物朦朦胧胧的。

休息得差不多了，继续前进。越往上爬，山风越大，借助身边的荒草和野树艰难挪移。寒冷的风，呜呜地刮乱了我的头发，撩起了我的衣襟。身体几乎贴在地上爬行，生怕脚下踩空或一滑，骨碌骨碌地滚下山崖去。

费了九牛二虎之力，终于爬到崖顶，心中有一种"会当凌绝顶，崖高我为峰"的豪迈感觉。四目环望，目之所及，山水林田是自自然然地秀，坦坦荡荡地美。如果春秋季节到此，就美如仙境，飘飘欲仙了。崖壁间的石缝里，植被丰富，有墨绿的青松、带刺的洋槐，间或有一些火炬树，还有野生的榆树、酸枣树、臭椿、紫荆等。枯黄丰厚的野草，被山风吹得东倒西歪，沙沙作响……早就听说，百丈崖壁上还有几个天然洞穴，只因没有上去的路径，危险性大，很少有人进去，也只能思洞兴叹了。

靠近崖顶向下俯视，顿感头晕目眩，好像一不小心就会栽倒下去。半山腰，那带子似的公路，曲折蜿蜒。阻碍山里人出行几辈子的天险，经过勤劳智慧勇敢的临朐人不懈地奋战，硬是在这样陡峭险峻的百丈崖上，腰系麻绳，手端沉重的打眼机钻炮眼，装药、点火，放炮炸石，开辟出六七米宽的公路，天险终于变成了通途，圆了山里人的夙愿。这不得不说是临朐人创造的又一奇迹。

回想四十多年前，半夜五更和小伙伴到杨家河拦花生，从此经过好几次，那窄窄的山道，不亚于电影《智取华山》中的惊险，百丈崖上的夜猫子"咕喵，咕咕喵"地直叫，弥河东边的杨树林里传来"当当，当当"的怪声，惊得我们毛骨悚然，好歹壮着胆摸着黑，挨过了崎岖狭窄的百丈崖之路。现在回忆起来，还心有余悸。我知道邻村里有好几个人骑着车子从此经过，不小心坠落悬崖，摔得鼻青脸肿，亏得悬崖上的野树挡住，不然，后果不堪设想。

现在，公路外沿筑着一行水泥垛子，为来往的车辆行人提供了安全保障。路下，就是那九曲十八弯的明如玻璃的带子——弥河。岸畔，杨柳依依，碧绿的水里，芦苇丛丛片片，野鸭成群结队，戏水游弋，若被惊动，霎时"扑扑棱棱"激起雪白的浪花，贴着水面飞进了远处的芦苇里。

弥河东岸转弯处是辛寨镇的犁眼河村，一面临山，三面环水，风光绮丽。村西北是小麦田，远远望去，像一片碧绿的地毯。西岸是冶源镇的泉庄村，两村相望，近在咫尺，鸡犬相闻。虽无小桥，但有流水、渔舟。依山傍水，风景如画，富有江南水乡之韵。这可真是名副其实的"靠山吃山，靠水吃水"。夏天汛期到了，弥河水猛涨，巨洋湖里憋了一年的鱼，一大群一大群地逆流而上，呼吸新鲜的氧气，抢吃冲下来的美食，有的大鱼可能兴奋过度，竟蹦上了岸畔，被守水待鱼的人逮了个正着。这时的弥河热闹起来，到处是划船下网的人群，百丈崖下，也成了鲜鱼交易市场。弥河沿岸的人们也进入了最忙碌的季节，正应了那"近水楼台先得月"的佳句。

百丈崖像一位伟岸的巨人，在这里静静地耸立着，但他一点也不寂寞孤独，因为有树木、花草、鸟兽、村庄、弥水与他相依相伴……碧水倒映着青山，青山映衬着碧水，这才使山水有了灵气和活力，这里的山水哺育了勤劳、淳朴、善良的山里人。

攀上百丈崖，欣赏山村田园，在险崖秀水间，尽情地放飞心情，在山水野趣中，陶冶自我，何乐而不为呢？

燕窝农场游

燕子崖村藏深山，山清水秀如桃源，远离喧嚣好静谧，渔人问津不知返。

燕子崖村，位于临朐县城西南 25 公里、冶源镇政府驻地西南 10 公里处。村庄四面环山，东邻上国家峪村，西北隔苍山距琴口村 4 公里，南隔驼峰山距寺头镇下刁窝村 1.7 公里，北隔青龙山距吴家庄子 2.5 公里，是全县数得着的小山村。

我对燕子崖村比较熟悉，因我在米山溜里教学二十多年，也去过好几次。虽然交通很不方便，山路十八弯，但那里山清水秀，风景优美。特别是山坡、沟谷、庭院、房前屋后的那些百年老杏树，还有那淳朴的民风、善良的山民，给我留下了深刻的印象……

又是一年清明节，正是外出旅游踏青的黄金季。一同事来电说："燕子崖村的杏花开了，漫山遍野，犹如仙境，你还不来摄影采风？再不来又要错过花期，现在交通好了，水泥路直通村子……""好的，我已好几年没去了，正打算去看看呢！"

趁着好天气，与好友相约，驱车直奔燕子崖。一进山里，就觉得进入另一片天地，山里的空气格外清新，风光无限美好。此时的山野，焕发着勃勃生机，处处山花烂漫，香飘四野，一派大好春光。一路爬坡，一路风景，看到上坟的、游玩的、挖野菜的男女老少，三人一伙，五人一群。嵩山林场的宣传车，悬挂着高音喇叭，在山路上来来回回地宣讲："进入林区，严禁烟火！"

来到燕子崖村东头，向西南远远望去，首先映入眼帘的是漫山遍野的杏花，如雪似霞。春风吹拂，飘飘洒洒，十里闻香，犹如仙境，美不胜收。我们把车停在村头的山路旁，迫不及待地顺着山间小路，来到沟谷，欣赏那百年老杏树，那又粗又黑的树干，婀娜多姿。枝条上密密匝匝的花朵，洁白如雪，分外妖娆。这些老杏树有的独立于山腰，如云如雾。有的三五成簇，立于山坡，山石拱卫，石屋相称，相映成趣。有的错落连片，姿态优雅，伫立山谷，似花海绵延，幽深莫测，观之令人遐想、沉醉。来到树下，浓密的花朵遮住了湛蓝的天空，淡雅的香气萦绕四野。勤劳的小蜜蜂，也像赶集似的聚拢来，在花间嗡嗡嘤嘤地忙碌着，唱得山也甜了，路也甜了，人更醉了……

走近每棵老杏树，我们都要抱一抱他的腰身，就像和一位老者相拥、对话，他虽饱经风霜，但依然老当益壮。你看那黑粗枝上面的花朵，有孤傲冷艳争春之意。那枝条长长浓密一串，彰显生机无限。那枝条弯曲盘折的，层次分明，花朵疏密有致，好一幅连绵不绝的画卷。那满树的杏花，犹如俏丽的白梅，也是有风格、有精神的，那勤劳的山里人，不就是一棵棵扎根山石缝中的杏树吗？此情此景，怎不使人迷恋其中？相机的快门，咔嚓咔嚓地按下，一幅幅山村杏花图摄入镜头。

我们坐在老杏树下的巨石上，一边休息，一边欣赏着山村丽景。山外的杏花已经飘落，发出嫩嫩的新芽，这里却开得正欢。暖洋洋的山风吹来，花瓣徐徐地默默飘落，漫山遍野就像下起了杏花疏雨。雪白的花瓣，无声地洒落到我们的头上、身上、草丛里，淡雅的幽芳，沁人心脾。此时，黄鹂、杜鹃、百灵鸟的婉转鸣唱，在山谷里久久回荡，我的歌声也忍不住像布谷鸟一样，飞出喉咙。

恋恋不舍地走出山谷，我们又在村里溜达，没遇上几个人，此时的山村静悄悄的，只偶尔听到几声羊咩、狗叫、鸡鸣。村民的住房，都是以山的走势用山石盖的，高高低低，错落有致，显得古朴、粗犷。我们看到几乎家家户户的庭院里都有老杏树。有的在院内一角，树枝探于墙外。有的在天井中间，树下安着石桌、石凳，他们可以在树下喝茶、聊天、吃饭、纳凉等。还有的住宅，看样子已经好长时间没人住了，房顶已经露着天了，有些狼藉。有的只剩下残垣断壁，野草、灌木丛生，有些荒凉。听村里的留守老人说，这村里本来才一百来口人，大部分都出去打工了，现在已不到三十口人了，只有逢年过节，村里才热闹一些。我们围着村子转了转，拍了些杏花、老房子、老碾、老磨、老井，收获倒是不少。

站在村子的高处向下俯视，整个村庄被掩映在浓浓的杏花之中，真不愧为"山乡杏花村"。

听说村庄北面山上，已被人承包，投巨资建设得不错。层层梯田上，每年种植谷子，收入很可观，我们决定去看看，便顺着山路爬上北山，的确如此，山阳，有一排漂亮的房屋，院子里炊烟袅袅，鸡鸣狗叫，还停着几辆小轿车。近处的梯田层层叠叠，错落有致，土地已耕作待播。山路弯弯曲曲，山间的连翘开得正艳，到处金灿灿的，和高高矗立在山顶的高压电塔，蓝蓝的天空，山中的碧绿青松，相映成趣，美得妙不可言。

走下北山，来到车旁，再次环顾山野，那美好的山景，让人忘却烦忧、心旷神怡，尽情拥抱自然，享受这美好春色。望着那满目的百年老杏树，闻着如雪的杏花散发的芬芳，心中不免产生深深的留恋。

　　正是："清明时节游燕崖，欣逢老树绽杏花。小小山村皆美景，放飞心情自天涯。"

走进朱家峪

　　山东章丘的朱家峪，是《闯关东》《老农民》《红嫂》等影视剧的取景拍摄地，也有很多表演艺术家在那里演戏。加上在各电视台、电影院的热播，使朱开山的老家闻名于世，家喻户晓。

　　省散文学会会员创作大会结束后，文友王振国老师开车拉着我和范振波，从水帘峡风景区，沿着龙盘似的山路往回赶。沿途的车辆不多，山中迷人的风景、村庄从车窗外一闪而过。

　　王老师提议到济南动物园、植物园看看，我们觉得天色已不早，就不买票进去了，在大门口外边照几张相算了，以后有时间再来。照完相，我们又去了山东凯文职业学院。王老师说这是他的母校，我们在大门口前也照了几张相。临走时，王老师还不断地回头再望一望，可见他对母校有着浓浓的眷恋之情。

　　汽车行驶在宽阔的柏油路上，走着走着，看到路边有一大理石石碑，上面镌刻着"朱家峪"三个遒劲有力的大字。王老师说："咱们好歹从这里经过，我们到那里看看去，很美的古村落，我在这里上大学时，常常和同学们来玩……"我俩对王老师的用心，感到非常欣慰。

　　朱家峪新村规划得相当漂亮、别致，房屋整齐划一，街道宽阔，干净整洁，花草树木掩映其间，使人赏心悦目。新村和古村落被一条宽阔的街道相隔，形成鲜明的对比。

朱家峪，一个有着六百多年历史的明清古村落，我虽早有耳闻，却无缘谋面。想不到今天沾了王振国老师的光来到这里，重温一下电视中富有传奇人生的朱开山，再到《闯关东》体验馆真真切切地过一把瘾。从张贴的海报看，此馆是山东省第一家 5D 球幕影院，全球最先进的全方位动感体验。但来到馆前一看，大门紧锁，我们只好仰头看了看那气势雄伟的建筑，并在此处拍了几张照片。

我们打着雨伞，踏着溜光湿滑的石铺街道，来到一座厚重古朴的门洞前。细看，这门洞是用大小不一的长方形青石垒砌的，它虽历经沧桑，但依然坚如磐石，巍然矗立。门洞上方有一座古色古香的阁楼，上书"文昌阁"。这个造型我们看着感觉很不一般。

穿过门洞，不觉眼前豁然开朗，心神也为之一动，恍如穿越了时光的隧道，从现代走进了朱家峪的过往，想象出许许多多可能曾经发生的故事。

朱家峪古村落的大街小巷，基本都是由原始的石头铺成，光看巨石的溜光、凹凸程度，就能想象出它年代的久远。眼前仿佛浮现出祖祖辈辈的朱家峪人，出出进进、来来往往留下的足迹。

再看那条条街巷，弯弯曲曲，或高或低，或宽或窄，或长或短，让人沉思，令人遐想。一条小溪从村中穿过，清澈的溪水缓缓流淌。家家户户的房屋保存得也基本完好，院落干净整洁，青砖灰瓦，显得古朴、典雅、庄重。但从房屋构筑就能看出来，这村里当时老百姓贫富比较悬殊。富裕户住着别致的阁楼、宽敞的四合院，穷人家住的是低矮破旧的石头屋、草房子。

走进朱家峪山阴小学，看到院中的影壁墙上，写有《山阴小学校歌》："秀水之阳，胡山之阴，惟吾校址，义路礼门。创办学堂，协工同运，益于帮人之热忱。师生一堂，励志图新，培育中华栋梁人……"落款是"民国三十五年九月"。村中还有一处女子学堂，据碑文记载，当时设一个班，学生二十余人。古老的朱家峪村，在男尊女卑，女子无才便是德的社会背景下，率先提倡女子教育，的确是难能可贵，影响深远的。

我们伫立良久，仿佛从学堂里传来学生那琅琅的书声和优美的歌声。从学校的规模及保存的完整来看，足见朱家峪人对教育教学的重视程度。从这里走出去的知名人士可见一斑，也难怪其被誉为山东省唯一的"中国历史文化名村"。

我们三人，踏着满是雨水的溜光湿滑的石铺路，进祠堂、出古巷、上古桥、下古阶、赏古树、望古居、闻饭香……用我们的手机、相机把一幅幅充满古韵的图片定格，心中感到十分愉悦、满足。

徜徉在朱家峪古村落，觉得是享受一场历史文化艺术的盛宴。村中的自然景观、人文景观随处可见。村前花树绕，村中碧水流，村后倚青山。村庄沿山势而建，房舍高低不同，建筑风格各异，显得错落有致，溜光的石板路纵横交错，如同进入了神奇的迷魂阵……

行走在又窄又长的青石板巷里，仿佛进入了一个庞大的博物馆，我们乐此不疲，流连忘返。据村人说，这里有大小古建筑一二百座，除了村民的村居，还有古桥、古庙、古祠、古校、古泉、古巷、古井、古碾等多处古迹，另有一些古树，分布村中。这些建筑大多建于明清时期。青砖、灰瓦、青石、粉墙、高门楼、木质大门、木格子窗户等，显得挺拔而古朴、庄重。

我们还特意来到朱开山旧宅，想进去看个究竟，遗憾的是大门紧锁，使我们心中不免有些失落。围着他的旧宅看了看，他的房屋、院落等和其他人家的条件简直没法比，难怪他一家为生活所迫，携儿带女闯了关东。我们爬到高处，围着房前屋后转了转，拍了好几张照片留作纪念和珍藏。

雨还在淅淅沥沥地下着，看看夜幕即将降临，为了尽快赶路，我们没有游完，便恋恋不舍地驱车离开。

回头遥望，那笼罩在夜幕、雨雾中的古村落，那一条条山径古道，蜿蜒起伏，幽深静谧，扑朔迷离，使这几乎没人居住的古老村落多了几分迷人，几分神秘。

后 记

我最大的爱好就是读书，感觉读书是一种快乐、一种享受。一本书就是一泓清澈的泉水，源源不断地将自己怡然浸泡其中，荡涤着浑身的污垢。浸润其中，涵养其中，就会少一点浮躁，多一分清纯，少一点庸俗，多一点儒雅。每天不读书就感到生活缺少些什么，所以只要有时间我每天都要读一个小时左右的书，这成了改变不了的习惯。

20世纪80年代初，我走上了教学生涯，那时工资并不高，但总要挤出部分钱来订阅一些报刊，有时间就如饥似渴地阅读，丰富自己的文化素养，为后来的写作奠定了一点儿基础。

受我县著名作家、诗人冯恩昌先生的影响，我于90年代初，开始尝试进行写作。爱上写作，其实很偶然，无意间，看到一本诗集《多彩的风》作者是冯恩昌、陈显荣老师，那优美、朴实、灵动的乡土诗把我深深地吸引。之后只要在书店里发现有冯恩昌老师的著作，我都要买来阅读；发表在报纸上的文章，我都小心翼翼地剪下钉起来细读、品味……可以说，我是读着冯恩昌老师的美文佳作前行的。他的作品语言真挚，感情饱满，充满着正能量，洋溢着浓郁的乡土气息，令人百读不厌，回味无穷，受益匪浅。我心想："我是一名教师，也要拿起笔来尝试着写一写、练练笔。"于是斗胆向《潍坊日报·临朐版》等有关报刊投稿。在时任县委宣传部副部长、编辑部主任吕传富的推荐下，发表了几首小诗歌、几篇小散文，激起了我进行文学创作的热情。以后，也断断续续地参加一些征文活动，获得了几次奖。

我是一个很笨拙的人，平时说话都不会表达，语无伦次，只是把写作当作一种爱好，以消遣枯燥乏味的业余时光，使自己的心灵不再荒芜，给生活增加一些趣味。仔细想来，写作的的确确是集学识、阅历与才情于一体的脑力劳动，这期间写作者还要有很高的悟性。这些对我来说一样也不具备，所以我认为自己不是在创作，只是自娱自乐罢了。从 2016 年开始，陆续在我县的微信公众号"临朐""潍坊微刊"等发表了一二百篇散文，还参加了山东省散文学会举办的三次散文培训讲座活动，被评为 2018、2020 年度优秀会员，还在《当代散文》发表了四篇作品。2019 年认识了《胶东散文年选》主编、著名作家、评论家焦红军这位诚恳、朴实、良善、热情的恩师、伯乐，并相继于 2019、2020、2021 在《胶东散文年选》《胶东散文十二家冯矶法卷》发表散文十一篇，有些文章还被评为优秀作品奖。这微不足道的写作成绩，是这些恩师的引领、指导、厚爱、鼓励、鞭策的结果，也坚定了我创作的信念。我要更加努力地向他们学习，不负他们对我的殷切期望。

《山路弯弯》这部散文集上的习作，大多是聊以自慰的产物，我的学识和阅历决定了它的幼稚和平庸。朋友们看后，有的说描写细腻，有的说生动感人，还有的说新颖深刻，自己的习作粗浅乏味，犹如流水账，我有自知之明。

整理出的习作，主要是不负韶华、乡村记忆、乡愁村恋、家乡揽胜四个板块。我是一名扎根山区的小学教师，四十年的教学生涯，让我深深感到山区工作的艰辛与崇高，看到了改革开放四十多年学校发生蝶变的风雨历程。因此反映基层教师的生存与奋斗、喜怒与哀乐，挖掘人性的平凡与高尚，是我义不容辞的责任和义务。写了这些年的习作，自己看看感觉基本没有如意的，本不打算出版，可禁不住诸多老前辈、作协领导和文友的鼓励、支持，考虑再三，"丑媳妇早晚还得见婆婆"，豁出去了，决定出版这本散文集，是对自己过去工作、生活一个小小的总结，保留在生命履历里的一行浅浅的脚印。

我给这本集子取名叫《山路弯弯》，主要记叙了自己在原始、偏僻、贫穷、落后的山村小学，不顾极端简陋的条件、恶劣的环境和工作、生活的艰难，而做出坚守的决定。在崎岖蜿蜒的山路上，用挺直的身影、踏踏实实的步伐，在逆境中奋勇进击，来来回回地顽强跋涉，把自己的青春和热血，献给了山区教育事业，彰显了对山区学校、学生发自内心的热爱。乡村是中华传统文化的源头和脉络，乡村文化底蕴深厚，特色鲜明，内容丰富，蕴含着一代代人的乡愁。这部散文集的所有作品都是我亲历、亲闻、亲见的乡村生产、生活等的记录，真实反映了当时的风土民情和社会变迁，是乡村历史发展的缩影。乡村是我的根，是我走向远方的起点。让我们每个人都眷恋故土，记住乡愁吧！

谨以此散文集献给扎根山区、农村最基层的广大教育工作者们！献给在山路上砥砺前行，默默无闻，为人师表，始终昂扬向上的同行们！

在此，我要衷心感谢中共临朐县委宣传部原副部长、文联主席、中国作家协会会员、著名作家、诗人冯恩昌老师，不顾八十多岁高龄给这本集子作序。

感谢中国戏剧家协会会员、国家二级编剧、中国书画家协会理事冯益汉先生挥毫泼墨题写书名。

感谢高级记者、中国作协会员、著名作家魏秀堂老先生不顾年事已高，为我的集子书写的寄语："山路坎坷，凝聚师者初心；乡村记事，彰显家国情怀。"

感谢著名作家、评论家简平老师在百忙中给我写的评语："冯矾法以他朴实、细腻、真挚的文字，向我们打开了他的心灵世界。他的心灵世界是充沛的、丰满的，我们借此感受到乡情的温暖、自然的宏阔、人生的磨砺以及对理想的不懈追求。于是，这样的文字也构筑起了我们自己的心灵世界。"

感谢中国作协会员、作家、评论家、出版家、山东省散文学会副会长焦红军先生。他不仅推荐我的作品发表，加入了中国散文学会，还是我文学创作道路上的伯乐。

感谢文友、青年作家王振国老师写的："冯矾法老师的著作《山路弯弯》是一部非常丰厚的历史资料，价值极高，它记录了一个时代的教育蝶变。从接到调令，赴往山区，到从教几十年，即使生活艰苦，条件落后，也始终不忘初心，坚守大山，任劳任怨，无怨无悔。以校为家，把学生当作自己的孩子，充分体现了一位山乡教师的高贵品质和人格魅力。"

感谢县教育写作学会会长、正高级教师、作家马玉顺老师对我的指导、鼓励和支持！

感谢我校同事陈作海老师对我作品的整理和出版书籍的资助！感谢各位亲朋好友及学校领导、老师们的殷切期望！我被深深地感动着，没有他们的鼓励、支持、帮助，这本散文集也不可能很快付梓。

散文集出版后，真诚地希望读者朋友们提出意见、建议！

冯矾法

2021 年 8 月 18 日